강연진

성운을 먹는 자

성운을 먹는 자 18

김재한 퓨전 판타지 소설

초판 1쇄 찍은 날 § 2016년 9월 5일
초판 1쇄 펴낸 날 § 2016년 9월 12일

지은이 § 김재한
펴낸이 § 서경석

편집책임 § 이창진
디자인 § 신현아

펴낸곳 § 도서출판 청어람
등록번호 § 제387-1999-000006호
등록일자 § 1999. 5. 31
어람번호 § 제1-2518호

주소 § 경기도 부천시 원미구 부일로 483번길 40 서경B/D 3F (우) 14640
전화 § 032-656-4452 팩스 § 032-656-4453
http://www.chungeoram.com
E-mail § chungeorambook@daum.net

ISBN 979-11-04-90952-8 04810
ISBN 979-11-04-90287-1 (세트)

김재한 퓨전 판타지 소설

성운을 먹는 자

인간의 질문, 신의 답

18

청어람

목차

제105장
인간의 질문, 신의 답

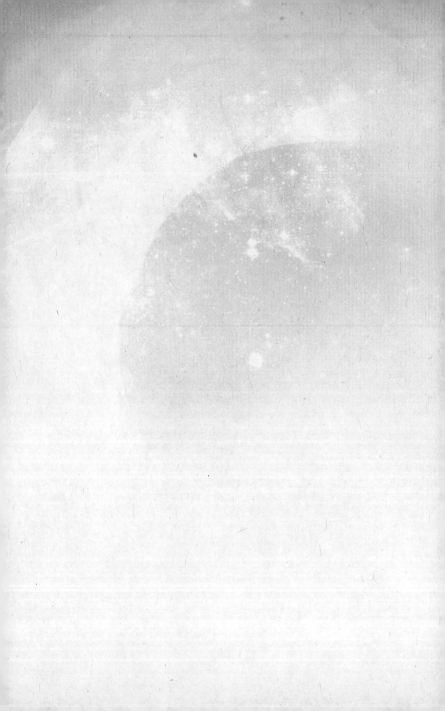

성운을 먹는 자

1

광세천교주는 흑영신교주와 똑같은 상황에 봉착해 있었다.

낙성산의 봉인 공간으로 통하는 축지문이 봉쇄되었다. 뿐만 아니라 그림자 교주 만상경의 예지력으로도 안에서 일어나는 일을 전혀 알 수가 없었다.

결국 그 역시 흑영신교주와 동일한 대처를 할 수밖에 없었다. 가능한 한 최대한 낙성산에 가까운 지점에 축지문을 열어서 병력을 투입했다.

하지만 이현은 그것조차도 계산해 두고 있었다.

광세천교도들이 낙성산 부근에 도달하는 순간, 광활한 미로 같은 공간을 구현한 기환진이 그들을 집어삼켰다. 그들은 한 시진(2시간)이 지난 지금까지도 거기서 빠져나오지 못했다.

광세천교주가 신음했다.

"네가 본 것이 이것이었느냐?"

"그런 것 같습니다."

왼쪽 눈을 가린 검은 안대를 만지작거리는 만상경은 괴로운 표정을 짓고 있었다. 어떻게든 예지로 안의 상황을 살피려고 해 봤지만 아무것도 보이지 않았다.

"환예마존, 정말 무서운 자로군……."

광세천교주는 은발에 황금색 눈동자를 지닌 중년의 남성이었다.

물론 그의 실제 나이는 이미 노년이다. 고강한 무공과 술법의 힘, 그리고 광세천의 가호로 인해 젊음을 유지할 뿐이다.

"이대로 그들을 잃을 수는 없다. 어떻게든 활로를 찾아야……."

그가 그렇게 말할 때였다.

갑자기 그들을 둘러싼 풍경이 변화하기 시작했다.

"어떻게 이럴 수가?"

광세천교주가 경악했다.

성지는 광세천의 힘이 직접적으로 임하는 곳이다. 외부의 술법 따위가 영향을 끼칠 수 있을 리가 없었다.

그런데 지금, 외부의 힘이 성지를 침탈하고 있었다.

'아니군. 이건 우리가 연결했던 축지문이 복원되고 있는 것이다. 새로 자원을 투입하는 일도, 추측과 모색하는 과정도 없이 시간을 거슬러 올라가서…….'

곧 사실관계를 파악한 교주가 전율했다.

지금 그는 그야말로 신의 영역에서 벌어지는 일을 보고 있었다. 공간의 개념을 무색케 하는 것으로도 모자라서 시간의 인과마저 멋대로 매만지다니! 그들이 인지한 시공의 개념이 붕괴하는 사태였다.

성지는 축지문 너머에 출현한 천외천에 침탈당했다. 모든 것이 밤하늘을 연상케 하는 천외천의 풍경으로 변해간다.

'어떻게 이럴 수가 있지?'

아무리 대단한 이적이라도 성지는 광세천의 힘으로 성립하는 곳이다. 그런데 광세천의 권능은 그 침탈을 막을 의도가 전혀 없어 보였다.

'구주시여, 대체 무슨 일이 벌어지고 있는 것입니까?'

경악한 그에게 이 모든 일의 원흉인 이현의 정신파가 전해져 왔다.

─오만한 신들이여, 인간의 질문을 받으라.

"환예마존!"

─그대들은 정녕 세계를 바꿀 각오가 되어 있는가?

2

한없이 광활한 어둠과 그것을 밝히는 별빛들이 가득한 공간이 펼쳐져 있었다.

이미 땅과 하늘의 구분은 사라졌다. 모두가 '발 딛고 서 있다'는 감각을 잃고 부유하고 있었다. 위와 아래의 구분조차 없어서 떨어진다는 개념조차 소실되었다.

뿐만 아니다. 어느새 그들은 공간을 구분 짓는 중심마저 잃었다.

광세천교와 흑영신교의 성지가 이 공간 속에 통합되어 있었다. 그들은 성지에 있으면서 동시에 이곳에 있었다. 하지만 보고 들을 수 있을 뿐 서로에게 접촉하거나 간섭하는 것은 불가능한, 인간의 머리로는 이해할 수 없을 정도로 시공간이 꼬여 있는 상태였다.

이 혼돈의 한가운데 이현이 있었다. 그는 신의 주검을 등진 채로 빙긋 웃었다.

그는 광세천교주와 흑영신교주를 동시에 바라보고 있었다.

어떻게 그런 일이 가능한 것일까? 모든 이의 인식이 그를 향하고 있었고, 그는 동시에 여럿을 보고 그들에게 말을 걸어올 수 있었다.

이 순간, 이현은 이 세계의 주인이며 운명의 주인공이었다.

'보이는군.'

조금 전까지 그는 시각을 잃었었다. 하지만 이제는 보인다. 신기(神氣)가 그에게 인간을 초월한 감각을 주고 있었다.

—잘 보거라.

홀린 듯이 이현을 바라보던 형운은 문득 그가 자신에게 말을 걸어왔다는 사실을 깨달았다.

이현이 형운을 본다.

동시에 형운 역시 이현을 보았다.

'아.'

형운과 이현의 의식이 연결되었다.

이현이 술법으로 형운의 내면을 들여다봄으로써 발생한 현상이었다. 그로써 어떤 흔적도 남기지 않고 오로지 이현과 형운의 내면에만 기억으로 남을 교감이 일어났다.

3

이현은 어린 시절부터 인간들이 이야기하는 천명에 대해 회의를 품고 있었다.

다들 아무런 의심 없이 하늘의 뜻을 이야기했다. 인륜, 천륜이라 불리는 가치는 하늘이 준 것이며 악인은 벌을 받는다고, 설령 사람의 법도가 그들을 징치하지 못할지라도 하늘이 용서하지 않을 것이라고······.

'정말 그럴까?'

이현은 어릴 적에 이미 그런 순진한 세계관에 넌더리를 내고 있었다.

그는 풍령국에서 이름난 가문의 차남으로 태어났다. 출신만으로도 앞날이 보장되어 있다고 봐도 과언이 아닌 신분이었다.

그러나 그렇다고 그의 어린 시절이 행복했냐 하면 그것은 아니었다.

"큭, 젠장. 머리도 나쁜 것들이 힘만 세서는······."

열두 살의 이현은 형제들에게 맞아서 생긴 상처를 어루만지며 투덜거렸다.

그에게는 형제가 많았다. 아버지가 어찌나 바람기가 넘쳤는지 어머니가 멀쩡히 살아 있는 동안에도 다른 여자들을 품어댔기 때문이었다.

이현의 어머니는 일찌감치 병사했다. 그리고 후처들과 첩들이 득세하는 상황이라 가문 내에서 그의 입지는 매우 나빴다.

아버지는 첫 아내의 자식이라고 해서 애정을 주지 않았다. 그는 자신의 권위를 침범하는 것은 혈육이라도 용서하지 않았다. 능력에 따라서 옥석을 가리는 정도의 기준은 있었지만 그것도 자신의 권위에 순종하는 자들에게만 해당되는 일이었다.

이현은 아버지의 눈 밖에 날 모든 조건을 갖고 있었다.

어린 시절의 그는 고집 세고 반항심이 넘치는 아이였다. 마음에 안 드는 일이 눈에 보이면 그냥 넘어가지 못했다. 아버지의 명령을 고분고분 듣는 일이 없었고, 사고를 칠 때마다 정면에서 비난하고 나서서 험한 꼴을 많이 당했다.

그런 상황인데도 아버지가 그를 내치지 않은 것은 딱히 혈육에 대한 최소한의 정 때문은 아니었다.

그저 이현이 너무나 우수했기 때문이었다.

성운의 기재로 각성하기 전부터 이현은 누구나 인정할 수밖에 없는 천재였다. 두 살 때 이미 글을 줄줄 읽고 쓸 수 있었고 세 살 때는 다른 이들이 청소년기까지 애써가며 익혀야 할 학문들을 다 떼버렸다.

그의 뛰어남이 일찌감치 소문나다 보니 황실에서도 주목하고 있었다. 그래서 이현의 아버지는 이현을 마음에 안 들어 하면서도 내치지 못하고 있었던 것이다.

하지만 그렇다고 해서 손 놓고 지켜보기만 하는 것도 아니었다. 자신의 말을 잘 듣는 다른 자식들을 이용해서 이현을 길들이려고 했다.

그래도 이현은 꺾이지 않았다. 형제들에게 육체적인 학대를 받을수록 길들여지기는커녕 반항심이 거세어졌다.

동시에 인간에 대한 불신감이 차곡차곡 쌓여갔다.

"도련님, 괜찮으십니까?"

형제들이 물러나고 나자 걱정스러운 표정으로 다가오는 노인이 있었다.

예전에 이현의 어머니를 모셨던 노인으로 그녀가 병사한 후에도 이현에 대한 관심을 끊지 않고 최대한 보살펴 주고 있었다.

"괜찮아. 적당히 하고 가봐. 나한테 신경 써주는 걸 아버지가 알아봤자 좋을 거 없다는 거 알잖아."

"무슨 말씀을 하시는 겁니까? 전 마님께 약속했습니다. 다른 사람들이 다 등 돌려도 저만은 끝까지 공자님 편입니다. 지금은 공자님 사정이 어려워도 훗날엔 다를 겁니다. 입신양명해서 가문의 명성을 드높이면 다들 언제 그랬냐는 듯이 고개를 조아리겠지요. 분명 마님께서도 그것을 바라고 계실 겁니다."

그 말에 이현은 쓴웃음을 지었다.

'어디까지가 진심이야?'

동시에 그렇게 묻고 싶은 것을 억지로 참았다.

이때는 아직 누구에게도 알려지지 않았지만 이현은 성운의 기재로서 별의 힘을 각성했다.

어릴 적부터 그는 학문만 배우는 게 아니라 술법도 공부해 왔다. 누가 가르쳐 줘서 배운 것은 아니었다. 기환술사를 스승으로 청하기에는 그의 가문 내 입지가 너무 나빴으니까.

그저 타고난 천재성으로 독학했을 뿐이다.

기환술사들이 알았다면 기절초풍할 일이었다. 아무리 술법의 자질을 타고난 데다 가문의 서고에 관련 서적들이 있었다고는 해도 믿기 어려운 일이었으니까.

　기환술은 이론만으로도 난해하기 짝이 없는 학문이지만, 익히는 과정에서 다른 분야와는 다른 커다란 난관을 넘어야 한다.

　그것은 이 학문이 일반인은 실존한다는 사실을 실감할 수 없는 감각의 존재에 기반하고 있다는 사실이다.

　그런 점에서는 무공과 닮은꼴이라고 할 수도 있겠다. 그 감각을 자신의 세계관으로 받아들이지 않는다면 시작조차 할 수 없는 것이다.

　이현은 그 난관을 어렵지 않게 넘었다. 그리고 가문에 있는 서적들을 통해 얻은, 파편화된 지식들을 망라해서 자신만의 술법 이론을 구축하기에 이르렀다.

　그의 성장은 성운의 기재로서 각성하는 순간부터 급물살을 탔다. 이 시점에는 이미 어딜 가든 제발 우리 조직에 와주십사하고 모셔 갈 수준에 이르러 있었다.

　하지만 이현은 그 사실을 가문에 알리지 않았다. 그리고 그들의 무지를 적극적으로 이용했다.

　열악한 환경 속에서 부적과 기물을 제작해서 술법을 부렸고, 그것으로 누구의 의심도 사지 않고 정보를 수집했다. 그들의 약점을 쥐어서 파멸시켜 주겠다는 음습한 생각에서였다.

　그러나 그 과정에서, 지금 자신에게 신경 써주는 노인의 진실을 알게 되자 모든 것이 허탈해지기 시작했다.

　'아니, 진심이라는 게 있기는 했어?'

노인은 아버지의 하수인이었다.

아버지는 이현을 길들이기 위해서 채찍과 당근을 고안했다. 형제들은 채찍이고 노인은 당근이었다.

노인은 이현을 신경 써줄 때마다 어머니의 뜻을, 훌륭한 사람이 되어 가문의 명성을 높여야 한다는 말을 해왔다. 냉소적인 이현도 유일하게 자기편을 들어주는 사람의 말에는 반발하지 못했고, 그것이 아버지의 계산이었다.

그 사실을 알게 되자 모든 것이 허탈해졌다.

노인의 말대로 보란 듯이 성공해서 자신을 학대하던 것들이 고개를 조아리게 만들 것이다, 그런 꿈은 흔적조차 남지 않았다. 반발심으로 아등바등 노력해서 도달한 지점이 아버지가 설계한 운명이라면 무슨 의미가 있을까?

"그래, 그렇겠지."

이현은 건성으로 노인의 말을 받아주고는 터덜터덜 걸었다.

짜증이 솟구쳤다. 하지만 그러면서도 뭘 어떻게 해야 할지 알 수가 없었다.

'이 세상이 이따위로 굴러가는데, 내가 받은 천명에 어떤 의미가 있단 말이지?'

살면서 사람들이 말하는 하늘의 뜻이라는 것이 제대로 기능하는 꼴을 본 적이 없었다.

초월적인 힘이 인간을 보살펴서 도리를 지키게 한다면 자신이 겪은 일들은 대체 무엇인가? 자신의 아버지 같은 인간이 온갖 특권을 쥐고 떵떵거리며 살고 있어서는 안 되지 않을까?

스스로가 성운의 기재라는 것을 자각하게 되자 그런 의심은 걷잡을 수 없이 커졌다.

'천명이란 대체 뭐지?'

어린 시절부터 이현은 그의 영특함은 하늘이 준 것이니 사람들을 위해 큰일을 해내야 한다는 말을 듣고 자랐다.

여기서 '사람들'은 문자 그대로의 의미가 아니었다. 이현의 귀에는 이렇게 들렸다.

'너를 낳아준 아버지가 이끄는 이 가문을 위해서, 그리고 가문이 충성하는 황실의 높은 분들을 위해서 그 재능을 써야 한다.'

참으로 빌어먹을 세상이었다.

성운의 기재에 대해서는 다들 입을 모아 말했다. 천명을 받은 영웅의 자질이라고.

'그게 대체 무슨 헛소리야?'

인간이란 태어나는 순간부터 가치가 정해진단 말인가?

유능한 사람과 무능한 사람, 행복한 사람과 불행한 사람이 각각의 자리에서 살아가다 죽을 뿐이란 말인가?

'싫다.'

그렇다면 하늘의 뜻이란 얼마나 끔찍한 것인가?

그것이 세상의 섭리라면 이 세상은 지옥이다. 위정자들이, 현인이라는 자들이 떠들어대는 소리보다 차라리 흑영신교나 광세천교가 떠들어대는 소리가 더 설득력 있게 들릴 지경이었다.

'그런 건 싫다.'

이현은 책을 읽으면 읽을수록, 사람을 겪으면 겪을수록 자신을 둘러싼 세계에 대한 반감이 커져갔다.

그 반감이 폭발한 것은 열네 살 때, 황태자를 만나서 반쯤 그의 시종 노릇을 하던 시절이었다. 그의 눈에 비친 황태자는 그야말로 저능하고 폭급하기 짝이 없는 자였다.

'이런 머저리에게 더없는 특권을 줘서 만인의 운명을 말 한마디로 좌우하게 만드는 게 천명이라고? 그게 진정 하늘의 뜻이란 말이냐?'

이현은 장차 자신의 능력을 이런 인간을 위해 써야 한다는 사실을 참을 수 없었다.

"아버지, 이제는 말씀드릴 때가 된 것 같습니다."

그날은 아버지의 생일이라 잔치가 벌어졌다.

한동안 얌전하게 지냈고, 주변이 바라는 대로 황실이나 권신들이 주최하는 모임 등에 참석하면서 광대 노릇을 해왔기 때문에 이현을 바라보는 아버지의 눈길은 부드러워져 있었다.

물론 그것은 자식을 사랑하거나 자랑스러워하는 눈길이 아니다. 반항적이지만 가치가 있는 짐승이 자신의 권위에 복종했다는 사실에 만족스러워하는 것에 불과했다.

그 면전에다 대고 이현은 죽 품고 있었던 진심을 말했다.

"당신은 정말 구제 불능의 쓰레기입니다. 이 말만은 꼭 하고 싶어서 오늘까지 떠나지 않고 참아왔답니다."

당연히 아버지는 노발대발했다. 형제들이, 집안 어른들이 이현을 붙잡아서 무릎 꿇리려고 들었다.

하지만 그날은 이현이 본성을 드러내는 날이었다.

"저는 살귀가 아니니 목숨을 빼앗지는 않을 겁니다. 하지만 한 가지는 선언해 두지요. 저는 당신을 정말 혐오합니다. 내일 당장 세상이 끝난다고 해도 당신을 용서할 일은 없을 거예요."

달려들던 자들은 죄다 생으로 이빨을 뽑히는 듯한 치통에 발광하거나 방향감각을 상실해서 벽에 머리를 갖다 박거나 넘어지는 등의 고통을 경험했다.

"당신이 내게 한 짓 중에 한 가지만 갚아드리도록 하죠. 어머니가 마음고생하셨던 것까지 생각하면 진짜 사지를 분질러서 맹수의 밥으로 던져주고 싶은데, 제가 워낙 착해서 그건 참겠습니다."

이현은 어린 시절, 부친에게 말대꾸했다는 이유만으로 매를 맞고 불빛도 없는 헛간에 이틀 동안 갇혀서 벌벌 떨었던 경험이 있었다.

"워낙 귀하신 몸이니 분명 금방 누군가 구해주겠지만 그래도 잊을 수 없는 추억으로 삼으세요."

그리고 부친은 이현이 펼친 기환진 속에 갇혔다. 춥고 어둡고 아무것도 없는 공간 속이었다.

이현의 예상과 달리 그는 이틀 동안이나 그 속에 갇혀 있었다. 이현의 능력은 스스로 가늠한 것보다 훨씬 뛰어났던 것이다.

그렇게 어린 시절 이현에게 말대꾸의 대가로 내린 벌을 앙갚음당한 부친은 여생 동안 어둠 그 자체를 두려워하게 되었다.

4

그 일 이후 이현은 가문에서 보낸 추적자들을 피해서 도망치면서 세상을 떠돌았다.

　가문 안에서 살아갈 때는 보이지 않던 것들이, 책만 읽어서는 결코 알 수 없던 사실들을 알게 되었다. 때로는 아무 대가를 바라지 않는 선의를 받기도 하고, 사람을 믿었다 험한 꼴을 당하기도 하면서 그는 세상을 배워 나갔다.

　'하늘의 뜻 따위는 없어. 하늘의 뜻이란 사람들을 기만하기 위해 누군가 지어낸 거짓말이다.'

　세상을 알면 알수록 그런 확신은 깊어졌다.

　그렇다면 천명이란 무엇인가?

　하늘의 뜻이 인간에게 도리를 지키라 강요하지 않는다면 대체 그 의미는 무엇이란 말인가?

　어려서부터 품고 있던 의문과 반감, 그리고 울분은 그에게 계속해서 아무도 개척하지 못한 전인미답의 경지로 나아갈 것을 요구했다.

　그는 평생 기환술의 스승을 만나지 못했다. 기환술사로서의 그는 가문의 장서로부터 시작되었고, 그 후로는 타인의 술법 흔적을 분석하거나 동료라 부를 만한 인물을 만나서 함께 연구하는 과정을 거치며 완성되어 갔다.

　그야말로 하늘이 내린 재능이었다.

　그러나 하늘은 대체 무엇을 바라고 자신에게 이런 재능을 주었단 말인가?

　능력이 커질수록, 명성이 높아질수록 그런 의문은 깊어만 갔다.

그러던 중 그는 한 사람을 만났다. 세상에는 잘 알려지지 않았지만 기환술사들 사이에서는 드높은 명성을 지닌 한 인물을.

별의 수호자의 기환술사이며 성운을 먹는 자 일맥의 제3대 계승자이기도 했던 위무영은 이현과의 인연을 기꺼워했다.

"그야 세상을 바꾸기 위해서가 아니겠는가?"

"우리에게 세상을 바꿀 의무가 있다는 겁니까? 하늘이 우리를 귀하게 여겨서 재능을 주었으니 세상을 위해 써야 한다? 진부한 이야기군요."

"자네는 세상에 너무 많은 것을 기대하는군. 세상이 진부한 거야 당연하지 않은가? 난 그래서 다행이라고 생각하네만?"

"무슨 말씀이신지 모르겠군요."

"세상의 만듦새에 자네가 만족했다면, 자네는 지금쯤 뭘 하고 있었을 것 같은가?"

"……."

그 말에 이현은 자기도 모르게 아무런 불만 없이 살고 있는 삶을 상상해 보았다.

"글쎄요. 하는 일 없이 빈둥거리며 살고 있지 않았을까요."

"그렇겠지. 뭔가 불만이 있으니까 그걸 바꿔보겠다고 이러고 있는 것 아닌가?"

"그야 그렇겠지요. 설마 그것 역시 하늘의 안배니까 감사하라는 말씀을 하시려는 것은 아니겠지요?"

"만약 누군가 자네를 매우 시궁창 같은 상황에 몰아넣고 '내가 지금 너를 학대하는 것은 다 너를 위해서다. 네가 그 과정에서 미치거나 죽을지도 모르지만 그럼 그건 내가 선의로 베푼 시

런을 이겨내지 못한 네가 잘못한 거고. 무조건 너는 내게 감사해야 한다'고 한다면 자네는 어떻게 하겠나?"

"자기가 무슨 짓을 했는지 깨달을 수 있도록, 받은 만큼 갚아 줘야 하지 않겠습니까?"

이현은 그 말을 아버지를 상대로 실천한 적이 있는 인물이었다.

"나도 그렇다네. 설령 그 대상이 하늘이더라도 나는 책임을 물을 걸세. 하지만 아무리 생각해도 그렇진 않은 것 같더군. 자네가 생각하는 대로 하늘의 뜻 따윈 없지. 선악도, 도덕도 분명 인간의 발명품에 불과하다고 생각하네."

그러면서 위무영은 이현에게 성운을 먹는 자 일맥의 진실을 들려주었다.

"세상이 먼저인가 신이 먼저인가, 신이 먼저인가 인간이 먼저인가는 답이 안 나온 문제지만 성운의 기재에 대해서만은 명쾌하게 답할 수 있다네. 세상을 너무 앞서가 진리에 도달한 한 인간의 행동이 만들어낸 부산물에 불과하다고."

성운의 기재를 낳는 것은 인간들의 갈망이다. 만약 그것을 천명이라고 한다면, 천명이란 어떤 초월적인 존재가 내리는 명이 아니라 그 시대를 살아가는 수많은 인간의 뜻이 한데 모인 것이리라.

"사람들은 거기에 뭔가 거창한 의미를 부여하려고 하지. 분명 우리는 모르는 초월적인 의지가 큰 역할을 준 것이 틀림없다고. 하지만 내 생각엔 좀 다르다네. 아마 자네가 토로한 감정이 답이 아닐까?"

"세상의 진부함에 넌더리가 난다고 한 부분 말입니까?"

"바로 그걸세. 세상의 진부함이 많은 사람들에게는 고통스럽고 지긋지긋한 문제일 걸세. 하지만 내 힘으로는 어찌할 수 없다는 사실에 절망해서 다른 누군가가 어떻게든 해줬으면 좋겠다는 갈망이 성운의 기재의 존재를 낳는다면 어떻겠나?"

"자기들이 할 일을 남에게 떠넘기지 말라고 하고 싶지만……."

그렇게 단순하고 매정한 한마디로 결론지을 수 있는 문제는 아니리라.

이현이 말했다.

"…그렇다면 조금은 기뻐해도 되겠군요. 제가 지금까지 불평불만을 쏟아내며 살아온 것에도 의미가 있었다는 뜻일 테니."

이후 이현은 방황에서 벗어나 뚜렷한 목적을 갖고 움직이기 시작했다.

'조금이라도 사람들이 살기 좋은 세상을 만들고 싶다.'

이현에게 있어서 그것은 대의가 아니라 지극히 개인적인 욕심이었다.

자신의 손으로 일궈낸 성과로 세상을 변화시키고 싶다. 그 결과 사람들의 삶이 조금이라도 나아지는 것을 보고 싶다.

보통 이런 꿈을 품은 자가 향하는 곳은 권력의 길일 것이다. 그러나 이현이 선택한 길은 그것과는 거리가 멀었다.

인간 세상에는 수많은 불행이 있었다. 그중 인간 사회의 구조적인 문제는 자신이 해결할 수 있는 문제가 아니라고 보았던 것이다.

'아무리 생각해도 성미에 안 맞아. 내 재능도 그쪽이 아니지.'

이현은 자신의 삶을 되돌아보고 그 사실을 깔끔하게 인정했다. 아무리 생각해도 자신의 성품도, 능력도 기존 사회 질서 속의 권력자에는 어울리지 않았다.

'인류의 적을 타파해서 인류의 영역을 넓히자.'

대신 그는 터무니없이 원대한 포부를 품었다.

지금 세상에는 인간을 괴롭히는 문제들이 너무나도 많았다. 인간끼리의 문제만 해도 헤아릴 수 없을 정도인데 외부의 위협들은 또 얼마나 많은가?

이현은 명쾌하게 드러난 인간의 적들과 싸우는 데 인생을 바치기로 결심했다.

환마, 마수, 요괴, 그리고 그들의 배후에 있는 흑영신이나 광세천 같은 초월적인 마(魔)에 이르기까지 인간이 오랜 투쟁을 벌였음에도 쓰러뜨리지 못한 대적들과.

혼마 한서우를 도와서 혼원교의 파멸에 일조한 것도, 무상검존 나윤극을 도와서 환마 재해와의 투쟁에 대한 역사를 새로 쓴 것도, 대예언가 적호연과 협력해서 흑영신교와 광세천교의 성지를 토벌했던 것도 모두 전설로 남을 만한 업적이었다.

'아쉽군, 아쉬워. 한 50년 정도만 더 시간이 있었더라면……'

죽음을 앞둬서일까? 자꾸만 끝맺지 못한 일들에 대한 아쉬움이 샘솟았다.

만약 그에게 그만한 시간이 주어진다면 이 세상에서 요괴를 근절하고 환마 재해를 예방할 수 있을지도 모른다.

지금은 그 자신만이 누리는 축지를 다른 이들도 누릴 수 있는 보편적인 경험으로 만들 수 있을지도 모른다.

'…다 부질없는 망상이지. 내 욕심을 채우는 것은 여기까지로 해둘까.'

자신의 연구들은 후인들에게 이어졌다. 그들이 목표에 도달할 수 있을지 없을지는 이제 이현의 손을 떠난 문제이리라.

'당신도 이런 기분이었소, 적 태사?'

이현은 문득 적호연을 떠올렸다.

스스로를 하늘의 도구라고 잘라 말했던 그녀를. 누구보다도 운명을 증오할 자격을 가졌으면서도 끝끝내 그리하지 못했던 그 사람을.

지금 이 순간 이현은 그녀와 같은 입장에 서 있었다. 그의 손에는 그녀가 물려준 열쇠가 쥐어져 있었고, 그것은 억조창생의 운명을 좌우할 권리였다.

그 사실이 너무나도 무거웠다. 아마 적호연 역시 그랬으리라.

'나는 후회하지 않소. 당신도 그랬기를 바라오.'

이현은 희미하게 남은 미련을 잘라 버리며 질문받은 자들을 바라보았다.

5

이현의 시선을 받은 흑영신교주와 광세천교주는 오싹해졌다.

그들은 그 어떤 교도들보다도 자신의 신과 가까운 자들이다. 그렇기에 알 수 있었다.

. 지금 이 순간, 신의 의지가 자신들에게 임해 있다는 것을.

그 이유를 궁금해하는 것은 무의미했다. 그들은 이미 답을 알고 있었다. 그 누구보다도 신에 가까워졌기에 어떤 의문도 신의 영역에서 답을 얻고 만다.

'신의 주검을 이루는 신기를 자신의 통제하에 넣어서 섭리를 초월했다. 시공간의 개념마저도 자신의 뜻대로 휘두르고 있어.'

이현은 인간의 운명을 지닌 채로 신의 영역에 도달했다.

그것은 인간에게 불가능한 일을 할 수 있는 동시에, 신에게 불가능한 일도 할 수 있는 존재가 되었다는 의미였다.

"경탄스럽구나. 그러나 어리석은 선택이다. 신기를 통제하는 것은 대단히 놀랍지만, 그것은 그대 본연의 힘이 아니다. 우리와 신기를 다뤄서 승산이 있다고 여겼더냐? 오만함이 지나치군!"

신의 주검을 이루는 힘은 지금은 이현의 통제하에 있다. 그러나 과연 그게 얼마나 갈까?

이현은 신의 주검을 현계에서 없애 버리기 위해서 현계와 천계의 시공간을 한 지점에서 엮는 혼돈을 창조했다. 실로 경천동지할 이적이었다.

거기까지만 했으면 좋았을 것을, 굳이 두 마교의 성지를 끌어들이고 흑영신교주와 광세천교주에게 신의 의지를 임하게 만든 것은 자충수였다. 그들 역시 인간의 운명을 지닌 채로 신의 힘을 다룰 수 있게 되었으니까.

"…아니, 이런 문제를 몰랐을 리가 없지. 그 정도로 어리석은 인간이 이런 일을 해낼 수 없으니까. 말하라, 환예마존이여. 무슨 꿍꿍이속이냐?"

흑영신교주가 깊게 가라앉은 눈으로 이현을 바라보았다. 그의 주변은 천외천에 잠식당한 혼돈 속에서도 한층 깊은 어둠으로 휩싸여 있었다.

이현이 말했다.

"과연 신의 오만함이란 끝을 모르겠군. 그러나 단언하마. 이곳에서 질문은 오로지 나의 권리다. 너희들에게는 오직 답할 의무만이 있다."

그가 오른손을 내밀어 한 지점을 가리켰다. 그런데 동시에 흑영신교주와 광세천교주 둘을 모두 가리키고 있었다.

"인간은 신념을 관철하기 위해 목숨마저 버린다. 그 신념의 가치는 제각각 다르겠지. 그러나 그대들이 수족으로 삼은 인간들 또한 그래왔다. 헤아릴 수도 없을 정도로 무수히 그래왔지."

그러나 인간을 수족으로 부리는 신은 결코 자신의 존재를 걸고 도박에 나서지 않았다.

신들이 투쟁을 바라보는 관점은 인간과는 완전히 다르다.

그들에게 있어서 투쟁의 승패는 순간에 결정 나는 것이 아니다. 그들은 모든 것을 인간보다 훨씬 거시적으로 본다. 그들은 인간을 통해서만 세상에 관여할 수 있으며 그렇기에 장구한 세월 속에 명멸한 무수한 목숨이 곧 그들의 삶이라 할 수 있으리라.

신들이 인지하는 죽음의 때는 그 모든 투쟁에서 패배했을 때였다. 현계의 영향력을 잃고 모든 인간에게 잊힌 신은, 인간의 인식으로는 죽은 것이나 다름없다.

"그대들은 언제나 한발 물러나 있었다. 저 아득한 곳에서 천기를 다투느라 바빴다고, 그러면서도 현계를 올바른 방향으로 이끌기 위해서 노력했다는 따위의 변명을 늘어놓지는 않길 바란다. 자기는 안전한 곳에 처박혀서 가진 것 없는 사람만 위험한 곳으로 내모는 권력자가 지껄이는 소리와 하나도 다르지 않으니까."

거기까지 말하던 이현은 문득 깨달았다는 표정으로 고개를 끄덕였다.

"아, 인간과 신은 서로의 거울이니 그런 부분이 닮았다면 오히려 당연한 것인지도 모르겠군. 그저 자기들 뜻을 따르지 않는다는 이유만으로 사람 목숨을 티끌 취급 하는 놈들에게 너무 높은 품격을 기대했어. 그 점은 사과하도록 하마."

"이놈, 감히 연옥의 죄인 주제에 위대한 신을 모독하느냐!"

광세천교주가 진노했지만 이현은 코웃음 쳤다.

"지금 그건 신의 목소리더냐 아니면 인간의 목소리더냐? 아, 그 구분이 존재하느냐부터 물어야 할지도 모르겠군. 어느 쪽이든 참으로 인간답구나. 너무 인간다워서 한 점의 외경심도 생겨나지 않을 정도야."

"이런 소모적인 대화를 위해서 이런 판을 마련한 것은 아닐 텐데?"

나직하게 물은 것은 흑영신교주였다. 흑영신교주가 깊은 어둠 그 자체로밖에 보이지 않는 눈으로 이현을 보며 물었다.

"그대가 마음먹는다면 아마 이 모든 사태가 끝날 때까지도 신성모독적인 발언을 쏟아낼 수 있겠지. 그 또한 그대가 바라는 일일 테니 일일이 반응하진 않겠노라."

흑영신교주의 몸에서 어둠이 쏟아져 나오기 시작했다. 그리고 반쯤 투명해져서 빛나는 이현의 뒤에서 격렬한 후광이 발생했다.

"질문할 권리는 그대에게만 있다고 했나? 하지만 정말 그런지 확인해 보지. 무슨 생각이었는지 행동으로 답하게 될 것이다."

"이건 재미있군. 대리인과 화신의 차이인가?"

이현은 흑영신교주가 신기의 통제권을 공격해 오는데도 재미있다는 듯 웃었다.

마교에서 주장하는 바에 따르면 광세천교주는 어디까지나 인간이다. 인간으로서 광세천의 지상대리인의 중책을 맡은 것이다.

그에 비해 흑영신교주는 흑영신의 일부가 인간의 모습으로 태어난 존재, 즉 화신이다. 거대한 신성을 지닌 흑영신은 다양한 화신을 지니고 있으며 그중 인간의 모습으로 현계의 일을 지휘하는 것이 흑영신교주인 것이다.

지금 둘이 보인 반응은 그저 각각의 인물됨의 차이로 이해할 수도 있으리라. 그러나 이현은 그 한 번의 반응으로 대리인과 화신의 차이를 확신하고 있었다.

'아하. 이건 내 인식이 신의 영역에 도달해서인 것 같군.'

이현은 탁월한 천성을 지닌 존재다. 보통 사람들이 이해하지 못하는 어려운 문제도 쉽게 이해한다. 난제를 연구하다가 영감이 번뜩여서 답을 얻는 경험은 지겨울 정도로 많았다.

그러나 지금 그가 확신을 얻는 과정은 그런 감각조차 넘어서 있었다.

현상에 의문을 품는 순간 답을 얻는다. 여러 시공간을 동시에 인지하면서도 아무런 부담을 느끼지 않는다.

이것은 분명 신성으로부터 부여된 힘이리라.

'과연. 이 능력을 현계로 향하면 예지력으로 작용하게 되는 것이로군.'

이현은 흑영신교주와 신기를 다투면서 광세천교주에게 물었다.

"손 놓고 있을 생각인가? 이대로라면 흑영신이 바라는 것을 얻을 텐데?"

"음……!"

광세천교주가 신음했다.

'이것은 함정이다.'

그에게 임한 광세천의 의지가 그 사실을 알려주고 있었다.

광세천은 인간의 의지를 중요시한다. 이 중요한 순간에조차도 그런 원칙을 어기지 않았다. 신의 힘을 부여하면서도 그것을 휘두르는 것은 온전히 광세천교주의 의지에 맡기고 있었다.

즉 뻔히 함정임을 알면서도, 그 정체를 알 수 없어서 두려우면서도 걸어 들어가는 것은 광세천교주의 결단이었다.

"설마 그 결단이 아름답다고, 그렇게 찬사를 퍼부어주길 바라느냐?"

신의 영역에서 광세천교주의 심리를 파악한 이현이 조소했
다.

"그럴 일은 없을 것이다. 명령하고, 의무를 지우고, 오직 선택
의 책임만을 인간에게 떠넘기는 그 비열함이 참으로 진부하구
나. 역시 너희들은 없어져야 하는 존재다."

흑영신교주와 광세천교주가 신의 힘으로 이현이 지닌 신기의
제어권을 노리기 시작했다.

이현으로부터 신기를 강탈할 때마다 두 교주의 의식이, 아니,
영혼 그 자체가 크게 고동친다. 세상에 비하면 티끌처럼 작은
존재에 불과했던 그들의 의식이 확대되어 가면서 인간의 수준
을 넘어섰다.

'아아.'

두 교주는 자신들의 정신이 변화하는 것을 느꼈다.

그들은 본래부터 남들보다 높은 곳에서 큰 기준으로 세상을
보던 자들이다. 하지만 그것은 어디까지나 인간의 기준이었다.

지금 그들의 의식이 인간의 영역을 넘어서 신의 영역으로 들
어섰다. 그저 크고 넓게 보는 것만이 아니라 그 속을 알알이 채
운 세상의 구성 요소들을 남김없이 보고 이해한다.

보이지 않던 것들이 보인다. 예전에는 그저 아무런 의미도 부
여하지 않고 지나쳤던 덩어리들의 세부가 보이고 그것의 의미
를 이해하게 된다.

사람을 초월한 시선으로 많은 것들을 한 번에 보는데 예전과
는 비교도 할 수 없을 정도로 세밀하게 보기까지 한다. 인간의

정신이 버텨낼 수 있을 리가 없었다.

그런데 버텨낸다. 받아들이는 정보량이 커지면 커질수록 그들의 정신도 기하급수적으로 확장되어 가고 있었다.

예전에 형운이 허용빈으로부터 별의 조각을 받았을 때 겪었던 것과 흡사한 변화였다.

그러나 두 교주는 형운과는 달랐다.

'가까워지고 있다.'

그들은 자신들이 인간에서 멀어진다는 사실에 희열을 느꼈다.

신기가 유입될수록 그들의 정신이 인간을 벗어나 신화(神化)하고 있었다. 스스로에게 임한 신의 의지와 자신이 하나가 되어 간다는 느낌이 더없는 충만함을 선사했다.

이제 그들과 신은 별개의 존재가 아니다. 그들이 바로 흑영신과 광세천의 일부가 되었고 그런 변화가 점점 더 가속화되어 가고 있었다.

"그래, 그렇겠지."

이현은 그들의 상태를 꿰뚫어 보았다.

이것은 이현에게 승산이 없는 싸움이었다. 이현이 아무리 뛰어난 능력을 지녔다고 하더라도 결국은 패배할 수밖에 없다.

"너희들은 확신했을 것이다. 내가 어떤 함정을 팠더라도, 그로 인해서 타격을 입는다고 하더라도 너희들이 얻을 것이 더 많다고."

처음에 두 마교가 예지한 최악의 결과는 성지의 위치가 발각되는 것이었다.

그러나 이현이 지닌 힘을 얻을 수 있다면 그것조차도 감수할 수 있다.

성지의 위치가 발각되면 어떤가? 그들의 화신이, 지상대리인이 펼치는 신의 위업을 막을 자가 아무도 없을 터인데!

이현이 할 수 있는 반항이란 고작해야 그들이 얻을 신기의 총량을 줄이는 것. 그리고…….

─교도들이여, 그대들을 지킬 수 없음을 미리 사과하마. 그러나 그대들의 희생으로 대업은 완성될 것이다.

봉인 공간에 모였던 이들뿐만 아니라 성지에 거하고 있던 자들까지 모든 교도들을 멸살시키는 것이리라.

두 교주는, 아니, 그들과 합일한 신의 의지는 그것을 감수하기로 했다.

뼈아픈 결단이지만, 모든 교도가 꿈꾸는 것은 신의 대업을 성취하는 것이다. 그것으로 그들의 영혼도 구원받으리라.

"광신이란 아득한 고대부터 지금까지 변하지를 않는군. 문명의 불이 번져가면서 인간의 행동 원칙은 계속해서 변해왔거늘, 네놈들은 아무것도 변하지 않았어. 신의 위업을 이루기 위해서라면 얼마든지 산 자를 제물로 바칠 수 있다는 그 오만, 추악한 한결같음을 증오한다."

이현이 두 교주를 가리켰던 손을 들어 하늘을 가리켰다. 무한히 펼쳐진 천외천을.

"이미 선언했노라. 그대들에게는 대답해야 할 의무만이 있다고. 그 의무를 소홀히 한 대가를 치러라."

그리고 천외천에 재앙이 출현했다.

"오만하고 비겁한 신들이여, 인간이 명하노라! 존재를 걸고 대답하라!"

6

이 순간, 그 시공에 얽힌 모든 자들의 시선이 한곳에 못 박혔다.

그들은 세계를 인식하는 감각이 무너져 내리는 것을 느꼈다.

인간은 늘 사물의 크기를 인식하면서 살아간다. 그 척도는 바로 자신이다. 자신과 비교하여 바다가 넓음을 알고, 산이 거대함을 알고, 하늘이 높음을 안다.

그러나 인간이 인식할 수 있는 크기에는 한계가 있다. 그들은 세상의 넓음을 안다고 여기지만 진정으로 그것을 인식할 수 있는 존재는 없다.

"크다……!"

하지만 그럼에도 형운은 그것을 보며 크다고 느꼈다.

지금까지 살면서 형운이 가장 거대한 존재는 산도, 바다도, 하늘도 아니었다.

신수(神獸) 운룡이었다.

그 존재를 보는 순간, 형운은 항상 유지하고 있던 거리와 공간의 크기를 가늠하는 감각이 무참하게 무너져 내리는 것을 경험했다.

그때의 경험이 있기에 형운은 지금 보고 있는 것을 '크다'고 인식할 수 있었다.

섬광이 한곳에 집결하여 구체를 이루고 있었다. 그러나 그것이 구체임을 아는 자는 거의 없었다.

너무나도 컸기 때문이다.

손을 뻗어도 닿지 않을 정도로, 아니, 사흘 밤낮 동안 전력으로 뛰어가도 닿지 않을 정도로 멀리 떨어져 있는데도 시야를 가득 메워 버린다.

게다가 그것을 본다는 사실에 의미가 있을까?

누구도 그것을 이루는 빛의 색을 이야기할 수가 없었다. 아무런 색도 없는 것 같으면서도 세상에 존재하는 모든 색을 띠고 있는 것 같았다. 아무리 뚫어지게 보면서 생각해도 명확한 인식을 끌어낼 수가 없다.

"성운단……!"

흑영신교주가 신음처럼 외쳤다.

아득히 오래전, 인간의 역사에 기록되지 않은 재앙이 있었다.

그것은 한 인간의 재능과 야심으로부터 비롯된 재앙이었다. 세계의 본질을 해석하여 재현하는 데 성공했던 한 연단술사는 마침내 삼라만상을 재현하여 신세계를 창세하려고 했고 그 대가는 기존 세계의 종말이었다.

이 종말을 막기 위해서 신들마저도 각자의 입장을 초월하여 하나로 뭉쳤다. 그리고 그 과정에서 무수한 신들이 죽음에 이르러 인간과 신의 거리가 멀찍이 떨어지게 되었으니…….

그 원흉이 바로 성존, 그리고 재앙의 이름은 성운단이라 하였다.

이현은 신기로 기적을 일으켰다. 섭리를 초월하여 과거 시공

에 존재했던 성운단을 이곳에 재현하고 있는 것이다:

"설마 세계를 멸할 생각인가, 환예마존!"

두 교주는 경악했다.

아무리 이현이 대단하다고 하더라도 성운단을 제어하는 것은 불가능하다. 만약 성운단이 이 시공에 완전히 재현된다면, 그것은 곧 세계의 멸망이 될 것이다.

—자, 보아라.

성운단 속으로 사라진 이현은 육성 대신 정신파로 말했다.

—이것이 너희들이 꿈꾸던 세계로구나.

이현이 한 지점을 가리켰다. 그의 모습조차 보이지 않았지만 그 자리에 있던 모든 이가 한 지점을 바라보았다.

동시에 그들은 자신들이 아는 것과는 전혀 다른 세계를 보게 되었다.

'아.'

그것은 예지였다.

형운은 흑영신교가 꿈꾸는 미래를 보았다.

7

그곳은 태양이 존재하지 않는 세계였다.

끝없는 어둠이 지배하는 세계지만 싸늘하지는 않다. 흑영신교의 성지가 그렇듯 흑영신의 축복이 인간이 살아갈 수 있는 환경을 제공해 주었다.

빛이 없는 세계에는 색이 없다. 따라서 만물에 생김새로 가치를 매기고 괴로워하지 않아도 된다.

그곳에는 열망이 없다. 모든 인간은 흑영신의 가르침에 따라서 살아간다.

생존을 위해 누군가 다툴 필요도, 강자의 탐욕을 두려워할 필요도 없다. 전쟁이 존재한다면 그것은 저런 세상에서조차 미혹에서 깨어나지 못한 불신자들과의 투쟁뿐이리라.

삶은 아주 단순해질 것이다. 그저 빛이 없는 세계 속에서 태어나서 흑영신의 가르침을 충실하게 따르며 평온하게 살다가 죽으면 된다.

그럼에도 삶에는 여러 변수가 발생할 것이며 그 변수에 어떻게 대처했느냐에 따라서 삶의 가치가 정해질 것이다. 공덕이 충분하다면 명예로운 죽음을 맞이한 뒤에 흑암정토에 갈 수 있을 것이고 그렇지 않다면 다시금 연옥의 삶을 되풀이하리라.

'맙소사.'

형운은 그 세계를 보고 몸서리쳤다.

어떤 의미에서는 낙원이라는 말이 어울린다. 저런 세계라면 인류를 괴롭히는 많은 문제들이 사라지리라.

그러나 불행을 없앤다고 해서 그것이 곧 행복한 세계인가?

거기에 대해서 의문을 품는 순간 흑영신교주가 형운을 바라보았다.

─그 열망이 세계를 좀먹어왔다. 연옥의 섭리에 미혹된 인간이 그것을 인간의 본성으로 착각했기 때문에 지금까지 세상에서는 다툼이 끊이지 않았지. 작고 하잘것없는 머릿속의 주관으로 세상을 재단했기 때문에, 연옥의 빛에 미혹된 자들이 세상의

모습을 각자 제멋대로 오해했기 때문에 불행의 굴레가 끊이지 않았다.

"……."

─누군가는 그 굴레를 끊어야 한다! 백억의 인간이 있다면 백억의 오해가 있으니, 인류가 자신들만의 힘으로 미망에서 벗어나는 일은 영원히 오지 않을 것이다! 인간 자신도 그것을 알기에 항상 불안한 자신에게 확실한 길을 제시해 줄 영웅을, 구세주를 꿈꿔오지 않았던가?

흑영신교주는 언제나처럼 확신에 차서 광기를 설파했다. 형운은 그가 믿어 의심치 않는 지고선의 실체를 확인하고 몸을 떨었다.

'이것이 미치광이들의 낙원인가.'

누군가는 저런 세상을 반길지도 모른다. 흑영신교도만이 아니라 불행하지 않은 하루하루를 살아갈 수 있다면 그것만으로도 저 세상을 환영하고 싶은 이들은 많이 있으리라.

그러나 저 안의 인간에게는 과연 어떤 가치가 있는가?

흑영신의 구원은 인간의 가치를 부정한다. 저 안에서 살아가는 자들은 인간이 아니라 신에게 사육되는 가축이라고 불러야 하지 않을까?

─가엾고 어리석은 자여. 너는 지금의 세상에서 강자다. 남이 갖지 못한 것을 가졌기에 자신의 삶을 아까워하지. 하지만 기회를 갖지 못하고 절망하는 자들에게 있어서 과연 그대가 주장하는 '인간의 가치'가 얼마나 의미가 있을 것 같은가? 그대의 삶은 그런 자들의 피와 눈물을 담보로 삼을 가치가 있는가?

형운은 너무 어이가 없어서 화도 나지 않았다.

흑영신교야말로 자신들의 뜻에 동조하는 모든 이들을 가축 이하로 취급해 왔다. 신을 위해서, 구원을 위해서라는 명목으로 과거부터 현재에 이르기까지 죄 없는 이들의 목숨을 수도 없이 빼앗아오지 않았나?

그 모든 일들을 죄인을 구원하기 위한 선업이라고 합리화하면서 자신들에게 동조하지 않는 자들만을 비난하는 파렴치함이라니!

그때 재차 이현의 목소리가 들려왔다.

─그렇다면 이쪽은 어떨까?

이번에는 광세천교가 꿈꾸는 미래가 보였다.

8

그곳은 빛이 충만한 세계였다. 밤이 없는 세상이었지만 광세천의 가호로 인해서 음양의 균형을 걱정할 필요 없이 인간이 생존할 수 있었다.

─인간의 열망은 소중한 것이다. 그것을 부정해서는 안 된다.

광세천교는 흑영신교와는 정반대로 인간의 욕망을 긍정했다.

욕망이야말로 인간의 가치다. 욕망이 있기에 인간은 끊임없이 새로운 가능성을 발견해 왔고 그것이 세계의 형상을 규정해 왔다.

─변하지 않는 세계는 죽은 세계다. 인간도, 신도, 세계도 끊

임없이 변화해야 한다. 흑영신교가 만들려는 세상은 낙원으로 가는 길이 아니라 세계의 종말이다.

욕망에 대한 견해 차이가 바로 두 마교가 양립할 수 없는 이유였다. 둘은 철저하게 서로를 부정할 수밖에 없었다.

광세천교는 인류의 문제가 그 본성에 있다고 여기지 않았다.

─모든 죄는 세계로부터 비롯된다. 연옥은 가련한 죄인들에게 죄를 짓지 않고서는 살아갈 수 없도록, 그로써 고통이 끊이지 않도록 만드는 장소다.

너희들이 나빠서 잘못을 저지르는 것이 아니다. 애당초 이 세상이 죄를 지을 수밖에 없도록 설계된 것이다.

광세천교는 그렇게 이야기한다.

따라서 그들은 광세천이 강림하여 연옥의 섭리를 깨부수고 재구축하는 것만이 유일한 구원이라고 주장한다.

인간에게 채워지지 않은 욕망을 주고는 결코 모든 이들의 욕망이 충족될 수 없는 세상에 던져놓았다. 이 얼마나 가혹한 처사인가?

─모든 욕망이 긍정되는 세계가 될 것이다.

절대 불가능한 일을, 광세천은 확신을 담아 선언했다.

인간의 욕망 중에는 서로 상충되는 욕망이 무수히 많다. 예를 들어 한 사람을 반려로 얻길 바라는 두 사람의 욕망은? 서로를 증오하는 자들의 욕망은 어떤가?

그 모든 욕망이 긍정되는 세계가 있을 리 없지 않은가?

세계의 자원이 한정되어 있다는 것은 비단 물질적인 것에 한정되는 이야기가 아니다. 인간의 본성을 고치지 않는 한에야 그것은 이루어질 수 없는 망상에 불과할 것이다.

그런데 광세천은 거기에 대한 해법을 지니고 있었다.

―분명 연옥의 자원은 유한하다. 모든 욕망을 충족시키기에는 터무니없이 적지. 그러나 그것은 인간이 실체로 인식하는 세계 속에서의 이야기다.

인간은 철저하게 주관을 통해서 세계를 접한다.

설령 거짓이라고 할지라도 그것을 진실이라고 믿는 동안에는 진실이다. 인간은 허무맹랑한 꿈을 꾸면서도 그것이 깨어나는 순간 잊힐 허상에 불과하다는 사실을 모르니까.

그렇다면 모든 인간이 현실과 구분할 수 없는 꿈속에서 살아간다면 어떨까?

실체와 구분되지 않는 허상은 실체나 다름없다. 광세천이 구원한 세계 속에서 모든 인간은 같은 세상에서 태어났으되 서로 다른 역사를 살아가는 존재가 될 것이다.

―그것이야말로 모든 욕망이 긍정되는 세계, 모든 인간이 승리자가 될 수 있는 세계다.

서로가 서로의 세계 속에 존재하지만 결코 만나지 않는 세계다. 부모와 자식조차도 각자의 삶에 다른 인물로서 투영될 뿐 전혀 다른 역사를 살아간다.

그렇게 그 시대를 살아가는 인간의 수만큼의 '다른 역사'가 발생하는 세상 속에서, 진정 모두에게 의미 있는 경험만이 세계에 반영될 것이다.

―그것이야말로 광세낙원에 이를 수 있는 공덕이리라.

그 세계 속에서도 광세천은 믿음을 강요하지 않는다. 강요된 믿음에는 가치가 없다. 오로지 인간 스스로 발견하고 선택했을 때만 믿음은 가치를 지닌다.

인류의 역사를 보라. 선현들이 진리라 말했던 것이 후세에 부정된 사례는 얼마나 많던가?

강요된 믿음이란 불확실한 사실을 아무런 의심 없이 진리로 떠받드는 것과 같다.

─자신이 반드시 승리자가 되는 세계 속에서도 타인이 겪는 부조리함에 분노하고, 세계의 구조를 의심하고, 진실을 찾아 헤맨 끝에 믿음에 도달하는 자가 있을 것이다. 그들이야말로 진정 '깨달은 자'로서 가련한 중생을 구원하는 사도가 되리라.

그것이 광세천교가 꿈꾸는 세계였다.

'맙소사.'

형운은 전율했다. 앞서 흑영신교가 바라는 세상을 보았을 때보다도 더 큰 충격이 덮쳐왔다.

'이놈들은 흑영신교보다 더한 미치광이다.'

끔찍했다.

흑영신교가 인간을 근본적으로 잘못되었고 무가치한 존재라고 여긴다면 이놈들은 현세의 삶 그 자체를 부정하고 있었다.

인간이 살아서 겪는 모든 것들이 미혹에 불과하며 진정한 삶은 오로지 광세천이 주는 진리 속에만 있다니, 이미 삶의 방식에 대한 긍정과 부정조차 초월한 광기 아닌가?

광세천교주가 물었다.

"인간은 누구나 자신의 과오를 부정하고 싶어 한다. 살면서 어쩔 수 없이 과오를 저질렀는데 그게 돌이킬 수 없는 일인 경우가 너무나도 많지. 그런데 애당초 그런 과오가 허락되는 세상이 잘못된 것 아닐까? 왜 인간이 다른 인간을 상처 주는 것이, 그 목숨을 빼앗는 것이 허락되어야 하지?'

광세천이 구원한 세계 속에서 인간은 서로를 상처 줄 수 없을 것이며, 살해할 수도 없을 것이다.

설령 살해한다고 하더라도 그것은 오로지 자신의 세계 속에서만 일어나는 일이다. 진정한 의미에서 타인의 삶을 파괴하는 과오는 존재하지 않는다.

형운이 그를 노려보며 말했다.

"…그 과오마저도 우리의 삶이기 때문이지."

─그것이야말로 연옥에 미혹된 자의 생각이다. 슬프도록 오만하구나. 모두가 구원받는 세계조차도 받아들일 수 없는 이유가 불행을 사랑하기 때문이라니.

진심으로 연민을 담은 눈으로 자신을 바라보는 광세천교주를 보던 형운은 한 가지 결론에 도달했다.

'신 따위는 없는 편이 낫다. 인간 세상을 만들어 나가야 하는 것은 신의 의지가 아니라 인간의 의지여야 한다.'

─나와 뜻이 일치하는구나.

이현의 목소리가 들려왔다.

─다시 묻겠노라. 네놈들이 품은 구원의 뜻이 진실이라면, 네놈들은 그것을 이루기 위해서 자신들의 존재마저도 포기할 수 있느냐?

동시에 예지가 변화하기 시작했다.

9

형운의 의식은 어지럽게 변화하는 미래의 가능성을 향했다.

'신이 없고 신의 뜻만이 남은 세계.'

더 이상 흑영신이 존재하지 않는 세계가 보였다.

그의 구원을 받은 어둠의 세계와 그 속에서 흑영신의 뜻을 따라서 살아가는 인류, 그리고 사멸한 신의 유산처럼 흑암정토가 유지되고 있었다.

더 이상 광세천이 존재하지 않는 세계가 보였다.

모든 인간은 그의 구원을 받아서 누구나 승리자가 되는 무한의 꿈 속에서 살아가지만, 그곳에 더 이상 광세천의 존재는 없다. 오로지 '깨달은 자'들만이 광세천의 유지를 이어 가련한 자들을 광세낙원으로 이끌기 위해 활동할 뿐이다.

—어떠냐? 지금이라면 이룰 수 있을지도 모른다.

과거의 시공에 존재했던 성운단이 이현에 의해 현재의 시공에 재현되고 있다. 아직 그 작업은 완료되지 않았다. 그러나 그 작업이 완료된다면…….

'한 번의 창세, 그리고 구세계의 멸망?'

예지로 그 결과를 접한 형운이 몸서리쳤다.

동시에 성운단에 의한 세계 파멸이 그동안 상상하고 있던 것과는 다르다는 사실을 깨달았다.

형운은 그것을 공간적인 의미에서의 충돌로 이해했다. 세계 안에서 또 다른 세계가 탄생함으로써 두 세계가 충돌, 파멸에 이르는 재앙이 발생한다는 식으로.

그러나 지금 본 예지에 따르면 그 상상은 진실과는 동떨어져 있었다.

현계를 이루는 모든 것, 삼라만상과 시공에 각인된 역사가 다시 쓰이는 것이다. 그 결과 세상은 이전보다 많은 자원을 갖고, 이전과는 다른 형태로 재창조된다.

구세계의 멸망인 동시에 신세계의 시작이다.

'이래서 모든 신이 막으려고 달려든 거였군.'

하긴 공간적인 충돌이었다면 어떻게든 해결할 수 있었을 것이다. 현계의 밖, 천외천 너머에서 일을 벌이는 식으로.

하지만 기존 세계를 잡아먹으면서 재창세를 하는 방식이었다니, 그것은 현계의 생명만이 아니라 신들을 포함한 모든 존재의 파멸일 수밖에 없다.

'내가 이런 것을 품는 그릇이 되어야 한다고?'

거기까지 깨달은 형운은 아연해졌다.

'성운을 먹는 자'는 성운단을 품는 그릇을 의미한다.

그러나 지금 알게 된 성운단의 실체는 도저히 하나의 그릇으로 담아낼 수 있는 것으로 보이지 않았다. 일월성신의 힘조차도, 아니, 신들조차도 저것 앞에서는 하나의 존재로 격하되고 만다.

'아.'

하지만 그 순간 깨달음이 찾아들었다. 그와 서로 내면을 들여다본 이현의 기억 속에 거기에 해당하는 가설이 있었던 것이다.

'그렇군. 어르신의 가설이 맞는다면……'

그렇다면 왜 성운을 먹는 자 일맥이 자신들의 목표를 실현 가능하다고 생각했는지 그 근거를 알 수 있을 것 같았다.

하지만 지금은 그것에 대해서 생각할 때가 아니다.

이현의 말이 이어졌다.

─게다가 과거보다 훨씬 조건이 좋지. 과거와 달리 이곳에 있는 신의 의지는 둘뿐 아닌가?

과거에 성운단 사태를 막을 때는 무수히 많은 신들이 함께했다.

즉 성운단 사태를 막는 것 말고 다른 선택지를 고를 수가 없었다. 설령 성운단에 의한 재창세를 장악하려고 시도한다고 해도 다른 신들의 의지가 그것을 막을 테니까.

그러나 이현이 말한 대로 지금 이 자리에 있는 신의 의지는 둘뿐이다.

둘이 서로 다퉈서 한쪽이 승리한다면, 그렇다면 정말로 세계를 원하는 대로 재창세할 수 있을지도 모른다!

"너무나도……."

흑영신교주가 신음했다.

"…매력적인 파멸이로군."

이 자리에 있는 모든 이들은 기묘하고 경이로운 경험을 하고 있었다.

과거와 현재와 미래가 한 시공에 공존하고 있다.

머나먼 과거로부터 성운단이 불려 오고, 그것을 두고 이현과 두 신이 다투는 현재가 있으며, 그 인과로 시시각각 변화하는 미래의 가능성들이 보였다.

흑영신과 광세천이 고뇌한다.

그들의 의지가 흔들림에 따라서 미래도 변화하지만, 한 가지만은 분명했다.

"무슨 수를 쓰더라도 세계에 신의 자리만은 남겨두지 않겠다. 그것이 그대의 각오인가, 환예마존?"

주도권은 이현에게 있었다. 두 교주는 자신들이 완전히 함정에 빠졌음을 인정하지 않을 수 없었다.

지금 이 순간에도 두 교주는 이현이 통제하는 신기를 강탈하고 있었다. 하지만 이현은 성운단을 이 시공에 재현하는 것으로 그들이 강탈하는 것보다 훨씬 빠르게 나머지 신기를 소모해 갔다.

게다가 신기를 강탈하는 것조차도 득이 아니라 실로 작용했다.

두 교주의 상황은 달리는 호랑이 등에 올라탄 것과 같다. 신기의 제어권을 겨루기 시작한 상황에서 그 싸움이 끝날 때까지는 도저히 몸을 뺄 수가 없다.

그런데 신기로 인해 그들이 인간을 초월하면서 새로운 문제가 발생했다. 그저 인간의 몸에 신의 의지가 임한 것이 아니라, 그들이 곧 신의 일부가 된 것이다.

즉 흑영신과 광세천의 일부가 이현이 강요하는 함정에 묶이고 말았다.

'설마 이런 판을 짜놓고 있었을 줄은.'

흑영신교주는 분노를 넘어서 경이로움마저 느꼈다.

이현은 평생 동안 시공의 비밀을 탐구해서 전인미답의 경지를 개척한 자. 시공간을 다루는 데 있어서는 신수의 일족과도

겨룰 만하다는 평가를 들었던 인물이다. 그런 자가 신기를 손에 넣자 이런 일까지 할 수 있다니.

인정할 수밖에 없다. 천계의 높은 곳에서 거대한 운명을 다투던 신들조차도 이현의 의도에 넘어가고 말았다.

'수렁에는 이미 빠졌다. 더 깊이 빠지느냐 아니냐만을 고를 수 있는 상황이군.'

두 신에게는 선택지가 많다. 그러나 그 어느 것도 뼈아프지 않은 것이 없다.

먼저 결론을 내린 것은 흑영신이었다.

"그 미래는 받아들일 수 없노라."

─역시 그대가 주장하는 구원의 의지란 그 정도였군. 인간을 구원하는 것보다 자신의 존재, 자신의 뜻이 세상을 지배한다는 것이 더 중요한 것이겠지.

"전부 부정할 수는 없군. 그러나 그것만은 아니다."

─변명할 말이 남아 있느냐?

"신이 엄존하는 세상 속에서도 인간은 일탈한다. 모두가 구원받는 세계를 이룬다 하더라도, 분명히 죄를 저지르는 인간이 나오겠지."

물론 신의 의지를 따르는 자들이 그런 죄인을 벌하며 세상을 유지할 것이다.

"그러나 인간의 의지는 너무나도 덧없다. 고작 십 년에도 풍화되고, 백 년으로 역사를 망각하며, 천 년을 영원처럼 느끼는 자들에게 영원한 의무를 떠넘긴다니 그것은 그 자체로 용서받을 수 없는 악업이다."

과연 흑영신이 자신을 희생해서 구원한 세상이 얼마나 제대로 유지될까?

백 년?

아니면 천 년?

인간의 관리는 지속적인 어긋남을 낳을 것이고, 결국 파탄을 맞이할 것이다. 그리고 그렇게 망가진 세계는 오히려 구원되기 전보다도 못한 지옥이 될 터.

그것은 감당할 수 없는 책임을 떠넘기고 도피하는 것에 지나지 않는다. 영원을 책임질 수 없다면 애당초 구원을 이야기하지 말아야 한다.

"순간에 현혹되지 않고 항상 영원을 향하는 것, 그것이야말로 신의 의무이니라."

─역시 말은 번드르르하게 잘하는구나. 잘 알았다. 네놈이 인간에게 아무런 가치도, 가능성도 보지 않고 오로지 자신의 구원욕을 성취할 도구로만 본다는 것을.

신랄하게 흑영신을 비난한 이현이 광세천에게 물었다.

─그대는 어떤 답을 내었는가?

"유감스럽게도 저 간악한 놈과 같은 결론이군. 인간을 연옥의 고통으로부터 구원하는 것도, 낙원으로 이끄는 것도 신만이 할 수 있는 일이다. 인간에게 그 일이 가능했다면 신이 인간을 구원하겠다고 나서지도 않았을 것이다."

─역시…….

이현이 차갑게 웃었다.

─진부하군. 너무나도 진부해. 부끄러움도 모르고 스스로를

위대한 신이라고 칭하는 것들의 머릿속에서 나온 답이 고작 그 거더냐? 진정 위대한 신이라면 어떤 문제가 앞을 가로막아도 기 적으로 타파할 수 있어야 하는 것 아닌가?

"……."

—역시 네놈들은 세상의 운명을 논할 자격이 없다. 탐욕의 대 가를 치르고 네놈들이 온 곳으로 꺼지거라.

동시에 막대한 압력이 흑영신교주와 광세천교주를 덮쳤다.

성운단이 이 시공에 재현되고 있다.

두 신이 자신을 희생하는 재창세를 거부한 지금, 이현이 성운 단이 내포한 파멸의 힘으로 흑영신과 광세천을 공격하고 있었 다.

'아무리 그래도 완전히 재현할 수는 없다.'

흑영신교주는 냉정하게 사태를 분석했다.

이현이 인간이면서도 신기를 이용해서 경천동지할 이적을 일 으키는 것은 사실이다. 하지만 그렇다고 해도 그가 쓸 수 있는 신기는 유한하며, 그나마도 흑영신교주와 광세천교주에 의해서 실시간으로 강탈당하고 있다.

따라서 성운단을 완전히 재현하는 것은 불가능하다. 그러나 그가 재현해 낸 것만으로도 돌이킬 수 없는 재앙이 되리라.

'이것까지 계산하고 이 봉인 공간을 이용한 거군.'

낙성산의 봉인 공간은 인간의 작품이 아니다. 성존이 거하는 성혼좌가 그렇듯 여러 신들의 합작품이었다.

이곳에서라면 성운단이 폭주한다고 하더라도 현계에까지 영 향이 미치지 않는다. 그러나…….

'성지는 확실하게 세상에서 지워진다.'

이곳에 있는 자들, 그리고 축지문을 통해서 이 공간에 잡아먹힌 두 마교의 성지는 날려 버릴 수 있다.

상식적으로 생각하면 마교도들만이 아니라 이현이 불러 모은 각 세력의 인물들도 전부 죽게 될 것이다. 하지만 이현은 이미 그에 대한 대비를 해두었다.

이미 그들은 하나둘씩 봉인 공간 밖으로 격리되고 있었다.

'어르신.'

형운은 이현을 바라보았다.

더 이상은 누구도 싸울 수 없었다. 이 자리에 남은 투쟁은 오로지 이현과 두 신의 몫이었다.

이현을 돕기 위해 온 자들은 하나둘씩 전의를 거두었다. 이번 일의 속사정을 아는 자도, 모르는 자도 있었지만 모두가 이현이 세상을 위해 희생한다는 사실만은 알 수 있었다. 누가 하자고 말하지도 않았지만 다들 각자의 방식으로 이현에게 경의를 표했다.

형운과 이현의 시선이 마주쳤다.

두 사람은 아무런 말도 나누지 않았다. 하지만 눈을 마주하는 것만으로도 충분했다.

형운은 결연한 표정을 지었고, 이현은 빙긋 웃으며 고개를 끄덕였다.

그것을 끝으로 이현과 협력자들의 세계가 분리되었다.

10

흑영신교주가 신음했다.

'외통수로군.'

이현의 의도에 말려든 결과 시시각각 그들이 고를 수 있는 선택지가 악화되었다.

이 시점에서 두 교주가 고를 수 있는 최선의 선택지는 하나뿐이었다.

'힘을 합쳐서 성운단의 폭주를 막아야 한다.'

자신을 불사르는 이현을 막아서 성지를, 교도들을 지켜서 훗날을 도모해야 했다.

그러나 그러기 위해서는 크나큰 대가를 치러야 했다.

흑영신교주와 광세천교주의 시선이 교차했다.

잠시 서로를 바라보던 둘은 거의 동시에 작게 고개를 끄덕였다.

그것은 인간의 합의인 동시에 신들의 합의였다.

흑영신교주가 말했다.

"인정하마. 환예마존, 그대는 인간의 몸으로 신들의 대적자가 되었다."

성운단을 막기 위해서는 막대한 신기를 소모해야 했다. 이현으로부터 강탈한 신기는 물론이고 흑영신과 광세천의 본신 신기마저도.

"그대의 이름은 영원토록 잊히지 않을 것이다. 신의 뜻을 따르는 자들이 그대를 신화 속의 악(惡)으로 부르리라."

이번 일로 인해서 흑영신과 광세천이 현계에 행사할 수 있는 영향력은 크게 줄어들 것이다. 인간과 신의 거리가 또다시 크게 멀어지는 순간이었다.

광세천교주가 말했다.

"그러나 모든 것이 그대의 뜻대로만 되진 않을 것이다. 알고 있겠지?"

이번 일로 흑영신교주와 광세천교주는 일시적으로나마 인간을 초월해 신의 영역에 도달했다. 신기를 다 써버리고 인간으로 돌아간다고 하더라도 그들은 이전의 한계를 쉽게 돌파할 수 있게 되리라.

"더 이상 누구도 그대가 파헤치고자 했던 진실을 알 수 없을 것이다. 진리에 도달한 현자여, 신들의 대적자여, 명예롭고 쓸쓸하게 죽어라."

성운단의 폭주를 막는 것과 동시에 두 마교의 성지는 다시금 이 공간에서 분리되어 원래의 자리로 돌아갈 것이다. 그리고 이현은 이미 두 성지의 위치를, 그곳으로 갈 방법을 알았다.

하지만 그것을 누구에게도 전하지 못했다.

이미 그에게 그 사실을 전해 들어야 할 모든 인간들이 사라졌다. 그리고 두 신은 이현이 누구에게도 그 정보를 언어로도, 문자로도, 술법으로도 전하지 못했음을 확인했다.

절반의 승리다. 그러나 두 마교 입장에서는 이미 패배라는 말만으로는 부족할 정도의 대재앙이었다.

이현은 그들의 말에 대꾸하는 대신 눈을 감았다.

신기를 두른 채로 성운단과 겹쳐진 그의 생각은 신들조차도 알 수 없었다.

'적 태사, 이만하면 당신이 맡긴 일은 잘해낸 것 같소.'

그는 만족스러운 미소를 지은 채 다가오는 파멸을 지켜보았다.

'뒷일을 맡길 사람도 있으니 나쁘지 않은 마지막이군. 그럼 뒤는 맡기도록 하마, 형운. 아직 새파랗게 어린 네게 좀 무거운 짐을 떠넘겼지만, 네가 해내리라 믿겠다.'

그리고 모든 것이 빛으로 화했다.

제106장
후계자

1

정신을 차려보니 산중이었다.

적막과 고요 속에서 형운은 자신이 봉인 공간에 들어가기 전에 있던 장소, 낙성산 한복판에 있다는 사실을 깨달았다.

"…끝났군."

긴 적막을 깨고 입을 연 것은 귀혁이었다.

모두의 시선이 그에게로 향했다. 옷이 너덜너덜해지고 지친 기색이 역력한 귀혁이 바위에 걸터앉으며 한숨을 쉬었다.

이자령이 물었다.

"염마도는?"

"다시 볼 일은 없을 것이다."

"……."

이자령이 눈살을 찌푸렸다. 못마땅한 기색이 역력했지만 비아냥거리기에는 귀혁의 전공이 너무 훌륭했다.

"그나저나 어르신도 참. 기왕이면 온 길로 돌려보내 주셨으면 좋겠는데, 지금쯤 난리가 났겠군."

멋쩍은 듯 말한 것은 진본해였다.

그만이 아니라 한서우와 자혼도 왔던 곳이 아니라 낙성산에 와 있었다.

"아무래도 축지문으로 온 경우는 술법의 연결이 살아 있어서 온 길로 보낼 수 있었지만 개개인을 불러낸 경우에는 그럴 수 없었던 것 같군."

귀혁은 그렇게 추측했다. 사실이든 아니든 상관없었다.

"마지막으로 정말 큰일을 하고 가셨군요."

기영준의 말에 귀혁이 쓴웃음을 지었다.

"끝까지 터무니없는 노인네였지. 평생 잊을 수 없는 기억을 남겨주는군."

"……."

형운은 쓸쓸한 감상을 내비치는 귀혁을 바라보았다.

그와 이현의 인연은 형운이 생각했던 것보다 훨씬 더 길었다.

성운을 먹는 자 일맥의 3대 계승자였던 위무영과의 만남은 이현의 인생에 있어서 커다란 전환점이 되었다. 그 후로 이현은 성운을 먹는 자 일맥과의 인연을 이어갔으며 귀혁은 청년 시절에 스승의 소개로 이현과 처음 만났다.

그 시절에 이현은 이미 노인이었으며 강호를 대표하는 열 명의 협객 중 하나로 불리고 있었다. 귀혁이 나이를 먹어 장년이 되고, 중년이 되고, 지금에 이르기까지 이현은 늘 한결같은 모습으로 앞을 개척해 나가고 있었다.

지금 귀혁이 느끼는 감정이 어떤 것일지 형운이 이해하는 것은 불가능하리라. 아마도 이 일을 시작했을 때부터 귀혁은 형운이 상상도 못 할 감회를 느끼고 있었을 것이다.

"그 점은 동감이야."

그렇게 말하는 한서우 역시 심경이 복잡한 것 같았다.

둘 다 알고 있던 누군가를 떠나보내는 데는 익숙한 사람들이다. 노년이라 불릴 만큼 긴 세월을 살아오기도 했지만 무인이란 원래부터 일반인보다 그런 일에 익숙한 이들이기도 했다.

그럼에도 자신들의 일생에 걸쳐 있던 한 사람의 죽음은 뭐라고 설명하기 힘든 감흥을 안겨주었다.

문득 이자령이 말했다.

"선검, 늦었지만 이 말을 해야 할 것 같군. 재기를 축하하네."

"감사합니다."

기영준이 운강의 일로 오른팔을 잃고 은둔 생활에 들어갔을 때, 모두가 그의 앞날을 걱정했다.

평생 동안 검술을 연마해 온 오른팔을 잃는다니, 상상만 해도 끔찍한 일이었다. 모두가 기영준이 재기하지 못할 가능성이 높다고 보았다. 앞으로 다시 모습을 드러낸다 하더라도 무인으로 활약하기보다는 후학을 육성하는 일에 전념할 가능성이 높다고 추측했다.

그러나 3년 만에 은둔을 깨고 나온 기영준은 자신이 여전히 팔객으로 불릴 자격을 지닌 무인임을 증명했다. 무인으로서 경의를 표하지 않을 수 없었다.

진본해가 물었다.

"그러고 보니 선검. 우리 예전에 한번 본 적 있지 않던가?"

"함께 싸운 것은 처음이지만, 진야 사건 때 뵈었지요."

"역시 그랬군."

기영준은 30년 전의 마교 토벌전 때도, 진야 사건 때도 태극문도로서 참전했었다.

토벌전 때는 젊은 무인으로서는 큰 공을 세웠을지언정 대국적으로 큰 역할을 해내지는 못했다. 당시의 그는 아직 장래가 촉망되는 젊은이였을 뿐이었으니까.

진야 사건 때도 그는 진야와 직접 전투를 벌일 만한 경지에 오르지는 못했다. 그가 심상경에 도달하고, 팔객의 일원으로 불린 것은 그 이후의 일이었다.

"인상적이었네. 태극문의 무공, 훌륭하더군."

"해룡창법과 해룡시 역시 명불허전이었습니다."

진본해와 기영준이 악수를 나누었다. 그리고 기영준이 모두에게 말했다.

"그럼 전 이만 실례하도록 하겠습니다. 곧바로 본산으로 돌아가 봐야 할 것 같군요."

태극문은 이번 일에 기영준만이 아니라 다수의 고수들이 참전했다.

격전 중에 많은 사상자가 발생했는데 그 점은 태극문도 예외가 아니었다. 진야 사건 때 이후로 가장 많은 고수들이 한곳에 투입되었고, 희생된 사건으로 기억되리라. 기영준 입장에서는 이현의 죽음만큼이나 그쪽도 무겁게 다가오는 일이었다.

하지만 그때 한서우가 그를 제지했다.

"잠깐. 마음은 이해하지만 지금은 떠나기에 적절한 때가 아니다."

"네?"

"흑영신교와 광세천교 놈들이 인근에 있어. 마존께서 펼친 결계 때문에 전투에 참가하지 못하고 근처에 떨어진 팔팔한 병력들이니 이 자리를 빠져나갈 때까지는 협력했으면 하는데."

그 말에 다들 서로를 바라보았다.

이 상황에서 고려할 선택지는 둘이었다. 이대로 모여서 안전지대까지 빠져나가는가, 아니면……

"이대로 놈들을 공격하는 편이 낫지 않겠나? 이곳에 모인 면면이면 충분히……"

진본해가 눈을 빛냈다.

하지만 한서우가 고개를 저었다.

"별로 권장하고 싶지 않군. 우리는 꽤나 지쳤고 놈들은 팔팔하다. 그리고 용왕, 당신은 화살도 다 떨어지지 않았나?"

"그렇기는 하지만 내 궁술은 화살이 없어도 어느 정도 위력은 나오지. 그리고 근처에 나무가 많으니 즉석에서 화살을 만들면, 깃이 없으니 정확도 문제가 있기는 해도 어느 정도는……"

"그 정도로는 안 돼. 놈들의 수가 적지도 않다. 각각 머릿수가 200은 넘는 것 같고, 칠왕과 팔대호법도 포함되어 있다."

"알겠다. 그 정도면 확실히 물러나는 게 낫겠지."

진본해는 머쓱한 기색으로 인정했다.

한서우가 말했다.

"따로따로 떨어져서 이동한다면 곧바로 놈들의 예지에 걸려서 추격당할 거다."

"지금은?"

"나와 형운이 있으니 잠시는 괜찮다."

그 말에 몇몇 사람이 이해할 수 없다는 시선을 보냈다. 한서우가 설명했다.

"나 역시 예지자라 놈들의 예지로부터 주변을 감출 수 있다. 그리고 형운은 예지자의 천적이지. 들여다봐서는 안 되는 수렁 같은 것이다."

"호오."

진본해가 형운에게 감탄의 시선을 보냈다. 그 역시 해루족과 부딪치면서 살아왔기에 예지자를 상대하는 게 얼마나 성가신 일인지 잘 알고 있었다.

한서우가 말을 이었다.

"하지만 시간이 지나면 반대로 들여다볼 수 없다는 점을 이용해서 주변을 더듬는 것으로 위치를 파악하겠지. 그 전에 뭉쳐서 벗어나야 한다."

"내키진 않지만 그 말대로 하지."

귀혁이 말하자 한서우가 피식 웃었다.

"꼭 그런 말을 한마디 붙여야겠나, 귀혁?"

"그나마 명확하게 말해주는 내가 낫지 않나?"

귀혁이 이자령을 눈짓하며 말했다. 그녀는 당장 이 자리를 박차고 떠나 버리고 싶은데 그럴 수 없다는 불만을 노골적으로 드러내고 있었다.

한서우가 투덜거렸다.

"좋은 일 해주고도 미움받는 것에 익숙해졌다는 게 서글퍼지는군."

"뭐 우리 처지가 그렇지. 사람들 반응 하나하나 신경 쓰다가는 못 해먹는 거 알면서."

자혼이 그의 어깨를 두드려 주며 말했다.

"일단 기운을 좀 회복하고 바로 움직이도록 하지요."

조금 기운을 차린 형운이 품에서 진기 회복제를 꺼내서 모두에게 하나씩 돌렸다.

진본해가 물었다.

"자네와 자네 사부 옷 속에는 무슨 요술 상자라도 있나? 무슨 약이 꺼내도 꺼내도 계속 나오나?"

"아, 휴대용 띠가 있거든요."

형운이 너덜너덜해진 옷 안쪽을 열어서 보여주었다. 상반신을 비스듬하게 두르는 띠에 약병을 딱 맞춰서 꽂아놓을 수 있는 주머니들이 수십 개나 붙어 있었다. 별의 수호자에서 무인들에게 지급하는 표준 장비 중에 하나였다.

진본해가 감탄했다.

"호오, 이런 식으로 갖고 다니는군. 효율적인 장비인데? 돌아가면 우리도 만들어보라고 해야겠어."

그만이 아니고 이자령이나 기영준도 흥미를 드러내었다.

진기 회복제를 먹고 한차례 운기를 한 그들은 곧 한서우의 인도에 따라서 그 자리를 벗어났다.

"이쯤 왔으면 괜찮을 것 같군. 형운, 네 생각은?"

한서우가 그렇게 말한 것은 낙성산에서 150리(약 60킬로미터)도 넘게 이동한 후였다.

형운이 주변을 둘러보고는 말했다.

"저도 동의합니다. 주변을 봐도 그렇고 술법의 흔적도 느껴지지 않아요."

그들은 여기까지 오면서 주의를 기울였다. 술법에 의한 탐지를 신경 쓰는 것은 물론이고 만약의 사태를 대비해서 민가에서도 멀찍이 떨어져서 움직였다.

기영준이 한서우에게 인사했다.

"감사했습니다."

"다 같이 살자고 한 일이야."

서로의 입장이 있으니 공식적으로는 감사를 표하는 것조차 힘들다. 그래도 기영준이 솔직하게 감사를 표하자 한서우가 미소를 지었다.

"그럼 저는 이만 실례하겠습니다. 다시 뵐 때까지 다들 강녕하시길."

기영준은 일일이 한 명 한 명에게 인사를 하고는 떠나갔다.

"나도 이만 실례하지. 본산을 오래 비워둘 수 없으니."

이자령도 몸을 돌렸다. 경공을 펼치려던 그녀는 문득 생각났다는 듯 형운을 돌아보며 말했다.

"이번에는 제법 괜찮았다. 네 사부가 귀혁만 아니었어도 참

좋았을 것을…….”

그녀가 쯧쯧 하고 혀를 차자 귀혁이 노골적으로 코웃음을 쳤다. 이자령이 무시하고 떠나려는데 귀혁이 그녀에게 뭔가를 던졌다.

“음?”

그녀가 받아 들고 보니 진기 회복제가 든 병이었다.

“이제 나이도 들었는데 먼 길 갈 때는 몸도 좀 신경 쓰는 게 좋지 않겠나?”

이자령은 대답 대신 귀혁을 한번 째려보고는 그 자리를 떠나갔다.

진본해가 귀혁에게 말했다.

“이렇게 된 김에 당신 쪽에서 잠시 신세지게 해주지 않겠나? 돌아가는 길에 선물이나 사 들고 가야겠군.”

“당신은 변한 게 없군.”

귀혁이 피식 웃었다. 진본해는 진야 사건 때도 싸움이 끝나고 나서 귀혁에게 저런 소리를 했었다.

진본해가 능글맞게 웃으며 말했다.

“그러는 당신하고 검후는 예전보다는 좀 부드러워진 것 같군. 예전에는 진짜 서로 언제 칼부림을 해도 이상하지 않을 것 같았는데.”

“난 예나 지금이나 마찬가지고 검후가 나이 먹고 좀 분별력이 생긴 것뿐이지.”

뻔뻔한 말에 진본해가 껄껄 웃었다.

“그럼 우리도 이만 떠나도록 하지.”

한서우는 그리 말하면서 형운에게 전음을 날렸다.

―백령회를 통해서 연락하마.

형운은 그가 무슨 일로 연락하겠다는 것인지 대충 감을 잡았다. 겉으로는 내색하지 않고 그에게 작별 인사를 했다.

"기회가 닿는 대로 한번 대접하겠습니다."

"고맙구나. 그때가 되면 사양하지 않고 얻어먹도록 하지. 그럼……."

"잠깐."

자혼이 끼어들자 한서우가 의아한 표정을 지었다.

"왜?"

"난 아직 볼일이 남았거든. 형운?"

"네?"

"부탁하고 싶은 게 있는데."

"저한테요?"

형운이 어리둥절했다. 자혼이 금 간 여우 가면 너머로 귀혁의 눈치를 살피며 물었다.

"잠깐 셋이서만 이야기할 수 있을까?"

"음?"

형운이 의아해했다. 자혼이 가려를 가리켰기 때문이었다.

3

자혼은 형운과 가려를 데리고 멀찍이 떨어진 곳으로 이동했다.

가려가 영문을 모르겠다는 표정을 짓고 있을 때 자혼이 여우 가면을 벗었다. 눈매가 날카로운 여성의 얼굴을 한 그녀가 가려 에게 말했다.

"가려, 당신 내 제자 하지 않을래?"

"네?"

가려가 눈을 휘둥그레 떴다. 형운도 놀란 나머지 반응이 한 박자 늦었다.

"누나를 제자로요? 아니, 지금 무슨 말씀을……."

"다른 꿍꿍이속이 있어서 하는 이야기는 아니야. 진짜로 재 능이 탐나서 하는 이야기야. 당신을 눈여겨본 것은 청해군도 때 부터였지."

자혼은 청해군도에서는 가려의 무공을 유심히 볼 기회가 없 었다. 하지만 언뜻 본 것만으로도 상당히 깊은 인상을 받았다.

"그리고 이번에는 정말 놀랐어."

이번 격전 속에서 가려가 보여준 모습은 자혼을 경악케 했다. 은신 호위자의 무공을, 그 틀을 뛰어넘어 전인미답의 경지로 승 화시킨 가려의 재능에는 이존팔객이라 불리는 자들조차도 놀랄 수밖에 없었다.

"혹시 지금 스승으로 섬기는 인물이 있어?"

"없습니다."

자혼의 물음에 가려가 동요를 가라앉히며 대답했다. 그녀의 인생에는 교관은 있어도 무맥의 계승자 자리를 내준 스승은 존 재하지 않았다.

자혼이 눈을 빛냈다.

"역시. 아무리 봐도 가려 당신의 무공은 별의 수호자의 누군 가를 스승으로 두고 배운 것이 아닌 것 같았어. 그럼 어때?"

"저를 높이 사주신 것은 영광입니다. 하지만 거절하겠습니 다."

가려가 담담하게 거절의 뜻을 표하자 자혼이 눈을 크게 떴다.

"왜? 나는 이래 봬도 대륙 제일의 자객이라고 불리는 몸이야. 당신도 알고 있을 텐데? 별의 수호자의 무공은 당신에게 맞지 않는다는 것을."

별의 수호자는 그 어떤 집단보다도 다양한 무공을 보유하고 있다. 당연히 그중에는 은신 호위들을 위한, 자객의 무공에 가까운 것들도 있었다.

하지만 아무래도 다른 분야의 무공들에 비하면 깊이가 얕다. 그 계통의 무공을 익힌 무인의 수도 상대적으로 적고, 그들 중 에 고위직에 오를 정도의 고수가 나오지는 않았기 때문이다.

별의 수호자에서 은신 호위자들이 오를 수 있는 정점은 사실 상 영성호위대장인 석준 정도라고 할 수 있었다.

가려는 이미 석준을 뛰어넘은 지 오래였다. 몇 년 전부터 그 녀는 별의 수호자의 은신 호위자로서는 전인미답의 경지를 개 척해 나가고 있는 중이다.

기존의 무공이 설정한 감각을 수정, 보완하면서 더 높은 경지 를 추구한다. 그것은 물론 대단한 일이지만 비효율적인 일이기 도 하다. 정말 아무도 가본 적 없는 영역이라면 모를까, 선인들 이 개척한 업적을 전수할 누군가가 있다면…….

"나라면 당신을 그 너머로 이끌어줄 수 있어."

"저 역시 통감하고 있는 문제입니다. 하지만 자객이 될 생각은 없습니다. 죄송합니다."

단호한 가려의 대답에 자혼이 고개를 갸웃했다.

"자객 되라는 거 아닌데?"

"…네?"

가려는 허를 찔린 듯 표정을 무너뜨렸다.

"내가 자객이기는 하지만 딱히 이 일을 누군가한테 계승할 생각은 없어. 나는 두 가지 의미에서 후계자를 찾고 있는데, 가려 당신은 그 둘에 모두 해당되지는 않아. 그리고 평생 그런 후계자를 찾을 수 있을지조차도 알 수 없지. 아마 내 선대가 그랬듯이 둘을 따로따로 분리하게 될 가능성이 커."

그 말에 형운은 자혼에 대해서 귀혁에게 들었던 이야기를 기억해 냈다.

일인전승으로 계승되는 자혼의 일맥은 무맥도, 자객의 일맥도 아니다. 그저 현재의 계승자인 자혼이 자객으로 활동하고 있을 뿐이다.

즉 자혼의 무공은 그녀가 계승한 특이한 일맥이 아닌, 순수한 인간이던 시절에 다른 경로를 통해서 익혔다는 결론이 나온다.

자혼이 말을 이었다.

"분명 내 무공은 자객의 무공이지. 하지만 내 무공을 계승한다고 해서 당신이 자객이 될 필요도 없고, 내게 처음 이 무공을 가르친 집단의 일원이 된다는 업을 질 필요도 없을 거야. 그들은 이미 내 손으로 세상에서 지워 버렸으니까."

그 말에 형운은 오싹함을 느꼈다.

자혼은 담담하게 이야기하고 있었지만 그 내용은 충격적이다. 자신의 사문을 스스로의 손으로 파멸시켰다는 의미니까.

자혼이 생긋 웃었다.

"잠깐 내 이야기를 할게. 들어봐."

4

"내 과거사는 강호에는 그리 드물지 않은, 흔한 이야기야. 어떤 경로였는지는 모르겠는데, 기억도 잘 안 날 정도로 어릴 적에 인신매매되다가 자객 집단에 팔렸지. 기억이 분명한 시절에는 이미 자객으로서 육성되고 있었어."

어린 자객은 꽤 쓸모가 많다. 능숙하고 강한 어른 자객이 되기 전, 그 시절에만 할 수 있는 역할들이 있었다.

그 말에 형운이 눈살을 찌푸렸다. 자혼이 겪은 과거사의 잔혹함 때문만은 아니다. 그녀의 사정이 여러 가지 일들을 떠올리게 했기 때문이었다.

산운방의 형준으로 위장 신분을 만들러 갔을 때 겪은 일들, 그리고…….

'무일.'

자신을 위해 희생한 무일의 과거까지.

자혼은 형운의 기색을 알아차렸으면서도 모르는 척 담담하게 말을 이어갔다.

"그러다가 어떤 사람을 만났지. 내가 죽여야 할 표적이었는데 군이 상처를 받아가면서 나를 구해준 사람이었어."

그는 제법 강호에서 이름난 협객이었다. 다소 외진 지방에서 폭거를 휘두르는 유지의 일을 망쳐놓았다는 이유로 자혼이 속한 자객 집단에 의뢰가 들어왔고, 성인 자객들이 한번 실패한 후에 자혼을 포함한 아이들이 동원되었다.

"정말 좋은 사람이었지. 우리가 아이라는 이유만으로 자기가 중상을 입는 것까지 감수하면서 우리를 살려서 제압했어."

자혼은 아련함과 쓸쓸함을 내비치며 말했다.

하지만 당시 자혼을 포함한 어린 자객들은 그가 자신들을 살려냈다는 사실에 고마움을 느끼지도 못했다. 그들은 자아가 확립되지도 않은 어린 시절부터 철저하게 자객으로, 살업의 도구로 쓰이기 위한 세뇌 교육을 받고 자랐다. 상대의 선의에 감동받는 것이 아니라 찔러야 할 틈으로 보고 죽일 방법을 고민할 정도로, 철저하게 세공된 정신을 갖고 있었다.

"먹을 거였어."

"네?"

뜬금없는 말에 형운이 의아해했다.

자혼이 쓴웃음을 지으며 말했다.

"그의 말이나 행동은 와 닿지 않았지. 하지만 제압한 우리를 데리고 도망치는 동안에, 부상당한 몸으로 사냥을 하더니 그걸로 요리를 해주는데… 그게 정말 기가 막히게 맛있었어."

자객은 기본적으로 일반인은 상상도 할 수 없는 수준의 인내를 강요받는다. 자객이 풍족함을 누린다면 그건 어엿한 한 명의 자객으로 완성되고 내일이 없는 삶을 사는, 누군가를 죽여서 대가를 받고 또 다음 일을 기다리는 그동안뿐이다.

따라서 자객 집단에서 아이들을 자객으로 육성할 때, 그 과정은 정말 가혹할뿐더러 곤궁하다. 아이들은 늘 춥고 배고팠고 맛있는 먹거리는 교관들의 시험에서 정말 우수한 성과를 냈을 때만 포상으로 받을 수 있었다.

　"원래는 객잔에서 요리사로 일했다던가. 양념을 갖고 다니면서 자기가 요리를 해주고 시장에서 사냈던 당과를 주는데, 그때 처음으로 우리가 살행을 위해 연기하던 배경 설정인 '수상한 어른이 당과 준다고 해서 따라가면 안 된다'가 무슨 의미인지 이해할 수 있을 것 같았지."

　자기를 죽이려고 했던 아이들을 위해 부상을 입은 몸으로도 성심성의껏 먹을 것을 사냥하고, 정성을 다해서 요리를 해주는 그의 행동이 아이들을 뒤흔들었다.

　자객으로서 세뇌 교육을 받은 아이들의 정신을 유지하는 것은 철저한 원칙이었다.

　인간은 의외의 상황을 만나면 동요한다. 그리고 이해할 수 없는 상황에 대한 동요는 자신의 인식에 대한 의심을 낳고, 그 의심으로 인해 세뇌가 파괴될 수도 있다.

　자객 집단은 그 사실을 잘 알고 있었기에 주의를 기울였다.

　'설령 대상이 이런 반응을 보이더라도 그 이면에는 이런 꿍꿍이속이 있으니 넘어가서는 안 된다.'

　그런 식으로 수십 가지 사례들을 정리해서 교육했던 것이다.

　하지만 그의 행동은 그들이 받은 교육으로는 도무지 이해할 수 없는 것이었다. 아무리 끼워 맞춰서 이해해 보려고 해도 그럴 수가 없었고, 그가 내주는 먹거리가 주는 자극이 너무 커서 마음이 흔들리고 말았다.

"하지만 그도 결국 죽었어."

그는 세상모르는 순진한 사람은 아니었다. 아이들을 풀어주거나 관에 넘기지 않았던 것만 봐도 알 수 있다. 지금 자신이 있는 곳이 적지라는 것을 인식하고, 아이들을 제압한 채로 마차를 구해서 그곳을 떠났다.

그러나 그것은 자객 집단이, 지방 유지가 기다리던 기회였다. 치안이 미치지 않는 곳으로 들어서자 곧바로 맹공이 쏟아졌다.

그의 무공이 상당히 뛰어났지만 한계가 있었다. 이미 부상을 입은 몸으로 무리하다가 결국 죽음을 맞이하게 되었다.

남자는 마지막까지 아이들을 안타깝게 바라보았다. 자혼이 평생 잊을 수 없는 눈길이었다.

"…그것이 내 안에 의문을 심어주었지."

그때까지 자혼은 자신의 처지를 매우 자연스럽게 받아들였다. 자신이 남들보다 가혹한 삶을 살고 있다는 의심조차 없을 정도로.

하지만 그 일을 겪고 나서 모든 것을 의심하게 되었다.

그것은 다른 아이들도 마찬가지였다. 다만 자혼과 다른 아이들이 달랐던 점이라면 영리함과 철저함이었다.

자객 집단은 공들여 키워낸 아이들이, 자기들 기준으로는 망가졌다는 사실을 알게 되면 폐기 처분했다.

다른 아이들은 흔들리는 마음을 드러내서 하나하나 폐기 처분당했다. 오로지 자혼만이 격렬한 내면의 변화를 감춘 채 그들이 원하는 도구를 연기해 냈다.

"…그 후의 이야기를 길게 할 필요는 없을 것 같구나. 나는 그후에도 그들의 도구로 손에 피를 묻히며 살았고, 그리고 어느시점에서 그들은 세상에서 사라졌지."

어떤 의미에서 자혼은 한서우와 닮아 있었다. 자신을 죄업의 도구로 길러낸 존재들을 파멸시키고 최후의 전인이 되었다는 점에서는.

자혼이 다시 가려에게 제안했다.

"그러니까 너는 자객이 될 필요는 없어. 내게 배운 무공을 어디에 쓰든 그건 네 의지일 거야. 오히려 네 입장에서는 자객의 무공을 배우는 것이 앞으로 형운을 지키는 데도 큰 도움이 되지 않겠어?"

그 말은 사실이었다. 은신 호위자들은 자객의 암습을 막기 위해 자객이 어떤 식으로 공격해 오는지를 철저하게 공부하니까.

"저는……."

모든 설명을 듣게 되자 가려는 아까 전과 달리 망설였다.

천고의 기연이 눈앞에 있어서?

아니다.

무인으로서 욕심이 안 난다고 하면 거짓말이겠지만, 그녀를 진정 망설이게 하는 이유는 따로 있었다.

가려가 형운을 바라보았다.

"……."

형운은 곧바로 그녀의 고민을 알아차렸다. 그렇기에 그녀가 뭐라고 입을 열기 전에 먼저 말했다.

"제 허락이 필요한 부분이라면, 저는 허락하겠습니다."

"공자님."

"위에 보고할 사유를 대기는 어렵지 않아요. 하지만 중요한 것은 누나의 의지예요. 누나는 어떻게 하고 싶어요?"

"저는……."

가려가 선뜻 대답하지 못하고 머뭇거렸다.

문득 그녀는 자신의 내면에서 한 가지 감정을 발견하고 놀랐다.

'욕심이 난다.'

지금까지 그녀는 스스로를 위한 열망 따위는 모르고 살아왔다.

어린 시절, 석준의 손에 이끌려 별의 수호자에 들어온 후로 늘 그랬다. 석준은 괴로움밖에 없던 고향에서 그녀를 끌어내어 새로운 삶의 기회를 주었고, 은신 호위무사라는 역할을 주었다.

그것은 그녀의 천성과 딱 들어맞는 직업이었다. 그녀는 누군가의 그림자가 되어 살아가는 것에 만족했으며, 자신의 재주가 누군가에게 도움이 된다는 사실에 직업적 충실감을 얻었다.

형운을 만난 후에는 조금 달라졌다. 그를 호위하는 10년 동안 가려는 형운을 단순한 호위 대상 이상의 존재로 여기게 되었다.

형운이 자신에게 말하듯, 가족이 있다면 이런 느낌일지도 모르겠다.

그저 그의 안위를 지키는 것에 그치지 않고 그를 위해서라면 무엇이든 하고 싶었다. 언제까지나 곁에 머무르면서 그가 꿈을 이루는 것을 보고 싶었다.

무인으로서 더 강해지고자 하는 것조차도 그것을 위해서였다. 형운의 곁에 있기 위해서, 중요한 순간에 그의 손을 잡아줄 수 있는 사람이 되기 위해서는 강해져야만 했으니까.

그런데 지금 이 순간, 가려는 처음으로 낯선 욕망을 만났다.

'저 너머를 보고 싶다.'

무인으로서 자신이 개척해 온 경지의 너머를 보고 싶다.

동기가 어떤 것이었든 간에 그녀는 누구보다도 성실하게 자신의 재능을 연마해 왔다. 그녀는 그 모든 것을 형운을 위해서라고 여기고 있었지만 그것만은 아니었다.

지금까지는 아무도 이끌어줄 사람이 없었기 때문에, 어차피 스스로 개척해 나가야 할 길이기에 포기하고 있었을 뿐이다. 가려는 자신 역시 무인으로서 갈증에 시달리고 있었다는 사실을 깨달았다.

'하지만⋯⋯.'

격렬한 고뇌가 일었다.

무인으로서 이 제안을 받아들이고 싶다.

그러나 그 개인적 욕심을 선택하면 지금까지 그녀가 지켜온 호위무사로서의 원칙이 깨진다.

그녀가 고민하는 것을 보던 형운이 말했다.

"솔직히 누나가 내 곁을 비우면 분명 그 빈자리는 클 거예요. 누나를 온전하게 대신할 인력 따위 없으니까."

"⋯⋯."

호위단 세 명도 상당히 유능해졌다. 하지만 가려와는 모든 면에서 비교조차 되지 않았다.

"그래도 나는 누나가 가야 하는 이유를 수십 가지도 넘게 댈 수 있어요. 누나 자신에게 있어서도, 내게 있어서도."

가려에게 있어서 이것은 둘도 없는 기회다. 천고의 기연이라는 말이 어울린다.

형운에게 있어서는 어떨까?

만약 가려가 아닌 다른 사람이 이런 제안을 받았다면, 인간적으로는 축하해 줄지언정 척마대주의 입장에서는 인력 손실을 걱정해야 할 것이다. 이런 기회를 얻은 사람은 이후에 좋은 인연으로 남아서 협력 관계를 구축할 수 있을지는 몰라도 더 이상 자신의 아랫사람으로 남아 있지는 않을 테니까.

그러나 가려는 그러지 않을 것이다. 가려는 자혼의 제자가 되더라도 여전히 형운의 호위무사로 남고 싶어 할 것이다.

그 사실에 대한 확신은 기쁨보다는 씁쓸함을 주었다.

'모두가 누나를 인정해 주면 좋겠어. 누나는 충분히 그만한 대우를 받을 수 있는 사람인데……'

어린 시절부터 늘 그렇게 생각해 왔다. 가려가 당당하게 사람들을 마주하고 그들에게 인정받는 날을.

하지만 가려는 그것을 바라지 않았다. 그런 그녀를 보면서 형운은 늘 아쉬움과 답답함, 그리고 기쁨을 동시에 느껴왔다.

"그래도 중요한 것은 내가 대는 이유들이 아니에요. 누나, 말해줘요. 어떻게 하고 싶은지."

형운은 자신의 의지를 피력하지 않았다. 자신이 어쩌길 바란다고 하면 분명 가려는 그에 따라 버릴 것이다. 설령 능히 그 뜻을 짐작한다고 할지라도, 스스로 생각하고 결단을 내리길 바랐다.

자신을 똑바로 바라보는 형운의 눈에 가려는 말문이 막혔다.

'똑바로 대답해야 해.'

동시에 그런 의무감이 들었다.

자신이 명확한 의지를 보여주지 않는다면 형운은 실망할 것이다. 그의 눈빛이 실망으로 물드는 것을 보고 싶지 않았다.

가려는 그 어느 때보다도 깊이 고민했다. 자신의 욕망을 직시하고, 그 욕망을 선택하는 데 따라붙는 이유들을 하나하나 되새기며 저울질했다.

그녀가 입을 연 것은 한참의 침묵 후였다.

"…공자님."

"네, 누나."

"하겠습니다."

형운이 환하게 미소 지었다.

"결정했군요."

"예."

그녀의 대답을 들은 형운이 자혼에게 말했다.

"선배님, 부탁드릴 게 있습니다."

"말해봐."

"누나를 가르치시는 동안에도 정기적으로 소식을 전해주셨으면 합니다."

"그렇게 하지. 연락을 주고받을 곳을 만들어두도록 할게."

"그리고……."

형운이 잠시 머뭇거린 다음 말했다.

"누나에게 살행을 강요하지 말아주셨으면 합니다. 설령 그것이 교육과정이더라도."

자혼이 눈을 크게 떴다.

"누가 들으면 네가 가려 양의 부모인 줄 알 거야. 딸 시집보내는 아빠도 아니고."

"……."

그 말에 형운이 얼굴을 붉혔다.

자혼이 재미있다는 듯 웃었다.

"걱정하지 마. 다시 말하지만 자객으로 만들려는 게 아니니까. 가르치는 과정에서 실전을 겪을 수는 있겠지만, 거기에 참여할지 말지는 철저하게 본인의 판단에 맡기도록 하지. 그 정도면 될까?"

"감사합니다."

"엎드려 절 받기네. 아마 내가 제자를 공개 모집하면 구름처럼 인파가 몰려들 텐데. 하지만 원래 진정 원하는 것은 쉽게 손에 들어오지 않는 법이지."

자혼이 쿡쿡 웃었다.

"그럼 어떻게 할래? 지금 바로 갈래, 아니면 시간을 좀 줄까? 만약 신변 정리를 할 시간이 필요하다면……."

"지금 가겠습니다."

가려가 곧바로 대답했다.

자혼은 좀 의외라는 표정을 지었지만, 곧 고개를 끄덕였다.

"알겠어."

"부디 강녕하시길."

가려는 형운에게 예를 표했다.

"걱정 마세요. 누나가 돌아올 때까지는 몸을 좀 사릴 테니까."

그 말에 가려가 의심 가득한 눈을 보냈다. 말은 안 했지만 '퍽이나 그러겠다'는 마음이 노골적으로 전달되어 왔다.

형운은 평소와 다름없는 그 시선에 자기도 모르게 웃었다.

가려가 왜 곧바로 떠나겠다고 했는지는 알 수 있었다. 자혼에게 바로 가겠다고 말하는 목소리는 얼핏 단호하게 들렸지만, 형운은 그 속에 담긴 미미한 떨림을 읽어내었다. 결단을 내린 이상 신변 정리를 하겠다고 시간을 끌다가는 마음이 약해질 뿐이라고 생각했으리라.

"누나야말로 몸조심해요. 선배님 수련이 보통은 아닐 테니까."

"그 점에 있어서만큼은 기대 이상으로 잘할 자신이 있지."

어깨를 으쓱하는 자혼에게 형운은 정중하게 예를 표했다.

"누나를 잘 부탁드립니다."

"걱정 마. 겨우 구한 제자인걸. 네가 생각하는 것보다 훨씬 귀하게 대접할 거야."

자혼은 다시 여우 가면을 쓰면서 말했다.

"그럼 가자."

"예."

자혼이 몸을 돌리자 가려도 그 뒤를 따랐다.

그녀는 몇 걸음 내딛는 동안 몇 번이나 뒤를 돌아보고 싶은

충동에 시달렸다. 지금까지 살면서 충동을 이겨내는 것은 숨 쉬
듯이 자연스러운 일이었는데 왜 이렇게나 어려운 것일까. 그런
의문을 품으면서도 그 충동에서 자유로울 수가 없었다.

결국 가려가 뒤를 돌아본 것은 자혼이 하는 이런저런 이야기
를 들으면서 백 걸음도 더 간 후였다. 산중이라 그만큼 걸었으
면 상대가 안 보여도 이상하지 않겠지만……

"……"

먼 곳에서 아직도 자신을 바라보고 있는 형운의 모습이 뚜렷
하게 보였다.

그때까지도 그 자리에 서서 가려를 바라보고 있던 형운이 어
색하게 손을 흔들었다. 가려는 자신의 눈이 흔들리는 것을 느끼
며 몸을 돌렸다.

'공자님, 다시 뵐 때는 꼭……'

그녀는 흔들리는 마음을 다잡으며 결심했다.

'…공자님과 어깨를 나란히 할 수 있는 사람이 되겠습니다.'

그렇게 가려는 10년 만에 처음으로 형운의 그림자 자리를 떠
났다.

5

형운은 자혼과 가려가 사라질 때까지 한참 동안이나 그 자리
에 서 있었다.

언제까지고 그들이 가는 모습을 배웅하고 싶었던 형운을 일
깨운 것은 귀혁의 전음이었다.

―오래 걸리는 것 같으니 먼저 내려가도록 하마. 뒤따라오거라. 위치는…….

―아, 아니. 지금 끝났어요. 가겠습니다.

퍼뜩 정신을 차린 형운은 허둥지둥 귀혁이 있는 곳으로 돌아왔다.

천유하가 주변을 두리번거리며 물었다.

"가 무사는 그새 또 은신한 건가?"

"아니, 떠났어."

"뭐?"

"그렇게 됐어. 무기한 휴가를 줬지. 자세한 건 돌아가서 이야기할게."

천유하는 당황한 기색이었지만 형운의 얼굴에 복잡한 심경이 드러나는 것을 보고는 더 캐묻지 않았다.

문득 귀혁의 시선이 느껴졌다. 그 역시 아무 말도 하지 않았지만, 형운은 그가 모든 사정을 파악하고 있다는 느낌을 받았다.

한서우는 이미 떠난 뒤였다. 이미 작별 인사도 했으니 자혼의 이야기가 끝나길 기다렸을 뿐이리라.

가는 길에 천유하가 말했다.

"그러고 보니 한 가지 궁금한 게 있어."

"뭐가?"

"만약 광세천과 흑영신이 자신을 희생해서 그 예지를 현실화하고자 했다면 어떻게 됐을까?"

이현은 그들의 희생을 대가로 그들이 바라는 세상을 만들어내는 것을 미끼로 던졌다.

결과적으로 두 신은 그것을 거부했고, 그것이 이현이 의도한 바였던 것 같지만 과연 둘 중 하나라도 받아들였다면 어떻게 됐을까? 그랬다면 끔찍한 비극이 벌어지지 않았을까?

"그럴 일은 없었을 게다."

귀혁이 고개를 젓고는 설명했다.

"나도 마존께서 어떤 구상을 하고 계셨는지 전부 알지는 못하겠지만, 일단 그들에게 들이민 전제 조건부터가 가혹했다."

이현이 던진 미끼는 광세천과 흑영신이 싸워서 한쪽이 승리하는 것을 전제 조건으로 삼고 있었다.

만약 그 미끼를 무는 것을 선택했다고 하더라도 상대와 싸워서 승리해야 한다. 대등한 신격을 지닌 두 신이 싸울 경우 공멸할 가능성이 높다. 물론 그 자리에 있던 광세천교주와 흑영신교주라는 신격의 구현자들의 차이에 의해 승패가 갈라질 가능성은 있었다.

"하지만 이겨봤자 상처뿐인 영광이었을 것이다. 만신창이가 되었겠지."

그럴 경우 과연 이현이 그들이 순순히 목적을 이루도록 놔뒀을까?

아닐 것이다. 두 신이 만신창이가 되어 싸우는 동안 득의양양하게 또 다른 함정을 준비했으리라.

"적을 믿는 것은 어려운 일이지. 결국 그들이 어떤 답을 골랐든 간에 상황이 거기까지 간 시점에서 마존께서 의도하신 대로였다는 것이다."

"그렇군요."

천유하는 감탄을 금할 수 없었다.

이현은 인생의 끝에서 정말 큰일을 해냈다. 하지만 아직도 마교의 세력은 많이 남아 있다. 이현의 한 수로 상처 입고 약해진 그들을 끝장내는 것이 남겨진 자들의 일이리라.

'어르신……'

지금도 눈을 감으면 이현의 삶이 떠오른다. 아직 이현과의 교감을 통해 내면으로 흘러들어 온 기억들이 사라지지 않고 맴돌고 있었다.

신들조차 알아차리지 못한 교감을 통해서 이현은 형운에게 뒷일을 부탁했다.

그러나 그것은 철저하게 형운이 안고 가야 하는 비밀이었다. 친구인 천유하는 물론이고 사부인 귀혁에게도 말할 수 없다. 만에 하나라도 두 마교의 예지자들이 알아차리지 못하도록 해야 했으니까.

형운은 그 사실이 너무나도 무겁게 느껴졌다. 하지만 그 의무로부터 도망칠 생각은 없었다.

'걱정 마세요. 반드시 해내겠습니다.'

이현이 적호연에게 받은 일을 해냈듯이, 형운도 이현에게 받은 일을 해내고야 말 것이다.

6

광세천교의 성지에서, 그림자 교주 만상경은 안대로 가리지 않은 한쪽 눈을 질끈 감았다.

"유단이 결국……."

혼살권 유단은 칠왕 중에서 가장 만상경과 가까운 존재였다. 만상경이 거두어들인 후로 항상 성심성의껏 만상경을 위해 일해왔다.

그런 유단이 죽었다는 소식에 만상경은 크게 상심했다. 그에게 그 사실을 보고한 혈산군이 고개를 땅에 닿도록 숙였다.

"면목이 없습니다. 저희가 무능하여……."

"아닙니다. 그 자리에 있는 게 그 누구라 할지라도 어쩔 수 없었을 겁니다. 마존, 그는 광세천께서도 인정한 신의 대적자였으니까요."

증오스러운 적이라고 할지라도, 그들의 신이 인정한 이상 경의를 표할 수밖에 없었다.

광세천교는 이번에 막대한 피해를 입었다. 하지만 따지고 보면 인명 손실은 예상외로 적었다고 할 수 있을 것이다. 죽은 것은 봉인 공간에 투입된 인원 중에서 3분의 2 정도였으니까.

하지만 내실을 따져보면 정말 어마어마한 손실이었다. 일단 죽은 인원들이 하나같이 고르고 고른 정예라는 점부터가 그랬고 특히 칠왕 두 명이 전사한 것은 정말로 뼈아팠다.

만상경 개인적으로는 유단의 죽음이 크게 다가왔지만, 광세천교 입장에서는 염마도 구윤을 잃었다는 것이 어마어마한 타격이었다. 그는 광세천교주, 광마와 더불어 광세천교의 최종 병기라고 할 수 있는 존재였으니까.

귀혁과 일대일로 자웅을 결해서 죽은 것은, 그의 전략적 가치를 생각하면 정말로 통한의 손실이었다. 광세천교는 그를 희생시킬 각오를 하고 펼치는 작전이라면 중원삼국 황궁의 방어조차도 뚫을 수 있다고 보았으니까.

'교주님의 술법이 깨져서 태양명도 마계로 귀환당했고, 교주님도 이번 일로 한동안 거동이 불가능한 상황이고…….'

광세천교주는 광세천교가 추진하는 모든 일의 중심이다. 그가 없으면 불가능한 일들이 너무 많았다.

그런 그가 한동안 절대안정을 취해야 할 정도로 심하게 당했다.

'설상가상으로 예지마저 흐려지고 있군. 한동안은 최대한 아끼면서 정말 필요하다고 생각하는 일에만 써야겠어.'

만상경이 허탈하게 웃었다. 예지의 긴축재정이라니, 그림자 교주가 된 후로 상상도 해본 적이 없는 일이었다.

이번 일로 입은 가장 큰 피해는 광세천이 인세에 행사할 수 있는 영향력이 대폭 축소되었다는 것이다.

만상경만이 아니라 칠왕을 비롯해서 영적 능력이 발달한 교도들은 모두 그 사실을 절감하고 있을 것이다. 이현의 마지막한 수는 신들에게 정말 뼈저린 타격을 입혔다.

'…그 점은 흑영신의 추종자들도 마찬가지일 터.'

아마 흑영신교 역시 활동을 대폭 축소할 수밖에 없으리라.

'과연 어떻게 나올지 궁금하군. 그쪽 교주도 우리 교주님과 마찬가지 상태일 텐데…….'

그 점에서는 광세천교가 훨씬 상황이 좋다.

그림자 교주는 그 명칭대로 교주 역할이 가능한 존재다. 교주가 부재할 시에 대행자 노릇을 하며, 교주가 사망하면 교주직을 이어받는다.

그에 비해 흑영신교는 오로지 흑영신교주만이 우두머리 노릇을 한다. 신녀는 결코 교주의 대행자가 될 수 없다.

'인력이나 조직 면에서도 놈들보다 우리가 훨씬 여력이 많이 남아 있지. 하지만 우리도 웃을 만한 처지는 아니다. 일을 서둘러서 상황을 바꾸지 않으면 안 돼.'

만상경은 한숨을 쉬고는 혈산군에게 말했다.

"이번 일에 대해서는 어떤 문책도 없을 것입니다. 돌아가서 정양하도록."

"하나 그림자 교주님……."

"지금은 내가 광세천의 뜻을 대행합니다. 이번 일은 인간의 힘으로 어쩔 수 없는 불가항력이었으니 어떤 문책도 없을 것입니다. 그대의 마음에 죄책감이 있다면, 힘을 갈고닦아서 추후 큰 공을 세워 만회하도록 하시지요."

"망극하옵니다!"

혈산군이 쿵 소리가 나도록 머리를 찧었다.

그가 물러가자 만상경은 대기하고 있던 부하에게 말해서 한 사람을 불렀다.

"부르셨습니까?"

광요를 담당하고 있는 기환술사, 현길이었다.

만상경이 말했다.

"이번 일에 대해서는 들었겠지."

"예."

"우리가 잃은 것은 크다. 계획의 수정은 불가피하지. 잔가지들을 대폭 쳐내고 중요도가 높은 일들의 진행 속도를 높일 것이다. 그런 의미에서 광요의 완성을 서두르도록. 필요한 것은 뭐든 지원해 주지."

광요는 광세천교의 계획에서 중요한 역할을 담당하고 있었다. 이미 무력 면에서는 상당히 완성되었고, 그 외의 부분에서도 진전이 보이고 있었다.

현길이 말했다.

"하지만 그러면 보통 많은 것이 필요한 게 아닙니다만?"

"할 수 있는 한 모든 것을 지원하지."

"알겠습니다. 그럼 일단 광마께서 시간을 내주시길 바랍니다."

"바로 당돌한 요구가 나오는군. 알겠다. 그 외에는?"

"훈련 상대로 최저 칠왕 후보군으로 거론되는 실력자들이 필요합니다. 훈련에 투입되는 기환술사의 수를 두 배로 늘려주시고, 마수들의 지원을 바랍니다."

"그 또한 승인하마."

고작 한 사람의 완성도를 높이기 위해서라고는 믿을 수 없는 투자였다. 하지만 만상경은 그렇게 해서라도 광요의 완성을 서둘러야 한다고 보았다.

"삼영, 지금까지 광요를 담당한 그대의 능력을 믿도록 하지. 실망시키지 않길 바란다."

"알겠습니다."

"풍령국의 일도 서두를 것이다. 그대 쪽이 늦어서 차질이 생기는 일이 생기지 않도록."

"예."

현길이 물러가자 만상경이 등받이에 몸을 묻으며 눈을 감았
다.

"우리의 비장의 수를 잘도 막아내고 보복까지 해냈지만, 거
기까지다. 이후의 일은 이제 그대의 손이 닿지 않는 곳에서 벌
어질 것이다, 마존이여."

제107장

빈자리

성운을
먹는자

1

　한동안 별의 수호자 총단은 어수선했다.

　이현에게 협력하기 위해서 그들 역시 큰 손해를 보았다.

　그 일을 진행하느라 주요 사업 진행에서 피해를 감수했고, 최
정예 병력들을 투입해서 피를 흘리기도 했다. 교전 자체는 짧았
지만 전사자 수만 해도 14명, 은퇴할 정도의 중상자도 4명이 나
왔고 그들 모두가 빈자리가 크게 느껴질 정도로 뛰어난 인력이
었다.

　참전자들의 공을 치하하는 행사가 열리고, 전사자들의 합동
장례식도 큰 규모로 진행되었다.

　형운 역시 이 모든 행사에 빠짐없이 참가하느라 한동안은 정
말 척마대 일을 돌볼 여유가 없을 정도였다.

　"야, 듣고 있냐?"

마곡정이 못마땅한 기색으로 물었다.

빡빡한 일정을 소화하고 나자 척마대주로서 처리해야 할 업무가 산적해 있었다.

마곡정은 부대주로서 그동안의 일을 보고하고 임시로 처리한 일들을 확인하고 있었는데 형운은 영 듣는 둥 마는 둥 집중력을 보이지 않았다. 결국 언성을 높이자 형운이 퍼뜩 정신을 차렸다.

"아, 어, 미안. 잠깐 다른 생각이 나서……."

"안 되겠네, 이거. 너 왜 그래?"

"딱히 아무 일도 없는데."

"아무 일도 없기는. 요즘 완전 넋이 나가 있는데."

"그, 그런가?"

형운이 당황했다.

마곡정이 투덜거렸다.

"일단 우리 선에서 처리된 안건이니까 급박하진 않아. 나중에 이야기하지. 대신 일처리가 어쨌느니 하고 투덜거리지는 마라."

"어, 그래. 미안해."

"……."

마곡정이 마음에 안 드는 기색을 노골적으로 드러내면서 형운을 노려보다가 밖으로 나갔다.

"넋이 나가 있다라……."

확실히 요즘 좀처럼 일에 집중하기가 어렵기는 했다. 무슨 일이든 하려고 하면 손에 안 잡히는 상태였다.

형운이 답답한 마음에 한숨을 쉬는데 누군가 집무실 밖에서 기침을 했다.

"대주님, 들어가도 되겠습니까? 드릴 말씀이 있습니다."

들어온 것은 익숙한 흑의를 입은 청년이었다. 피부가 까무잡잡하고 눈이 작은 그는 형운의 호위단원인 왕일이었다.

가려가 없는 지금, 형운의 호위단원은 세 명이다. 셋 다 무공은 비슷비슷한 수준이었지만 왕일이 은신 호위로서의 능력이 뛰어나고, 판단력이 뛰어나서 임시로 단주 역할을 하고 있었다.

항상 묵묵히 호위 임무에 충실한 그가 근무시간 중에 먼저 말을 걸어오는 일은 드물었기에 형운은 의아해하며 물었다.

"무슨 일이지?"

"부탁드릴 일이 있습니다."

"부탁?"

"가려 단주님의 공백이 너무 큽니다. 무공도 무공이지만 인원수 면에서도 저희 셋만으로는 대주님께서 지시하신 일정을 지키면서 호위하기가 어렵다고 판단했습니다. 인원을 늘려주셨으면 합니다."

"아, 그렇군."

형운이 아차 했다.

원래 형운의 호위단은 빡빡한 일정으로 돌아가고 있었다. 거기서 한 명이 빠졌으니 주간, 야간 호위를 착실하게 교대하면서 휴식 시간이나 휴일을 확보하기가 불가능해졌을 것이다.

'정말 내가 넋이 나가긴 나갔군. 이런 건 오자마자 신경 썼어야 하는 부분인데…….'

형운은 스스로가 한심했다. 물정 모르던 시절이면 모를까, 나름 산전수전 다 겪으면서 척마대주직을 수행하고 있는 지금 이런 기초적인 문제를 빼먹다니 입이 열 개라도 할 말이 없다.

"미안해. 바로 조치하지. 몇 명이면 되겠어?"

"…여러 명도 가능합니까?"

왕일이 조심스럽게 물었다.

형운은 청해군도에서 돌아온 후로 호위단 인원을 늘리지 않았다. 왕일은 그것을 형운이 자신들을 신뢰한다는 뜻으로, 그러면서도 섣불리 인원을 늘리고 싶지 않아 한다는 의미로 받아들였다.

"가능하지. 누나, 아니, 가려 단장의 공백이 크다는 점은 이해하고 있어. 왕일, 이제부터 네가 호위단장직을 맡도록 해."

"네? 하지만……."

"누나가 돌아오기까지는 오랜 시간이 걸릴 거야. 복귀한다고 해도 그 자리로 돌아온다고는 보장할 수 없고. 만약 그렇게 된다고 하더라도 너를 강등시키는 일은 없을 거라고 약속하지. 누나에게 다른 직위를 마련해서라도 네 직위는 보장해 줄 거야."

"가, 감사합니다."

왕일은 감격 반, 얼떨떨함 반으로 고개를 숙였다.

"내가 요즘 정신이 없어서 신경을 못 써줘서 미안하군. 필요한 게 있으면 바로바로 말해줘."

"알겠습니다."

결국 인원은 세 명을 더 증원하기로 결정했다. 형운이 새로운 인원을 영입하면 기존 인원들이 교관 역할을 하면서 가르칠 것이다.

"석준 아저씨하고 이야기를 해봐야겠군."

형운은 서류를 작성하려고 붓을 들었다가 아무것도 쓰지 못하고 놔버렸다. 이제는 업무 처리도 이골이 나서 업무적인 문장은 생각 없이 습관적으로 써 내려갈 수 있게 되었는데도 좀처럼 서두가 떠오르지 않았다.

빈 종이를 들고 바라보던 형운 의자 등받이에 몸을 묻으며 손을 놓았다. 종이가 팔랑거리며 형운의 얼굴에 앉혔다.

"아, 진짜 왜 이러지……."

해야 할 일은 산적해 있고, 이현에게 이어받은 일을 해내야만 한다는 사명감도 있다. 그런데 이상할 정도로 일이 손에 잡히지 않았다.

2

귀혁은 못마땅한 기색으로 술잔을 기울이고 있었다.

그와 대작하던 이가 실소하며 물었다.

"조금 전까지만 해도 신이 나 보이더니 또 왜 그러나?"

그렇게 물은 것은 7척 거구의 남자, 청해용왕 진본해였다.

그는 지금 별의 수호자 총단에 귀혁의 손님으로 머무르고 있었다. 하지만 그냥 놀고먹고 있는 것은 아니었다. 청해용왕대의 장으로서 별의 수호자와 큰 거래를 진행했다.

별의 수호자는 그를 통해서 청해군도의 약재와 청해궁의 비약을 얻길 바랐다. 형운이 가져온 것보다 더 많은 연구재를 원

했기 때문이었다.

진본해 역시 비약부터 시작해서 여러 물자까지 별의 수호자에 바라는 것들이 있었다. 거래의 규모는 꽤 컸기에 서로 세부 사항을 조율하는 것만으로도 꽤 오랜 시간이 소요되었다.

하지만 거래를 진행하는 시간보다는 역시 유유자적하는 때가 더 많았다. 그가 귀한 손님인 만큼 귀혁도 최대한 시간을 내서 그를 상대하고 있었다.

그러다가 자연히 무공에 대한 이야기가 나오고, 서로 무인으로서 생각하는 바를 논하다 보면 격론이 되고, 결국 어느 쪽이 맞는지를 증명하기 위해서 대련까지 벌이게 되었다.

"그러고 보면 이 정도로 화끈하게 놀아보는 것도 오랜만이군. 제자들 상대로는 이러기도 힘들어서."

진본해가 주변을 보며 말했다.

술을 가져다놓고 대작하고 있는 곳은 방이 아니라 야외였다. 무참하게 파괴된 자연의 풍경은; 종종 형운과 귀혁의 수련으로 인해서 몸살을 겪다 보니 이제는 영수고 요괴고 다들 접근 자체를 꺼리는 광운산맥의 한 지점이었다.

귀혁이 물었다.

"당신 제자들도 상당한 실력이라고 들었네만?"

"아무리 그래도 스승과 제자라는 관계 때문에 서로 넘지 못하는 선이 있지. 자네도 제자 상대할 때는 그런 게 있지 않나? 제자가 나를 뛰어넘었다면 사정이 달라지겠지만 아직까지는 스승으로서 제자의 성장을 지켜보고 도와줘야 하는 역할이니까."

"확실히……."

귀혁이 고개를 끄덕였다. 진본해는 무인으로서 눈높이도 비슷하고 심상경에 든 제자를 두고 있다는 공통점까지 있어서 그런가, 상당히 공감 가는 말이었다.

둘은 이 만남이 서로에게 이익이 된다는 것을 절감하고 있었다.

무인이 극의에 달하면 같은 눈높이에서 서로를 연마할 수 있는 상대를 만나기가 쉽지 않다. 대부분은 서로를 경쟁자로 여기지만 직접 겨루는 일은 없다. 직접 겨룬다면 목숨을 걸고 싸우는 적일 뿐이다.

그런 만큼 귀혁과 진본해는 이 만남이 기꺼웠다.

"진야 때도 이랬으면 좋았을 것을. 지나간 일이 아쉬워지는군."

"확실히 그랬지."

진본해의 말에 귀혁도 인정했다.

진야와의 격투 후에는 귀혁도, 진본해도 만신창이가 되었다. 서로 부상을 회복하는 것만도 큰일이었기 때문에 이런 관계를 구축할 수 없었던 것이다.

잠시 그때의 일을 이야기하던 진본해가 다시 화제를 바꿨다.

"그래서, 대체 무슨 일인가?"

"끈질기군. 아무것도 아니다."

"그렇지 않아 보이네만?"

"남 일에 참견하길 좋아하나 보군."

귀혁이 눈살을 찌푸리자 진본해가 빈 잔에 술을 따르며 웃었다.

"좋아하는 편이지. 특히 고향을 떠나서 먼 곳에 나왔을 때는 그런 게 다 인생의 재미거든. 그랬으니까 진야 때도 끼어들었던 것 아니겠나?"

"흠."

"뭐 별의 수호자의 기밀이라면 더 귀찮게 안 하겠네만……."

귀혁이 작게 한숨을 내쉬었다. 동시에 자신이 진본해의 끈질긴 참견을 싫어하지 않는다는 사실에 놀랐다.

'신선한 기분이군.'

결국 귀혁이 속내를 털어놓았다.

"그러고 보니 당신도 제자를 꽤 여럿 키웠었지."

"그랬지. 당신하고는 좀 다르겠지만. 열 명을 제자단으로 묶어서 가르친다니, 접근 방법이 독특해서 놀랐다. 이만큼 규모가 큰 조직이니까 가능한 방식이겠지."

아무리 생각해도 혼자서는 도저히 그만한 인원을 하나하나 지도할 수 없다. 무맥의 계승자를 키운다기보다는 도장의 선생, 혹은 교관 역할 정도에 그치고 말 것이다.

하지만 귀혁은 여러 인재들과 시설을 이용해서 제자들을 제대로 지도해 내고 있었다. 전통적인 방식으로만 제자를 키워온 진본해 입장에서는 꽤 놀라운 일이었다.

"실은 요즘 내 제자의 상태가 좀 안 좋다."

"선풍권룡 말인가? 아니면 다른 제자?"

"형운 말이지. 요전의 일 이후로 마음이 다른 데 가 있는 것 같아. 오랜만에 같이 수련을 해보니 집중을 못 하더군. 그런 일은 처음이었지."

돌이켜 보면 귀혁의 제자가 된 이후 10년간 형운은 언제나 열심이었다. 쏟아지는 과제에 힘들어하고, 허우적거리면서도 앞으로 나아가고자 하는 집중력을 잃지 않았다.

"미숙할 때라면 모를까, 이제 와서 저런 모습을 보여주니 당혹스럽더군. 혹시 당신 제자들도 그런 적이 있나?"

귀혁의 관점으로도 이제 형운은 더 이상 애송이 소리를 들을 무인이 아니다. 실력으로나, 경험으로나 어엿한 한 사람의 무인으로 성장했다.

힘든 일도, 슬픈 일도 충분히 경험하고 이겨내 왔다. 그런데 이제 와서 이 정도로 흔들리는 것을 보니 귀혁 입장에서는 당혹감이 들었다.

사정을 들은 진본해가 잠시 생각해 보더니 말했다.

"흠. 그렇다면 생각나는 가능성은 한 가지뿐이군."

"뭔가?"

"여자."

"……."

생각도 못 해본 대답에 귀혁이 눈을 크게 떴다.

진본해가 어깨를 으쓱했다.

"한결같던 사람이 흔들리는 경우가 꽤 많지. 목표로 하던 누군가가 사라져 버려서일 수도 있고, 가족이나 소중한 사람을 잃어서일 수도 있고, 아니면 갑자기 너무 큰 벽을 만나서 좌절해서일 수도 있겠지. 하지만 셋 다 아닌 것 같으니 그럼 남는 답은 여자뿐이군."

"경험담인가?"

"내 제자들의 이야기이기도 하고, 내 경험담이기도 하지."

"그렇군. 여자라, 흠······."

다른 때였다면 불쾌한 농담이라고 여겼을 것이다. 그러나 귀혁은 묘하게 납득 가는 구석이 있었다.

"설마 진짜 그건가?"

"짚이는 데가 있나?"

"확신은 못 하겠군. 나는 겪어본 적이 없는 문제다 보니······."

그 말에 진본해가 놀랐다.

"정말로? 여자 문제로 흔들려 본 적이 없다 이 말인가?"

"그렇다. 아니, 사실······."

귀혁은 잠시 생각하더니 말했다.

"···내가 나아갈 길을 의심하거나 그만둬야 된다고 흔들려 본 적은 한 번도 없다."

"······."

진지한 귀혁의 대답에 진본해가 어이없는 표정을 지었다. 하지만 귀혁은 오히려 궁금하다는 듯 물었다.

"당신은 그럴 때가 있었나? 당신 정도 되는 사람도?"

"아, 이거 참. 마교 놈들이 흉왕이라고 부르며 벌벌 떠는 사람에게 그런 소리를 들으니 기분이 좋아야 하는데, 그보다는 왠지 어이가 없군. 요는 당신은 좌절한 적이 한 번도 없다는 소리 아닌가?"

"음······."

귀혁이 다시금 진지하게 생각에 잠겼다.

"당신이 말하는 좌절이라는 것은 내가 이 길을 때려치워야 하나, 혹은 내 그릇은 여기까지니 더 이상 욕심을 부리지 말아야겠다거나, 그런 생각이 드는 상태를 말하는 건가?"

"그렇지."

"그런 거라면… 없었다."

진본해가 나직하게 신음했다.

"허어, 당신 정말 엄청난 인생을 살았군. 내가 이런 말을 하는 날이 올 줄은 상상도 못 해봤는데."

"형운을 제자로 받은 지 얼마 안 됐을 때, 부하가 충고한 말이 있었지."

"뭐라고 하던가?"

"나는 스스로의 그릇에 절망해 본 적이 없는 사람이니까, 제자를 대할 때는 상상력을 발휘해야 한다고 했지."

형운을 지도하는 과정에서 가장 큰 영향력을 발휘한 사람은 영성 호위대장 석준이었다.

귀혁은 자기가 납득할 수 없는 조언을 들어도 석준이 누군가를 가르치는 데 있어서 자신보다 훨씬 경험이 많은 전문가라는 점을 인정했기에 최대한 받아들이려고 노력했다. 그리고 그런 노력은 형운을 이해하는 데 많은 도움이 되었다.

"살면서 고난과 역경은 남 못지않게 겪어왔다고 자부하지만 내게 있어서 그건 언제나 극복해야 하는, 그리고 스스로 극복할 수 있다고 믿는 문제였다. 그러다 보니 못 하겠다고 주저앉는 사람의 심정을 이해하기가 어렵더군."

귀혁은 별로 좋은 배경을 타고나지 않았다. 부모도 없이 살던 어린 시절, 연이 닿아 별의 수호자에 들어온 것만으로도 운이 좋았다고 하겠지만 그곳에서 두각을 드러낸 것은 비정상적으로 뛰어난 재능과 능력 덕분이었다.

그가 자신의 재능을 개화하고 능력을 인정받기까지의 과정은 분명 험난했다. 그러나 그는 그것을 도전할 가치가 있는 과제로 여기고 열의를 불태웠지 세상이 자신에게 가혹하다고 울분을 토하며 주저앉지 않았다.

"그래서 잘 모르겠다. 당신은 어땠지?"

"내가 좌절해 본 경험은, 그래, 두 번 있었군. 한 번은 처를 잃었을 때……."

진본해는 파릇파릇한 애송이 시절, 청해용왕대의 선배와 사랑에 빠져서 성혼했었다. 그러나 둘의 행복한 시간은 그리 오래 유지되지 못했다. 사고와 병마가 부인을 덮쳐서 그들을 갈라놓았다.

"그리고 또 한 번은 사형이 반역했을 때였지."

진본해가 차기 청해용왕으로 결정되었을 때, 대사형인 기륭은 그 사실을 납득하지 못하고 반역을 일으켰다가 처단되었다. 어린 시절부터 기륭을 형처럼 여겼던 진본해는 그 일 이후로 한동안 마음을 잡지 못하고 방황했었다.

"당신의 삶도 평탄하진 않았군."

"우리 모두가 그렇지 않은가."

두 사내는 서로의 잔에 술을 채워주고는 잔을 부딪쳤다.

술맛을 음미하던 진본해가 말했다.

"여자 문제인지 아니면 다른 문제인지는 모르겠지만, 오히려

잘된 일 아니겠나?'

"무슨 뜻인가?"

"내가 보기에 자네 제자는 모든 면에서 너무 빨라. 직접 보면서도 믿어지지 않을 정도지."

"그렇기는 하지."

"그런 만큼 알기 쉬운 고난은 많이 겪었겠지. 당장 우리 쪽에 와서 겪은 것만 해도 정말 큰일이었으니. 그리고 그런 고난을 겪으면서도 흔들리지 않았다는 것은 그만큼 강한 정신력을 지녔다는 의미 아니겠나?"

"음. 그렇겠지."

"세상에 당신 같은 예외가 있긴 하지만, 각자의 삶이 다르듯이 각자의 고난도 다른 법. 아무리 강한 사람이라도 누군가를 붙잡고 하소연을 하거나 매달리고 싶을 때가 있는 법이지. 언젠가 겪을 문제라면 차라리 한창 젊을 때, 아직 완성되기 전에 겪는 편이 낫다고 보네만."

"그럴싸하군. 하지만 그럼 어떻게 해야 할까? 당신의 견해를 듣고 싶군."

"따뜻한 눈으로 지켜봐 주게. 부디 제자의 문제를 '그깟 일'로 치부하지 말고. 내가 그랬다가 제자가 비뚤어지는 경우를 겪어봤으니까 하는 말이야."

그렇게 말하는 진본해의 목소리에서는 왠지 쓸쓸함이 묻어나고 있었다.

'그렇군.'

귀혁은 그것이 불운한 일로 제자를 잃은 자의 감정임을 이해했다. 그렇기에 거기에 대해서 더 파고들지 않고 진본해의 술잔을 채워주었다.

3

며칠 만에 다시 귀혁에게 지도받기 위해 찾아간 형운은 날벼락 같은 소리를 듣고 멍청한 표정을 지었다.

"당분간 무공 수련은 쉬어라. 훈련도 하지 말고. 그냥 나태하게 퍼져도 된다."

"네?"

"스승으로서의 명령이다. 넌 지금 제대로 수련할 만한 집중력이 없다. 거기다가 뭘 가르쳐 봤자 공허할 뿐이고 자칫하다가는 사고가 날 수도 있지."

"……."

형운의 안색이 어두워졌다. 인정할 수밖에 없었기 때문이다.

"그리고 이건 영성으로서가 아니라 스승으로서 권고하는 것이다. 척마대 일에서도 손을 떼고, 정말 아무 생각 없이 쉬어보거라."

"그건……."

"물론 선택은 네 몫이다. 명확한 사유도 없이 네 일에 월권을 행사할 수는 없으니까, 이건 어디까지나 제자를 향한 스승으로서의 권고로 여기려무나."

형운은 잠시 멍청하니 귀혁을 바라보고 있다가 한숨을 푹 쉬었다.

"죄송합니다."

"뭐가 죄송하다는 것이냐?"

"그냥 좀, 저 자신이 한심하게 느껴져서요. 머리로는 열심히 해야겠다고, 이런 일을 해내야 한다고… 잘 알고 있는데 이상할 정도로 일이 손에 안 잡혀요."

벌써 한 달째 형운은 마음을 다잡지 못하고 있었다. 이제는 척마대도 조직 체계가 잘 잡혀서 그래도 별문제 없이 굴러가기는 하는데, 그만큼 부하들에게 부담을 지운다는 미안함을 지울 수가 없었다.

귀혁은 형운과 나란히 수련장 한쪽에 걸터앉아서 말했다.

"누구나 그런 때가 있다. 해야 할 일을 뚜렷하게 알고 있는데, 그 중요성도 알고 절감도 하는데도 일이 손에 안 잡히는 경우가 있지."

"사부님도 그런 때가 있었어요?"

"아니, 난 없었다."

"……."

순간 형운의 표정이 썩어 들어갔다. 귀혁이 찌르는 듯한 시선을 피하며 흠흠 헛기침을 했다.

"그냥 다른 사람은 다들 그렇다더구나."

"…애정 어린 충고에 감사드립니다."

"가려, 그 아이 때문에 그런 게냐?"

그 말에 형운이 움찔했다.

"그 아이가 떠난 게 그렇게나 너를 흔들 일이었다면, 가지 못하게 붙잡지 그랬느냐."

"솔직히 말하자면……."

형운이 쓴웃음을 지었다.

"이럴 줄 몰랐어요."

"몰랐다고?"

"네. 저는 솔직히 누나가 자기 의지로 무언가를 하고 싶다고, 제 곁을 떠나서라도 기회를 잡겠다고 말해주길 바라고 있었어요."

그런 일이 벌어진다면 가려에게도 스스로를 위한 열망에 생겼다는 뜻일 테니까, 섭섭할지언정 그 결정에 박수를 쳐줄 수 있다고 생각했다. 그리고 실제로도 그렇게 했다.

"그런데 참, 그 후가 문제더라고요."

자그마치 10년이다.

가려는 형운의 삶에서 절반에 가까운 시간 동안 그림자로 있었다. 무인으로서의 삶이 시작된 후로는 평생이라고 봐도 좋다.

그녀는 형운의 삶의 일부였다.

가족처럼 소중했고, 누군가의 시선조차 두려워하는 음습한 껍질을 깨고 자신의 가능성을 펼치길 바랐고, 그리고…….

"…계속 제 곁에 있는 게 당연했죠. 그걸 누나를 보낸 후에야 알았어요."

사람은 누구나 버팀목을 필요로 한다.

그것은 살아가면서 이뤄야 하는 목표일 수도 있고, 누군가 자신을 필요로 한다는 실감일 수도 있으며, 자신이 살아가는 환경일 수도 있을 것이다.

형운에게 있어서 가려는 자신이 삶이 유지되고 있음을 실감케 하는 기준점 중에 하나였다. 10년 동안이나 공기처럼 당연하게 여기던 존재가 사라졌을 때, 형운은 상상도 못 해본 상실감 속에서 그 사실을 깨달았다.

귀혁이 넌지시 물었다.

"좋아하는 게냐?"

"그야 좋아하죠."

"아니, 그러니까……."

귀혁은 그답지 않게 망설이다가 말했다.

"예전에도 비슷한 질문을 했던 적이 있구나. 반려로 삼고 싶은, 그런 대상으로서 좋아하느냐는 말이다."

"……."

그 말에 형운이 눈을 크게 떴다.

그대로 한참 동안 석상처럼 굳어져서 귀혁을 바라보다가, 혹시 시간이 멈춘 게 아닐까 의심할 때쯤에나 눈을 깜빡이면서 말했다.

"제가요?"

"그래."

"누나를요?"

"그래."

"어……."

형운은 혼란에 빠졌다.

가려를 좋아하냐고?

동료로서, 친구로서, 가족으로서가 아니라 연인으로 삼고 싶은 대상으로서?

"그, 글쎄요? 그런 식으로 생각해 본 적은, 아, 아마 없는데?"

머릿속이 엉망진창으로 헝클어져서 그런가, 말이 똑바로 안 나오고 횡설수설했다. 요 한 달 동안 죽 산만한 상태긴 했지만 그때가 가벼운 풍랑이었다면 지금은 폭풍우나 다름없다.

정신적 혼란 속에서 허우적거리던 형운이 울상을 지으며 물었다.

"혹시 사부님은 어떠셨어요? 곁에 있던 누군가가 사라졌을 때……."

"그런 적이 없었다."

"……."

단호하기까지 한 대답에 형운의 표정이 다시금 썩어 들어갔다.

'물어본 내가 잘못이지.'

그런 속내가 노골적으로 드러나는 눈길에 귀혁은 울컥했다.

'참자. 크나큰 상실감으로 좌절한 제자를 위해 참아야 하느니.'

제자를 키운다는 것은 정말로 큰 인내심을 필요로 하는 일이다. 귀혁은 새삼 그 사실을 깨달았다.

4

연분홍색 꽃잎이 하늘거리며 떨어져 내린다.

시기는 10월 말, 대륙의 북부에 가까운 성해는 벌써 초겨울 날씨라서 낙엽도 다 저물어가는 시기였다.

그러나 별의 수호자 총단 안은 전혀 그런 계절감을 실감할 수 없다. 사시사철 봄꽃과 가을 단풍을 함께 구경할 수 있는 기이한 공간이었다.

떨어지는 꽃잎들 사이로 긴 흑단 같은 머리칼을 하늘거리는 여성이 걷고 있었다.

총단에서 그녀를 모르는 이는 없다. 하지만 그럼에도 멀리 지나가는 모습이라도 보면 다들 눈길이 못 박히고 말았다.

떨어지는 꽃잎 사이를 걷는 그녀는 만개한 꽃잎보다도 선명한 아름다움을 지녔다. 강호에서 그 아름다움을 칭송하며 영화권봉이라는 별호로 불리는 서하령이었다.

어딘가 먼 곳을 보는 듯한 나른한 표정으로 사람들의 시선을 빼앗던 그녀는 목적지에 도착하자마자 감정을 노골적으로 드러냈다. 못마땅한 기색이 풀풀 풍겨 나왔다.

"나 엄청 바쁜 사람이거든?"

"…어쩌라고?"

당혹감을 드러낸 것은 형운이었다.

결국 형운은 귀혁의 권고를 따르기로 했다. 정식으로 휴가를 내서 거처에 틀어박혔던 것이다.

그리고 며칠 후, 서하령이 갑작스럽게 찾아왔다. 그러더니 대뜸 하는 소리가 저러니 뭘 어쩌란 말인가?

서하령이 혀를 찼다.

"오고 싶어서 온 거 아니야. 귀혁 아저씨가 부탁하셔서 온 거야."

"사부님께서? 왜?"

"자기는 네 고민을 잘 이해 못 하겠으니 가서 좀 들어봐 주라고 하시던데. 나 바쁜 사람이니까 최대한 장황하지 않게 핵심만 추려서 말해봐."

"……"

순간 형운은 뒷골이 띵해졌다.

"…아무리 생각해도 잘못된 인선인데?"

"맞을래?"

"봐. 이게 고민 들어주러 온 사람이 보일 반응이냐?"

투덜거리자마자 눈앞이 번쩍했다. 그리고 옆머리가 확 쓸려 나갔다가 제자리로 돌아왔다.

서하령이 눈을 가늘게 떴다.

"흐응, 확실히 고민이 깊긴 깊은 모양이네."

그녀는 격공의 기로 형운을 한 대 쥐어박으려고 했고, 형운 역시 격공의 기로 그것을 비껴냈다. 하지만 반응이 늦은 데다 정확하지도 않아서 그 여파가 옆머리를 스친 것이다.

형운이 어이없어했다.

"이제는 허공섭물에 의기상인으로도 모자라서 격공의 기로 사람을 패려고 드냐?"

"좋은 건 써야지. 손으로 때리는 것보다 나은데 뭐하러 썩혀 두겠어?"

"와, 누가 서하령 아니랄까 봐."

"그래서, 고민이 뭔데? 그 잘난 선풍권룡 대협께서 고작 이것 도 제대로 못 막아내시는 걸 보니 정신 건강이 아주 심각하시다는 건 알겠는데."

"아니, 보통 그런 걸로 사람 상태를 점검하진 않거든?"

"무인이 무공으로 말하는 건 아주 당연한 일이잖아? 하여튼 말해봐. 바쁘다니까."

"됐으니까 그냥 가보셔. 너한테 말해서 뭘 하겠냐."

"가 무사가 떠난 것에 충격받아서 그런다면서? 자기가 가라고 등 떠밀어놓고 '이럴 수가. 정말로 가다니. 나의 섬세한 마음이 상처받았어!' 이러고 있는 거 맞지?"

"야!"

형운이 얼굴을 붉혔다.

서하령은 뚱한 표정으로 말을 이었다.

"그게 아니면 뭔데?"

"그……."

곧바로 반박하려던 형운은 말문이 막혀 버렸다. 결국 토라진 표정으로 다시 앉으며 투덜거렸다.

"…너한테 말해야 하는 의무는 없잖아."

"난 귀혁 아저씨가 부탁해서 온 건데."

"그렇다고 내가……."

"형운, 너는 가 무사를 어떻게 하고 싶은 건데?"

서하령은 아예 형운의 반응을 무시하고 멋대로 물었다. 형운이 눈살을 찌푸렸다.

"어떻게라니……."

"이래 봬도 나도 10년 동안 너와 가 무사를 지켜봐 왔어. 넌 늘 가 무사를 바꾸고 싶어서 안달이 나 있었지."

"그야 그랬지."

부정할 수 없는 사실이었다. 형운은 늘 가려가 안타까워서 그녀를 변화시키고 싶어 했다.

서하령이 나른한 눈으로 허공을 올려다보며 말했다.

"하지만 네가 정말 뭘 바라는지는 잘 모르겠어. 음지에서 일하는 가 무사를 양지로 끌어내고, 그래서 뭐?"

"그래서 뭐라니?"

"가 무사가 어떻게 하길 바라는데?"

"난 그냥……."

형운은 잠시 생각해 본 다음 말했다.

"누나는 정말 뛰어난 재능과 능력을 가진 사람이야."

"동감이야. 가 무사는 천재지."

서하령은 재능 면에서는 정점이라 불리는 성운의 기재다. 그럼에도 가려를 천재라 칭하는 데 주저함이 없었다.

"난 누나가 사람들에게 능력을 인정받고, 당당하게 살았으면 좋겠어. 바라는 게 없다는 소리를 하지 말고 자기 자신의 행복을 위해서 살았으면……."

"혹시 나 오기 전까지 옛 성현의 말씀이라도 읽고 있었어?"

서하령이 그의 말을 자르며 물었다. 형운이 당혹감을 드러냈다.

"뭐?"

"너무 바른 생활 지침서 같은 소리를 해서."

"무슨 뜻으로 하는 말이야?"

"종종 나한테도 그런 소리를 하는 사람들이 있어. 주로 나이 좀 먹은 어르신들이거나 아니면 자기가 잘났다고 착각하는 남자들인데……."

서하령이 피곤하다는 듯 한숨을 쉬었다.

"언제까지 그렇게 살 거냐? 아름답다고 칭송받는 것도, 성운의 기재라고, 무공 좀 뛰어나다고 강호에서 떠받들어지는 것도 다 한때다. 벌써 혼기가 다 가고 있는데 빨리 좋은 남자 만나서 시집가야 하지 않겠냐. 지금은 세상이 다 네 것인 양 자기 잘난 맛에 살아가고 있어서 모르는 것뿐이고 나이 좀 먹게 되면 알게 될 거다. 빨리 좋은 남자 만나서 여자의 행복을 찾아야 한다……."

"……."

"굉장하지?"

형운은 아연해졌다. 다른 사람도 아니고 서하령에게 저런 소리를 하는 사람들이 있단 말인가?

그녀의 사정을 조금이라도 안다면 저런 소리는 쉽게 하지 못할 것이다. 서하령은 한 시대에 두 세대가 공존하는 것을 거부하는 광령익조의 혈통이었고, 그렇기에 자신의 혈통이 후대로 이어진다는 상상조차도 민감하게 받아들였다.

"여기서 정말 멋진 부분은 자기들은 정말 나를 위해 저런 소리를 한다고 믿는다는 거지. 오랫동안 나를 시중든 입장에서, 혹은 나와 전혀 깊이 있게 알지 못하지만 혈연이라는 이유만으로 내게 미움받을 것까지 감안하고 쓴소리를 해주는 거라고 굳게 믿고 있어."

그들은 인생의 정답은 그것밖에 없고 그 외의 선택지를 고르면 불행해진다고 굳게 믿고 있는 것 같았다.

"어때? 네가 가 무사한테 바라는 것과 비슷하게 들리지 않아?"

"아니, 그게 어떻게 내가 한 소리랑 같아? 네가 지독한 말을 들었다는 건 인정하지만 그건 아니지."

서하령이 턱을 괴면서 던진 물음에 형운이 발끈했다. 하지만 서하령은 코웃음을 쳤다.

"인정 못 하겠어? 하지만 잘 생각해 봐. 네가 바라는 대로 변하지 않으면 가 무사는 불행한 거야?"

"그건⋯⋯."

형운은 말문이 막혔다.

과연 지난 10년간 가려는 불행했던가?

얼굴을 드러내기 싫어하니까, 사람들과 개인적으로 어울리길 꺼려했으니까, 어딜 가든 높은 대우를 받을 실력임에도 형운의 호위무사라는 지위에 머무르기를 고집했으니까 불행했나?

서하령이 물었다.

"불특정 다수에게 재능과 실적을 인정받고 찬사를 받으면서 사회적 지위를 높이겠다는 향상심을 불살라야만 행복한 거야? 가 무사처럼 재능이 있어도 주목받는 게 싫을 수도 있어. 자기가 중요하다고 생각하는 사람한테 인정받고, 조용히 자기 일을 하면서 살아가는 것을 바라면 잘못을 저지르는 걸까?"

"⋯⋯."

"인정해, 형운. 네가 바라는 가 무사의 행복이라는 것은 네가 멋대로 투영한 소망일 뿐이야. 마치 부모가 자식이 무엇을 바라는지는 고려하지도 않고 입신양명해야 한다, 자기들 보기에 좋은 사람하고 성혼해야 행복해진다고 하는 것과 똑같은 거지."

서하령의 말에는 비난하는 기색은 없었다. 그저 짙은 피로감만이 묻어 있었다.

형운은 망연자실해져서 그녀를 바라보다가 이마를 짚었다. 그녀의 말을 듣고 찾아온 깨달음에 눈앞이 아찔해졌다.

"…내가 잘못한 걸까?"

"딱히 그렇다고 생각하진 않는데."

시큰둥한 대답에 형운이 놀라서 고개를 들었다.

서하령이 차를 한 모금 마시고는 말을 이었다.

"어쨌든 너는 가 무사를 진심으로 대했어. 그녀를 위한다는 명목으로 품은 욕망이 좀 비틀리고 왜곡되고 음습하기는 했지만……."

"잠깐. 아무리 그래도 그렇게까지는……."

"닥치고 들어."

"……."

"어쨌든 가 무사가 네 호위무사로 일하면서 겪은 변화는 긍정적이었다고 생각해. 자기가 뭘 원하는지는 뚜렷하게 알게 된 것 같으니까. 다른 건 몰라도 난 네가 이번에 가 무사의 등을 떠민 것만은 높이 평가하고 있어."

"칭찬인지 욕인지 모르겠네."

"반반이야."

"후우."

형운이 한숨을 쉬었다.

한동안 어깨를 축 늘어뜨리고 있던 그가 쓴웃음을 지으며 말했다.

"그런데 너도 그런 소리를 듣고 있었구나. 생각도 못 했어."

"내 친족 중에서 나를 진정으로 이해해 주는 사람은 할아버지뿐이야. 만약 할아버지까지 그러셨다면 난 일찌감치 독립했을 거고, 어쩌면 별의 수호자에서 나갔을지도 모르지."

"그 정도였구나……."

형운의 놀람 섞인 말에 서하령이 창밖에 하늘거리는 꽃잎들을 보며 말했다.

"난 누군가의 장식물로 살아가지 않을 거야. 살다 보면 나도 누군가가 너무 좋아져서 함께하고 싶다고 생각할 수도 있겠지. 그 사람과 아이를 갖고 싶다고 생각할지도 모르지. 하지만 다른 사람들이 삶이 그래야 한다고 떠들어댄다는 이유로 거기에 맞춰 살기 위해 나를 희생하지는 않겠어."

그녀는 스스로의 재능이 존귀함을, 능력이 뛰어남을 알고 있었다.

비록 불행한 과거를 지녔지만 그녀는 그 이후의 인생에 행운이 따랐음을 인정했다. 그녀의 곁에는 언제나 재능을 인정해 줄 사람이 있었고, 기회의 문이 열려 있었으니까.

"지금까지 살면서 많은 혜택을 받은 덕분에 나는 지금 여기에 있어. 나는 나 자신이 그럴 가치가 있는 존재였음을 증명하고 싶어."

음공원을 개설한 것도 그런 목표의 일환이었다. 그녀는 지금까지 사람들이 눈길을 주지 않던 분야에 가치를 부여하고 싶었다. 그것으로 지금까지 천시받던 악사들이나, 자신의 재능조차 모르고 살아가던 이들에게 기회를 주고 싶었다.

차를 다 마신 서하령이 몸을 일으켰다.

"내가 해줄 수 있는 말은 다 한 것 같네. 어쨌든 네가 넋 나가 있으면 민폐가 이만저만이 아니까 적당히 해. 영 안 되겠다 싶으면 이 기회에 물러나서 정줄 놓고 평생 동안 할 방황을 다 해 보든가."

"……."

그게 마음대로 되나? 만약 그랬다면 사람이 살면서 겪는 문제의 태반은 존재하지도 않았을 것이다.

"그럼."

서하령은 할 말 다 했다는 듯 미련 없이 가버렸다. 멍청하니 허공을 바라보던 형운이 한숨을 푹 쉬며 의자에 몸을 묻었다.

갑자기 가려의 얼굴이 눈앞에 아른거렸다.

5

형운에게 또 다른 손님이 찾아온 것은 며칠 후였다.

"부럽군. 나도 좀 여유 있게 퍼져 있고 싶은데 다칠 때 말고는 그러기가 어려우니 원."

왼쪽 눈이 안구까지 새빨간 남자, 파견 경호대주 백건익이었다.

"모처럼 휴가를 즐기는 중인데 미안하지만 일거리를 들고 왔다네."

"어차피 슬슬 복귀할 생각이긴 했습니다만, 척마대 관련 일은 아닌 것 같군요."

"그렇지. 일단 지난번에 자네가 부탁한 건인데……."

형운은 자신의 호위단을 증원하기 위해서 두 사람에게 부탁을 했다. 한 명은 영성 호위대장 진석준이었고 또 한 명은 파견 경호대주인 백건익이었다.

"우리 견습생 중에 한 명을 내주지. 우리도 견습생이 많이 늘어서 자리가 안 나는 상황이었는데 잘됐군."

물론 이것은 형운과 백건익이 사이가 좋으니 나올 수 있는 말이다. 그렇지 않았다면 아무리 잉여 인력이 많아도 자기들이 키운 인재를 다른 조직으로 보내려고 하지는 않았으리라.

"부탁드리고서 이런 말씀 드리기는 뭐하지만 제 호위는 위험도가 꽤 높은 일입니다."

"본인의 뜻도 확인했으니 문제없네. 봉급이나 잘 쳐주고, 나중에 우리 쪽 일 좀 도와주게나."

"그러지요."

"아, 그리고……."

"휴가 끝나면 한번 대련 상대가 되어드리겠습니다. 장소만 마련해 주신다면……."

형운은 백건익의 눈치만 보고도 그가 원하는 것을 알아차렸다. 속내를 읽힌 그가 헛기침을 했다.

"험험. 고맙네."

"허조는 어떻습니까?"

형운이 제자의 근황을 묻자 백건익이 쓴웃음을 지었다.

"진도 조절이 힘들더군."

"가르치는 입장에서 말씀입니까?"

"교관 역할을 해본 적은 있지만 스승 역할을 해본 적은 없어서 그 부분이 혼란스럽네. 자네도 어느 정도는 이해할 거야. 조직의 장으로서, 혹은 교관으로서는 이미 확립된 방침에 따라서 가르치면 그만이지. 좀 더 성의 있는 교관이라면 개개인의 특성을 살피거나, 재능이 두드러지는 녀석을 약간만 더 신경 쓰면 그만이고."

"그렇지요."

형운 역시 척마대주가 되면서 남을 지도해 왔다. 훈련 계획을 짜고 조직원들과 손발을 맞춰보면서 부족한 부분을 지도하는 것 역시 그가 하는 일이었다.

백건익이 말했다.

"하지만 교관이 아니라 스승이 되면 관점이 달라지지. 가르치는 대상에 대해서 훨씬 깊게 알고 계획을 세워야 하는 걸세. 내가 스승을 두고 무공을 배운 경험이 없다 보니 이게 좀 힘들더군."

"아……."

형운은 그가 토로한 문제가 뭔지 알 것 같았다.

자신은 처음부터 귀혁의 제자가 되어서 지금까지 배워왔다. 그렇기에 형운에게는 교관 노릇을 하는 쪽이 더 감을 잡기가 힘들었다. 그럼에도 할 수 있었던 것은 귀혁이 제자단을 받고 지도하는 과정을 봐왔고, 척마대주가 된 후로 유능한 인재들이 보좌해 준 덕분이었다.

하지만 백건익에게는 형운에게는 당연한, '제자로서 스승에게 지도받은 경험'이 없는 것이다.

형운이 말했다.

"그럼 주변에 스승으로서의 경험이 있는 사람들에게 조언을 듣고 계시겠군요."

"일단은 그러고 있다네. 은퇴하신 분들을 찾아가 보기도 하고……."

형운은 살면서 백건익만큼 배움에 적극적인 사람을 보지 못했다. 그가 스승 역할을 제대로 하기 위해서 경험자들에게 배움을 청하고 다니는 것은 당연히 예측할 수 있는 일이었다.

형운이 넌지시 말했다.

"언제 한번 사부님과 자리를 주선해 드릴까요?"

"그럼 고맙지."

백건익이 눈을 빛냈다. 아마도 형운에게 부탁은 하고 싶은데 이미 대련을 약속받은 터라 쉽게 이야기를 꺼내지 못하고 있었던 것 같았다.

"그리고 다른 안건은 이걸세."

그가 쪽지 한 장을 건넸다. 형운이 그것을 받아 들고 보자 아주 간략하게 일시와 장소가 적혀 있을 뿐이었다.

"이건……."

"백령회에서 자네에게 전달해 달라고 부탁받은 걸세. 내용은 나도 모르고, 알려고 하지 말아달라고 하더군."

백건익이 잽싸게 형운의 말을 막았다. 그 말에 형운은 쪽지의 내용이 가리키는 바를 알아차렸다.

"알겠습니다."

형운의 손에서 일어난 열기가 쪽지를 태워 없앴다.

'복귀는 좀 더 미뤄야겠군.'

자기 일을 대행하고 있는 이들에게는 미안하지만 더 우선시해야 할 일이 생기고 말았다.

제108장

유언장

성운을 먹는자

1

대부분의 강호인들에게 인피면구의 존재는 괴담과도 같다.

사람의 얼굴 가죽을 벗겨서 만든 가면을 쓰면 감쪽같이 다른 사람으로 변장할 수 있다.

이런 기물의 존재는 상식의 범주에 속하지 않기에 의미가 있다.

누구나 이런 기물의 존재를 알고 있다면, 사람들은 지금보다 훨씬 심한 인간 불신에 시달릴 것이며 기물의 가치도 극감할 것이다.

천유하 역시 예전에는 인피면구의 존재를 진지하게 받아들이지 않았다.

척마대 객원으로 들어오기 전까지는 말이다.

"이거 참. 볼 때마다 깜짝깜짝 놀라게 되는군."

천유하는 수면에 비친 자신의 얼굴을 보고는 한숨을 쉬었다.

그의 원래 얼굴과는 완전히 다른 얼굴이었다.

유약해 보이는 30대 남자의 얼굴이다. 그 자신이 봐도 가면을 써서 위장했다고는 전혀 알아차릴 수 없을 정도로 자연스러웠다.

'안면 근육이 움직이는 것까지 이토록 정교하다니, 술법이란 정말⋯⋯.'

"난 한순간도 목소리가 흐트러지지 않는 네가 더 신기하다."

낮게 내리깐 목소리로 말한 것은 형운이었다.

그는 예전에 만들어둔 위장 신분, 뇌성권 형준의 모습으로 위장하고 있었다.

"그런가."

천유하가 쓴웃음을 지었다.

그의 위장은 완벽했다.

인피면구를 쓴 다음 거기에 맞춰서 목소리를 변조하는 것을 한순간도 잊지 않았다. 거기에 무공은 평소 쓰던 우수검 대신 좌수검으로, 조검문의 무공이 아니라 그동안 훔쳐 배운 무수한 무공 중 하나를 적당히 적용했고 기파까지 평소와 다르게 바꿨다.

"난 저번에 기파 때문에 들켰었는데 넌 그럴 일 없겠네."

"너도 지금은 바꾸고 있잖아?"

"저번 일이 있었으니까. 하지만 일정 수준 이상으로 진기를 끌어 올리면 유지할 수가 없으니 전투가 격렬해지면 포기해야지."

"매번 생각하는 건데 넌 정말 잘하는 것과 못하는 것의 분류가 이상해."

"고치려고 애쓰기는 하는데 잘 안 돼."

형운이 어깨를 으쓱했다.

두 사람은 신분을 위장한 채 백령회의 본거지로 향하고 있었다.

공식적으로는 형운은 아직 자기 거처에 칩거 중인 것으로 되어 있고, 천유하는 비밀 임무를 받아서 나간 것으로 되어 있다. 둘의 행적을 아는 이를 최소한으로 줄이기 위한 선택이었다.

사실 형운은 이번 일에는 혼자만 올 생각이었다. 그 생각을 바꾼 것은 혹시라도 천유하로 하여금 일야신공 계승자를 찾을 기회가 될 수도 있다고 생각해서였다.

다만 형운은 천유하에게는 왜 그곳으로 가는지는 전혀 말하지 않았다.

천유하는 그가 비밀을 지켜야만 하는 이유를 어렴풋이 짐작했기에 캐묻지 않고 따라왔다.

"다 와가는군."

형운과 천유하는 광운산맥의 끄트머리까지 와 있었다.

거의 사람의 발길이 닿지 않는 험지다. 하지만 둘 다 위험한 산세 따위는 아랑곳하지 않고 무서운 속도로 목적지를 향해 왔다.

"멈추시오."

문득 두 사람을 붙잡는 목소리가 있었다.

예상한 바였기에 순순히 멈춰 서자 둘 앞에 한 사람이 나타났다.

아니, 사람이 아니라…….

'호인(虎人) 영수로군.'

키가 1장(약 3미터)를 넘는 거구의 호랑이인간이 둘을 맞이했다.

얼굴도, 손발도, 꼬리도 전부 호랑이의 그것인데 체형이 인간의 것인 데다 인간의 옷까지 입고 있는 모습이 기괴해 보였다.

호랑이인간이 코를 쿵쿵거리더니 말했다.

"선풍권룡, 오랜만이오. 이상한 가면을 쓰고 있어서 냄새가 같지 않았으면 몰라볼 뻔했소."

"냄새는 생각해 보지 못했군요."

형운이 인피면구를 벗으며 놀란 표정을 지었다. 호랑이인간이 히죽 웃었다.

호랑이 얼굴인데도 인간이 알아볼 수 있을 정도로 뚜렷한 표정이 드러나는 게 신기했다.

"들어가지요. 오늘 인간 손님이 올 거라고 하더니 그게 당신이었군."

두 사람은 그를 따라서 백령회의 본거지로 들어갔다.

2

"와……."

백령회의 본거지에 들어선 천유하는 보이는 것마다 신기해했다.

　형운이 물었다.

　"너도 영수는 익숙하지 않아? 영수한테 혼담까지 받아봤으면서……."

　"부디 그 이야기는 하지 말아줘. 영수에 익숙하긴 한데 이 정도로 많은 수가 있는 곳은 처음이야. 사람도 많고……."

　인간의 발길이 닿지 않는 오지 한복판에 이 정도로 많은 주민이 살고 있는 마을이 형성되어 있다는 것이 굉장히 신기했다.

　게다가 이 마을에는 영수만이 아니라 인간도 제법 많이 살고 있지 않은가?

　형운은 안면이 있는 영수들과 하나하나 인사를 나누면서 마을 중심부로 나아갔다. 그곳에는 마을 어디에서나 보이는, 높이만도 30장(약 90미터)이 넘는 어마어마하게 거대한 나무가 있었다.

　"오랜만에 뵙습니다."

　형운이 정중하게 인사하자 거대한 나무, 백령회의 장로인 무언이 의념의 목소리로 말을 걸어왔다.

　─다시 만나게 되어 반갑소, 예지의 바깥을 걷는 자여. 그대는 볼 때마다 나를 놀라게 하는군. 동행분이 있을 줄은 몰랐구려.

　"이쪽은 제 친구인 천유하라고 합니다. 백령회의 여러분들께 소개해 드리고 싶어서 함께 왔습니다."

"처음 뵙겠습니다. 조검문의 천유하라고 합니다."

영수에 익숙한 천유하도 무언의 존재에는 놀라지 않을 수 없었다.

넋을 놓고 있다가 형운이 자신을 소개하자 허둥지둥 예를 표했다.

―나는 백령회의 장로인 무언이라고 하오. 나도 귀하의 이야기를 들어본 적이 있소. 성운의 기재인 유성검룡 천유하, 언젠가 찾아올 인간 손님이 바로 당신이었군.

"언젠가 찾아올……?"

―천기가 내게 보여준 적이 있소이다. 머지않은 미래에 영수와 적지 않은 인연을 지닌 존재가 나를 찾아오게 될 것이라고. 그게 오늘일 줄은 몰랐소만. 재미있구려. 당신에게는 정말 영수와 깊은 인연이 느껴지오.

천유하가 당황해서 형운을 바라보았다. 무언은 스스로가 어떤 존재임을 설명하지 않았다.

그러나 지금 들은 말로도 그가 예지자임은 쉽게 알 수 있었다.

형운 역시 작게 고개를 끄덕여 그의 추측이 맞음을 확인해 주었다.

무언이 말했다.

―당신이 인연을 찾아왔음을 알겠소. 이곳에 그대와 인연이 있을지는 모르겠으나, 머무는 동안에 성과가 있길 비오. 부디 좋은 인연을 지속할 수 있었으면 좋겠군.

"감사합니다."

—예지의 바깥을 걷는 자여, 그대가 찾아온 이유는 동쪽에서 기다리고 있소. 가보시오. 이분은 내가 안내할 이를 부르도록 하지.

"알겠습니다. 유하?"

"다녀와."

천유하는 처음부터 형운이 이곳에 찾아온 용건이 철저하게 비밀리에 이루어져야 함을 알기에 선뜻 고개를 끄덕였다. 자기를 여기까지 데려와 놓고 이래야만 하나 싶은 섭섭함이 없는 것은 아니지만, 형운이 이렇게까지 철저하게 비밀을 지킨다면 그래야만 하는 이유가 있을 것이다.

형운은 무언의 말대로 동쪽으로 찾아갔다.

영수들과 인사를 나누며 걷다 보니 문득 감각을 자극하는 기파가 있었다.

"딱 일자를 맞춰서 왔군."

나뭇가지 위에 앉아서 표지가 새카만 책을 읽고 있던 긴 검은 머리칼의 남자, 한서우가 빙긋 웃었다.

"마침 휴가 중이라서요. 시기가 좋았지요."

백령회를 통해서 형운에게 쪽지를 보낸 것은 한서우였던 것이다.

3

한서우가 책을 덮고 나무에서 내려왔다. 형운이 검은 책을 보며 물었다.

"굉장히 불길한 기운이 풍기는 책이군요. 무슨 책이죠?"

"마공서다."

"그게요?"

"읽는 것만으로도 인간의 심령을 사로잡는 마력을 지닌 요물이지. 꽤나 위험한 물건이긴 하더군. 아마 평범한 인간이 손에 넣는다면 보름 안에 미치광이 살인마가 될 것이고, 3년 동안 살아남는다면 상당히 위험한 마인이 될 거다."

한서우는 그렇게 말하며 손끝에서 불길을 일으켰다.

우우우웅……!

놀랍게도 마공서는 불길에 타지 않았다.

격렬하게 떨리면서 자신을 해하려는 힘에 저항하는 게 아닌가?

"봐라. 애당초 이 책은 만들어질 때부터 인간의 영육을 갈아 넣어서 만들었고, 계속해서 인간의 심령을 잡아먹는 요물이다. 오래 묵으면 묵을수록 위험해지지."

파사삭!

불길에 버티던 마공서는 결국 산산조각 나서 흩어졌다. 아무리 불에도 타지 않는 마공서라 하더라도 한서우 같은 고수가 작심하고 파괴하고자 하니 버틸 재간이 없었다.

"이런 책들은 아주 주의 깊다. 인간을 홀리는 힘이 있지. 다른 책들 사이에서 인간의 눈길을 끌거나, 기연을 위장하기도 하고, 암시장 같은 곳에서 진귀한 책이라고 거래되기도 하지."

심지어 이렇게 사람을 홀린 마공은 마인으로 하여금 기록을 남기고 싶은 욕구를 갖게 만든다.

자신의 심령을 불어넣어서, 인간의 영육을 재료로 삼아서 자신의 사본을 만들어서 세상 곳곳에 뿌려 나가는 것이다. 그렇게 세대를 거듭해 나가다 보면 마공 자체가 시대의 흐름에 발맞춰서 발전과 변화를 반영하면서 생명력을 얻게 된다.

"특정한 마공을 터득한 마인들이 계속 죽어나가는데도, 딱히 그 마공을 계승하는 집단이 있는 것도 아니고 사제 관계로 이어지는 것도 아닌데도 명맥이 끊이지 않는 경우는 바로 이런 이유 때문이다. 그런 점에서 마공의 생명력은 일반적인 무공보다도 끈질기다고 할 수 있지."

"무섭군요."

형운이 혀를 찼다.

지금까지 수많은 마인을 상대해 보았고 그들이 지니고 있던 마공서를 파기해 본 적도 있다.

하지만 마공이 끊이지 않고 전수되는 이면에 이런 진실이 있을 줄이야.

한서우가 쓴웃음을 지었다.

"그만한 생명력을 지닌 마공이 많지는 않다. 대부분은 어설픈 잡기와 흉악한 욕망이 만나서 변질된 것뿐이지. 그러니 앞으로는 마공서의 존재를 염두에 두도록 해라. 너라면 아마 나만큼이나 그것을 민감하게 찾아낼 수 있을 테니."

"명심하겠습니다."

"오늘 만나고자 한 이유는 알고 있겠지?"

한서우가 화제를 돌리자 형운이 대답했다.

"예. 마존 어르신의 유언장 때문이겠지요."

"역시 네게 남기셨나 보구나."

한서우가 탄식했다.

그가 형운을 만나고자 하는 이유는 환예마존 이현의 유지를 잇기 위해서였다.

형운이 의아해했다.

"선배님께는 아무것도 남기시지 않았습니까?"

"안 남기셨다. 나는 예지자일 뿐, 너 같은 능력은 없으니까."

한서우 역시 예지자이며, 그렇기에 예지자에게는 예지의 바깥을 걷는 존재다.

그의 행적을 직접 예지하려고 하는 것이 그에게 자신을 들여다볼 권리를 주는 것이나 다름없다.

그러나 그것은 어디까지나 예지자끼리의 관계에만 국한되는 일이다.

형운처럼 자신을 들여다보려는 모든 존재에게 그런 권리를 적용할 수는 없었다.

즉 이현은 그 상황에서 한서우에게 형운처럼 자신의 내면을 전달할 방법이 없었다. 만약 그랬다면 흑영신과 광세천이 알아차렸을 테니까.

"그저 예전에 조금씩 암시해 두셨을 뿐이다. 네 존재가 그들에게 있어서 치명적인 공백이 될 수 있다는 것을."

한서우는 이현이 지나가듯 던진 말로 암시한 것만으로도 형운에게 무언가를 남길 것임을 예상했다.

형운이 말했다.

"짐작하신 바가 맞습니다. 제 안에는 마존께서 남기신 유언장이 있습니다."

형운과 이현은 서로의 내면을 들여다보았다. 그것으로 이현은 누구에게도 전하지 못한 자신의 뜻을, 전했다는 과정을 시공에 남기지 않고 형운에게 알릴 수 있었다.

물론 그의 기억을 품고 있었던 것은 잠시뿐이다. 아무리 형운이라고 해도 타인의 기억을 계속 품고 있다가는 자아를 위협받게 되니까.

예전에 성존의 기억을 뿌리쳤듯 이현의 기억들도 빠르게 스러져 갔다.

그러나 이현이 전하고 싶었던 핵심만은 형운에게 남았다. 형운의 특성을 짐작한 이현이 전할 기억들을 명쾌하게 정리해서, 집중해서 새겨주었기 때문이다.

"하지만 그 유언장의 내용은… 음. 선배님께 알려 드릴 방법이 없는데요?"

"음?"

한서우가 의아해했다.

"무슨 뜻이냐?"

"어, 그러니까 그게 말로 할 수 있는 내용이 아니라서요. 그게, 음, 일종의 감각이라고 해야 하나……."

형운이 어떻게 설명해야 할지 갈피를 못 잡고 난처해했다.

한서우는 지금 형운이 지닌 비밀을 공유할 수 있는 유일한 인물이라고 할 수 있다. 인간적인 신뢰가 아니라 존재의 특성이라는 점에서.

그러니 형운도 한서우에게 이현의 유언을 감출 생각은 없었다.

　문제는 이현이 맡긴 것이 명쾌하게 말로 설명할 수 없는, 그가 신적인 영역에 도달하면서 획득한 감각 정보라는 것이다.

　"그렇군."

　한서우는 당혹감을 거두고 고개를 끄덕였다.

　"무슨 이야길 하고 싶은지는 대충 알겠다."

　"…아시겠어요?"

　"당연하지. 난 예지자이지 않느냐? 이럴 것 같은데 구체화되진 않는, 심지어 나 자신이 이성적인 영역에서 이해할 수 있도록 언어화하는 과정조차 제대로 이뤄지지 않는 예지가 많지. 내가 오죽 답답했으면 그걸 조금이라도 나 자신이 알아먹을 수 있도록 구체화해 보겠다고 점술부터 시작해서 온갖 잡기들을 쓰고 있겠느냐?"

　"아, 확실히……."

　"그럼 방법은 한 가지뿐이군."

　"방법이 있나요?"

　형운이 묻자 한서우가 피식 웃었다.

　"너도 알고 있지 않느냐? 마존께서 네게 유언장을 남긴 방법을 동일하게 쓰면 되지."

　"그렇군요. 그런데 괜찮으시겠어요?"

　"안 괜찮다."

　"네?"

　예상치 못한 말에 형운이 당황했다. 한서우가 한숨을 쉬었다.

"나를 들여다보는 것은 네게는 너무 위험해. 전에 말했지? 네 몸은 내 몸과 비슷한 구석이 있다고."

둘 다 육신만을 보면 인간을 초월한, 신적인 잠재력을 지닌 존재들이다.

형운이 지금 하고 있는 고민, 그리고 한서우가 수십 년 동안 싸워온 문제는 한가지였다.

바로 인간성을 유지한 채 육신의 잠재력을 최대한 끌어낼 방법이다.

"정확히는 너와 나는 서로에게 들여다봐서는 안 되는 심연이나 마찬가지다. 우리가 서로의 내면을 들여다보는 것은 파멸의 구렁텅이로 뛰어드는 짓이 될 가능성이 크지."

"…그렇군요."

형운은 납득했다.

한서우는 거대한 존재다.

초월적인 존재에게 기대지 않고 오직 인간의 힘만으로 천리를 부정하며 천년의 세월을 버텨왔던 혼원교, 그들이 만들어낸 한없이 신에 가까운 실패작.

인간처럼 생각하고 행동한다고 해도 그의 육신은 인간을 초월했다.

과거 혼원교가 천년에 걸쳐 쌓아 올려온 것들, 무수한 인간들의 사념과 기억이 그의 안에 내재되어 있었다.

한서우는 강한 자아로 그 모든 것을 통합해서 관리해 내고 있지만 그것은 어디까지나 그가 관리의 주체일 때만 가능하다.

형운이 그의 내면을 들여다봄으로써 읽어 들이게 되는 정보는 끔찍하게 거대한 혼돈이리라.

한서우가 말했다.

"어쩔 수 없이 그건 네게 맡겨둘 수밖에 없겠군. 말로 설명할 수는 없어도 너는 자신이 무엇을 해야 할지 명확하게 알고 있겠지. 그러니까 그때가 되면 나를 부르도록 해라."

한서우가 한 장의 흑색 나무 판을 꺼냈다. 그리고 손끝에서 피를 내어 거기다 열 방울을 떨어뜨리자 섬뜩한 기파가 일어났다가 거짓말처럼 안쪽으로 수렴되어 버렸다.

"봉인 술법은 그럭저럭 잘하는 분야라 다행이야."

한서우는 무공에 비해 술법은 서투른 편이었다. 물론 어지간한 기환술사들보다는 훨씬 낫지만 그의 안에 혼원교의 모든 비술이 잠재되어 있다는 사실을 감안하면 정말 초라한 재주였다.

그것은 한서우라는 자아를 지키기 위해 설정된 방어 수단이었다. 인간이었을 때 부족했던 부분을 개량하기 위해 혼원교의 비술을 멋대로 끌어내다가는 결국 한서우라는 자아가 오염되고 만다.

스스로의 부족한 부분을 직시하고 받아들인다.

그 또한 형운과 그 같은 존재가 인간성을 지키기 위한 수단이었다.

배고픔을 모르고, 피로함을 모르고, 고통을 모르고, 숨이 차서 헐떡거리는 괴로움조차도 모르는 존재를 인간이라고 할 수 있겠는가?

형운도, 한서우도 마음만 먹으면 그 모든 굴레에서 벗어날 수 있다. 그러나 그 결과물은 폭주한 일월성신이었던 유명후처럼 더 이상 인간이라고 할 구석이 남지 않는 괴물일 것이다.

"봉인 술법이 제대로 먹혀들었으니 마기가 풍기진 않을 거야. 항상 갖고 있다가 나를 필요로 하는 때가 되면 그걸 부러뜨려라. 그러면 나는 언제 어느 때라도 네가 있는 곳으로 달려갈테니까."

"쉽게 부러지진 않겠죠?"

"특정한 방법을 통하지 않으면 부러지지 않게 만들어두었다. 물론 영구적으로 작동하진 않아. 지금 네 진기를 불어넣으면 이후에는 알아서 네 진기를 조금씩 흡수해서 술법을 유지할 거야."

"알겠습니다. 때가 되면 꼭⋯⋯."

한서우에게 흑색 나무 판을 부러뜨리는 방법에 대해서 설명을 들은 형운은 그것을 품에 넣고는 말했다.

"아, 그런데 선배님께 말씀드릴 사항들도 있어요."

"어떤 거지?"

"마존께서 남기신 유산 분배 같은 건데요. 은신처부터 시작해서 나중에 도움 될 물건들까지⋯⋯."

형운이 자기 안에 남은 이현의 기억을 유언장이라고 칭한 것은 과언이 아니었다. 말로 설명할 수 없는 감각 정보 말고도 구체적인 정보들도 있었기 때문이다.

한서우가 어이없다는 듯 웃었다.

"못 당하겠군. 내 지분을 이렇게 많이 남겨주시다니. 유족들에게 밝혀지면 한바탕 전쟁을 치르겠는걸."

물론 이현은 아주 오래전에 가문과 절연했기 때문에 그럴 일은 없다.

이현은 일반인의 일생에 해당하는 시간 동안 마교와 싸워왔다. 여러 조직들과 협력하는 경우도 있었지만 모든 것을 혼자서만 처리해야 하는 때도 많았기에 그는 마치 종말을 대비하듯이 대륙 곳곳에 수많은 은신처와 물품들을 숨겨두었다.

그 점은 한서우도 마찬가지였지만 이런 것들은 많으면 많을수록 좋은 법이다.

"고맙다. 네게도 준비된 것들이 있겠지?"

"어느 정도는요. 졸지에 은닉 재산이 생겼지요."

이현의 유산 중에 가장 값진 것들은 예지와 탐지에서 벗어나기 위해 만들어진 은신처들이다. 마교를 상대하는 데 있어서 이 이상 유용한 무기가 또 있겠는가?

한서우가 다른 화제를 꺼냈다.

"한 가지 부탁하고 싶은 게 있다."

"어떤 일입니까?"

"아까 전의 마공서와 관련이 있는 일이다. 대충 추적은 끝났으니 그렇게 오래 걸리진 않을 거야. 원래는 너와 함께 처리하려고 했는데 유성검룡이 와서 그럴 수는 없겠군."

한서우는 이번에 형운과 만났다는 사실 자체를 비밀로 할 생각이었다. 백령회에서도 아는 이는 이곳에서 거의 나가지 않는 극소수뿐이니 천유하도 끝까지 모르는 편이 좋다.

형운이 의아해했다.

"제 도움이 필요한 일입니까?"

"정확히는 네가 있으면 더 편하게 끝날 일이지. 사실 나는 좀 더 우선해야 할 다른 일이 있거든. 하지만 백령회와의 관계를 생각하면 이번 일은 꼭 처리해야 해. 그런데 네게 일을 맡길 수 있으면 나는 곧바로 다른 일을 처리할 수 있고…….”

“하지요. 어차피 아직까지는 휴가 중이기도 하고.”

“고맙다. 신세 잊지 않으마.”

형운이 제안을 받아들이자 한서우가 빙긋 웃으며 봉투 하나를 건네주었다.

“정보입니까?”

“아니, 일에 대한 것은 무언 장로에게 들으면 될 거다.”

“그럼 이건…….”

“가려 양이 보낸 서신이다.”

“누나가 보냈다고요?”

형운이 깜짝 놀라서 봉투를 바라보았다.

“자혼에게 정기적으로 연락을 해달라고 했다면서? 이번에 가는 김에 좀 전하라면서 주더군. 천하의 혼마를 제자의 연락책으로 쓰다니 사람들이 들으면 경악할 거야.”

한서우가 너스레를 떨자 형운의 얼굴이 빨개졌다.

한서우는 형운의 어깨를 두드려 주고는 말했다.

“그럼 나중에 보자.”

“감사합니다.”

한서우는 언제나 그랬듯 훌쩍 떠나갔다.

4

혼자 남은 형운은 아무도 없다는 것을 알면서도 괜스레 주변을 두리번거리면서 으슥한 곳으로 향했다. 그리고 조심스럽게 봉투 속에 든 서신을 꺼내서 읽었다.

공자님께.

틀림없는 가려의 필체였다. 지금까지 업무를 처리하면서 수도 없이 보아온 필체이기에 사소한 버릇까지도 알아볼 수 있었다.

이상할 정도로 가슴이 뛰었다. 형운은 심호흡까지 해서 마음을 가라앉히면서 내용을 읽었다.

그리고 실망했다.

저는 잘 지내고 있습니다. 하루하루가 정신없이 지나가고 있습니다. 분명 공자님도 그러시겠지요. 지난번에 하신 말씀 꼭 지키고 계시길 바라겠습니다.

또 다음에 소식 전하겠습니다.

아주 격하게 실망했다.

그동안 이 연락을 얼마나 기다렸는데 내용이 고작 이거라니.

"…누나도 참 너무하네."

가려는 업무로 보고서를 올릴 때는 정말로 상세하고 꼼꼼하게 작성한다. 그런데 자기 일이 되자 이토록 무성의해지다니.

'아니, 무성의한 건 아니겠지.'

형운은 가려가 이 서신을 쓰는 모습을 떠올렸다.

분명히 자혼에게 제자로서 가르침받는 것은 쉬운 일이 아닐 것이다.

무공 수련이 자기 관리의 일부일 때는, 언제라도 실전에 투입되어야 하는 입장에서는 충분한 여유를 남기는 것조차도 과제다.

그러나 제자로서 스승에게 배우는 입장은 전혀 다르다. 형운이 귀혁에게 배울 때 그랬듯 매일매일 심기체 모든 것을 소진하고 기진맥진하리라.

그런 상황에서는 시간을 쪼개서 서신을 보내는 것조차도 힘든 일이다. 하물며 가려 성격이라면 대충 성의 없이 써서 보내진 않았을 것이다.

뭘 써야 할지 떠오르지 않아서 고민하고 한 문장을 쓰고, 뭔가 아닌 것 같아서 종이를 구겨 버리고 다시 쓰고… 그런 과정을 수없이 반복했는데도 나온 결과물이 이런 것이리라.

"다음번에는 나도 소식을 전할 수 있게 준비해 둬야지. 소식을 전하는 것은 이런 거다, 이렇게 써서 보내라는 교본이 될 수 있도록 성의 있게……."

형운은 투덜거리면서도 가려의 서신이 보물이라도 되는 것처럼 조심스럽게 다시 접어서 봉투에 넣었다.

5

천유하는 백령회의 마을에서 인기인이 되어 있었다.

예천에 형운이 처음 왔을 때도 그랬지만 이 마을 주민들은 바깥출입을 하는 일이 드물다. 그러다 보니 누군가 외부에 나갔다 돌아오거나 손님이 오기라도 하면 이야기해 보고 싶어서 안달이 나 있었다.

원래 이런 폐쇄적이고 특수한 사정을 지닌 마을은 외부인에 대한 경계가 앞서게 마련인데 이곳은 좀 특이한 분위기였다. 형운이 데려온 손님이라는 입장도 있고 천유하 자신이 영수들에게는 친밀한 인상을 주는 모양이었다.

"칼! 칼 보여줘!"

"그러지 마. 무사에게 칼은 목숨과도 같은 거니까 함부로 보여달라고 하면 안 된댔잖아."

"에이, 그런 게 어디 있어. 목숨은 목숨이고 칼은 칼이지. 그럼 칼 휘두르는 거 보여줘!"

어찌나 친밀한지 애들이 복작거리면서 몰려들어서 난리를 피우고 있었다.

잠시 멍청하니 그를 바라보던 형운이 웃음을 터뜨렸다.

"미안했던 마음이 싹 사라지는데?"

"그러면 곤란하지. 좀 미안해하도록 해."

"노력해 보지."

"볼일은 끝났어?"

"일단은. 하지만 새로운 일이 생겼는데……."

형운이 아이들을 바라보았다. 인간 아이들도 있고 영수 혈통으로 보이는 아이들도, 심지어 그냥 영수 아이들도 있었다. 평범한 인간 아이와 강렬한 신체적 특징을 지닌 아이와 겉보기로는 그냥 짐승으로밖에 안 보이는 아이들이 자연스럽게 섞여 있는 광경은 역시 신기했다.

"미안하지만 볼일이 생겨서 가볼게. 이따가 다시 놀자."

"에이, 벌써?"

"잠깐만 더 놀다 가, 응? 거기 형도 같이!"

천유하는 능숙한 태도로 아이들이 졸라대는 것을 상대하고는 형운과 그 자리를 빠져나왔다. 형운이 혀를 내둘렀다.

"애들 상대하는 게 엄청 능숙하네?"

"그런 편이야. 나야 동생들도 있고 사문에서도 어린 수련생들을 지도하는 경우가 많다 보니……."

"과연."

천유하는 외모도 귀공자라 불릴 만큼 근사한 데다가 행동거지 하나하나에 기품이 있다.

보통 이런 사람한테는 말을 붙이기 어렵게 마련인데도 아이들까지도 친근하게 다가온다는 것은 천유하가 타인이 자신에게 다가오게 만드는 법을 안다는 것이다. 분명 조검문에서도 천유하는 모두에게 사랑받는 몸일 것이다.

"제자감은 없었어?"

"아직은 잘 모르겠어. 자질만으로 보면 괜찮아 보이는 아이들이 있었지만……."

일야신공을 계승하려면 양의심공 계통의 무공을 익힐 수 있는 자질이 있어야 한다. 딱히 그런 자질이 없어도 익히는 것 자체는 가능하지만 대성하기는 힘들었다.

"그리고 각자 사정이 있으니 자질이 괜찮아 보인다고 덥석 제자로 삼을 수는 없는 노릇이잖아. 차분하게 시간을 들여서 알아봐야지."

일야신공의 맥을 잇는 것도 문제지만 계승자가 될 아이의 인생을 결정하는 문제이기도 한 만큼 신중해야만 했다.

"그런데 무슨 일이야? 말해줄 수 있는 일이야?"

"아, 이건 괜찮아. 여기 와서 받은 일이거든. 백령회의 인맥 중에서 흉사를 당한 사람들이 있어서 추적에 들어갔는데 그 원흉이 마공서라고 해."

"마공서?"

"그러니까……."

형운은 한서우에게 들은 마공서에 대한 지식을 이야기해 주었다.

천유하가 놀랐다.

"그런 책의 존재는 알고 있었지만 실제로 맞닥뜨리는 것은 처음인데."

"나도 그래. 그런 요서는 마공서 중에도 아주 특수한 경우에 속하는 줄 알았는데 의외로 많다고 하더군."

"흠. 철두철미하게 비밀을 지켜야 하는 일이 아니라면 우리끼리 처리하기보다는 척마대에 복귀해서 진행하는 편이 낫지 않을까?"

둘의 능력이 출중하다고는 해도 별의 수호자의 지원을 받을 수 있느냐 없느냐는 임무 수행에 있어서 엄청난 격차를 초래한다. 천유하는 지금까지 척마대 객원으로 활동하면서 그 사실을 절감했다.

"그럴 생각이야."

그렇게 말한 형운이 쓴웃음을 지었다.

"그런데 이런 식으로 복귀하게 될 줄은 몰랐는데… 곡정이한테 한 소리 듣겠는걸."

"입이 열 개라도 할 말이 없는 상황이잖아?"

"그렇지?"

"하지만 괜찮겠어?"

천유하 역시 형운이 방황하는 모습을 지켜봐 왔다. 아무리 능력이 출중한 무인이라고 하더라도 정신적으로 빈틈이 있는 상태에서 실전에 임했다가는 잔챙이에게도 당할 수 있는 법이니 걱정하지 않을 수 없었다.

"이젠 괜찮아."

고개를 끄덕이는 형운의 눈에는 더 이상 흔들림이 없었다.

제109장
사악한 책

성운을 먹는자

1

중원삼국은 대륙에서 가장 번성한 문명국가들이다. 그러나 이 세 국가조차도 자신들의 영토를 완전히 지배하고 있지는 못했다.

관의 눈길이 미쳐서 치안이 안정된 지역은 한정되어 있었다. 그곳을 벗어나면 인간은 목숨이 위험한 야만에 노출되기에 무인의 가치가 높은 것이다.

그런 지역 중에는 아예 인간이 접근하는 것 자체가 어리석다고 여겨지는 마경(魔境)도 있었다. 하운성에서 가장 높은 천두산(天頭山)이 그랬다.

이곳은 옛날부터 요괴들과 마수들이 많아서 개간되지 않은 지방이라 항상 문제가 끊이지 않는 곳이다. 공식적으로 마경으로 지정된 곳이라 역사적으로 황실에서 몇 번 대대적인 토벌 시도도 있었지만 도저히 대병력을 끌고 들어갈 수 있는 지형이 아니라서 성공하지 못했다.

그 마경 앞에 땅에 닿을 정도로 긴 검은 머리칼과 시체처럼 창백한 얼굴을 지닌 남자가 서 있었다.

동공이 풀려서 흐릿한 눈을 한 그의 주변에는 참혹한 시체들이 널려 있었다. 완전히 난도질하고 뜯겨서 제 모습을 알아볼 수 없는 시체들이었다.

그것은 인간의 시체가 아니었다. 전부 다 요괴의 시체들이었다.

으적으적…….

땅에 늘어뜨려진 남자의 머리카락 끄트머리가 날카로운 이빨이 달린 입으로 변해서 그 시체들을 으적거렸다. 기괴하고 끔찍한 광경이었다.

―백마(百魔).

문득 마경 안쪽에서 의념의 목소리가 전달되어 왔다. 거대한 맹수가 으르렁거리는 것 같은 느낌이었다.

하운국 삼대마 중 하나, 백마가 입을 열어 스산한 목소리를 냈다.

"네놈들과 다툴 생각은 없다. 볼일이 있어서 왔을 뿐."

―우리 영역에서 요괴들을 죽여놓고 그런 소리를 지껄이느냐?

"언제부터 이런 잡것들에게 신경 썼다고 그러는가? 네놈들이 인간의 왕처럼 자기 영역에 사는 요괴들을 백성으로 생각하는 것도 아닐진대?"

백마가 냉소했다.

그에게 말을 걸어오고 있는 것은 마경 천두산에서 왕처럼 군림하는 대요괴 중 하나다. 하지만 백마는 그들의 천성이 호랑이와 같음을 알고 있었다.

인간이 호랑이를 짐승의 왕이라 부른다고 해서 그의 영역에 있는 다른 짐승들이 호랑이의 백성이라는 의미인가?

아니다. 허기가 지면 잡아먹는 먹잇감에 지나지 않는다.

특히 천두산의 대요괴들은 저곳에서 나올 수가 없다. 그렇기에 영역 안의 요괴 개체수가 줄어드는 것에 민감했다.

우르르릉……!

갑자기 천두산 상공에서 빛이 번쩍였다.

다음 순간, 투명한 섬광이 백마를 덮치더니 자색의 폭염으로 화했다.

화아아아아악!

물리적인 열기는 조금도 없는, 환영 같은 폭염이 반경 30장(약 90미터)를 휩쓸었다.

불길이 사그라진 자리에는 백마의 기다란 머리칼이 일어나서 그의 몸을 뒤덮고 있었다. 표면에서 치이익 하는 소리와 함께 연기가 일어났다.

"무리하시는군. 그래봤자 스스로를 허기지게 만들 뿐인 것을."

―이놈……!

"걱정 마라. 아직 나는 너희들을 먹을 준비가 되지 않았으니."

백마는 끊임없이 요괴를 사냥하여 자신에게 통합함으로써 끝없는 다양성을 내포한 존재를 추구하는 존재다. 천두산의 대요괴들조차도 그에게는 반드시 먹어치워야 하는 사냥감이었다.

그러나 아직은 그들에게 도전할 준비가 되지 않았다. 그것은 먼 훗날의 일일 것이다.

2

형운이 부재중임에도 척마대의 분위기가 이상해지지는 않았다. 형운이 휴가를 보내는 동안 수행하는 임무 수가 줄기는 했지만 부대주들이 기강이 헤이해지지 않도록 잘 관리하고 있었다.

"으어어……."

그리고 그것은 부대주들이 처리하는 업무량이 살인적이라는 뜻이다.

마곡정은 집무실에 퍼져서 신음하고 있었다.

부하들 앞에서는 약한 모습을 보이지 않지만 그는 슬슬 쓰러지기 일보 직전이었다. 차라리 몸으로 뛰는 일이면 힘들어도 기쁘게 하겠는데 쌓여가는 문서와 격투를 벌이고, 부대주들이나 조장을 불러다 이런저런 이야기를 나누면서 방침을 결정하고, 다른 부서 사람들과 만나서 업무 조율을 하는 등의 일을 하다 보니 머리가 쪼개질 것 같다.

'아, 이러니까 둘째 사형이 수련하겠다고 일선에서 물러났었지.'

예전에 정무격이 형운에게 패한 뒤 수련을 위해 일선에서 물러나다시피 했던 이유를 알겠다. 조직을 이끌어가는 입장에서 격무에 시달리다 보면 실력을 늘리기는커녕 현상 유지를 하는 것조차 힘들다.

그나마 정무격은 어려서부터 문무 양도에 능하다는 평가를 받은 인물이기라도 했지, 천생 몸 쓰는 쪽이 맞는 마곡정 입장에서는 이런 업무가 주는 부담이 너무나도 고통스러웠다.

"아, 제기랄. 형운 이 자식 언제까지 퍼져 있을 셈이야. 이러다 말라 죽겠네."

요즘은 진짜 부하들 앞에서 아무렇지도 않은 척 허세를 부리는 것만으로도 심력을 다 소진하는 기분이다.

'예은이랑 만날 시간도 없단 말이다! 형운 네 이놈! 휴가랍시고 일 떠넘기고 틀어박혀서 예은이를 독점하다니! 그러는 거 아니야!'

가뜩이나 각자 맡은 일이 바빠서 보기 어려운 두 사람이다. 그런데 딱히 외부로 임무를 나간 것도 아니고 총단에 있는데도 만날 시간이 안 나다 보니 짜증이 치솟았다.

그때 밖에서 소란이 일었다. 퍼져 있던 마곡정은 짜증을 내며 벌떡 일어났다.

"아, 또야?"

마곡정이 밖으로 나갔더니 앞마당 연무장을 뒤집어놓으면서 두 사람이 치고받고 있었다.

강연진과 오연서였다.

"야, 그만해!"

척 봐도 대련이라기에는 과열된 분위기였다. 그러나 마곡정이 호통을 쳐도 둘 다 눈앞의 상대에게 정신이 팔려서 듣지도 않는다.

"이것들이 진짜……."

"부, 부대주님. 저희는 말렸는데……."

구경하고 있던 대원들이 마곡정의 눈치를 보았다.

마곡정이 그들에게 눈을 부라렸다. 말리기는 했을 것이다. 진심 없는 말로 적당히 하라는 소리나 몇 번 하고는 재미있게 구경하고 있었으리라. 무인들에게 실력 있는 무인들이 펼치는 대결에 흥미를 보이지 말라고 하는 것은 무리다.

물론 이쯤 과열되었으니 진지하게 말려야겠다고 생각했겠지만 이미 늦었다. 둘의 실력이 워낙 출중한 데다 한쪽이 실수하면 크게 다칠 수도 있는 상황이라 어지간한 실력으로는 말릴 수도 없었다.

"구경하던 사람들 다 두고 보자."

마곡정의 말에 다들 찔끔해서 시선을 피했다.

"그만."

그때 한 사람의 목소리가 낮게 울렸다.

"헉!"

다음 순간 강연진과 오연서의 움직임이 거의 동시에 크게 어긋났다. 마치 보이지 않는 손이 그들을 붙잡고 밀어버리기라도 한 것처럼.

그리고 그 사이로 한 사람이 질풍처럼 끼어들면서 둘을 붙잡아 제지했다.

"변함이 없군. 강연진, 그리고 오 소저, 둘은 앞으로 부대주 이상급의 허락과 참관이 없을 시에는 대련 금지."

"형운!"

마곡정이 놀라서 외쳤다. 푸른 장포를 입은 형운이 멋쩍은 기색으로 말했다.

"어, 곡정아. 고생 많았다. 오늘부로 나 복귀할 거야."

"그래? 그렇단 말이지?"

형운은 등골이 서늘해졌다. 마곡정이 더없이 화사한 미소를 지으면서 자신을 바라보는데 등 뒤에서 설표가 이를 드러내고 으르렁거리는 환영이 보이는 것 같은 착각이 들었다.

'그동안 많이 힘들었나?'

형운이 찔끔하는데 마곡정이 누구나 반해 버릴 것 같은 아름다운 미소를 지은 채로 손짓했다.

"우리 대주님 복귀 축하드리고, 그동안 밀린 업무에 대해서 보고 좀 드려야겠습니다. 같이 좀 가시지요?"

"그, 그럴까?"

형운은 마곡정의 기세에 눌려서 고개를 끄덕였다.

그리고 그날, 예은은 갑자기 형운에게 당일부터 한동안 휴가를 주겠다는 통보를 듣고 어리둥절해졌다.

3

형운은 복귀하자마자 특별 임무 수행조를 편성, 바로 다음 날

해가 뜨자마자 출발했다.

임무 수행 인원은 열다섯 명으로 그리 많지 않았다. 하지만 형운이 나섰기 때문에 다들 뛰어난 대원들로만 구성되었다.

"천 공자는 언제 합류합니까?"

"목적지에 백령대 쪽 인원과 같이 있을 겁니다."

형운은 천유하를 백령대 본거지에 놔두고 자기만 척마대로 돌아왔다. 형운의 이동 능력이 워낙 높아서 그 먼 거리도 당일치기로 오갈 수 있는 데다 공식적인 입장도 있었기 때문이다.

이번 일은 형운에게 비밀 임무를 받고 나간 천유하가 백령회로부터 받은 정식 의뢰를 형운에게 전달한 것으로 기록되었다.

'눈 가리고 아웅 하는 격이기는 하지만 정말 잘 맞아떨어지지.'

백령회는 별의 수호자 입장에서도 신경 써서 대할 만한 이들이었기 때문에 특별임무조 편성과 값비싼 기물 장비 지원도 순조롭게 진행되었다.

"오늘은 푹 쉬어두도록."

예정된 이동 거리를 주파한 그들은 별의 수호자 사업체에서 마련해 준 숙소에서 휴식을 취했다.

"사형, 아, 아니, 대주님."

대원들이 해산하는데 한 사람이 말을 걸어왔다. 천공지체 연구가 아직 한창인데도 부득불 따라 나온 강연진이었다.

"괜찮으시면 잠시 상대해 주실 수 있을까요?"

"상대라니, 설마 수련을 말하는 거야?"

"네."

"의욕은 좋지만 쉬어둬. 지금은 임무 수행 중이야. 우리 지침을 잊은 건 아닐 텐데?"

"알고 있습니다만 실은 꼭 확인해 보고 싶은 게 있어서……."

강연진이 워낙 강하게 요청하자 형운은 의아해하면서도 받아들였다.

다른 대원들에게 귀띔한 뒤 숙소를 나와서 인근 야산으로 오자 강연진이 말했다.

"이번 일에 나선 이유를 제대로 설명드릴 여유가 없었죠. 실은 천공지체 연구단에서도 슬슬 실전에 나서서 자료를 수집해 주길 바라고 있어서입니다."

"너만이 아니고 3차 후보 전부에 해당하는 이야기야?"

"예, 조만간 4단계로 넘어간다고 해요."

"3단계가 좀 길긴 했지."

천공지체 연구는 작년부터 시작되었고 이제 1년이 좀 넘었다. 3개월 단위로 2단계, 3단계로 진행하면서 후보를 걸러낸 것을 감안하면 3단계는 꽤 오래 진행된 셈이다.

대신 3단계는 연구의 심화 단계였고, 후보자를 걸러내면서 가시적인 성과를 기대하게 되었다.

하지만 아직까지 후보자들이 천공지체의 특질을 발현하는 일은 없었는데 형운이 휴가를 보내는 동안 성과가 있었던 것일까?

강연진이 고개를 끄덕였다.

"있었어요. 그래서 실전 투입을 권고받은 거고요. 기왕 실전에 나설 거라면 대사형과 함께하고 싶었어요."

"그랬구나."

"하지만 연구실에서야 많이 써봤지만 바깥에서는 사람 상대로 써본 적이 없는지라, 연습을 해보고 싶습니다."

"그런 이유라면 좋아. 어디 한번 성과를 보여봐."

"감사합니다."

강연진이 자세를 잡았다.

그의 나이도 어느덧 열일곱 살이었다. 귀혁의 제자가 된 지 6년이 지난 지금, 예전과는 달리 키가 6척에 가까울 정도로 컸고 단단한 근육으로 뒤덮여서 위압감이 풍기는 몸을 지니게 되었다.

날렵하고 균형 잡힌 형운보다는 약간 중량감이 있어 보이는 체형이고, 실제로도 체중은 좀 더 무거울 것이다. 그 역시 다른 무인들이 부러워할 만한 몸임은 분명했다.

"천공지체의 특질은 육탄전보다는 기공을 쓸 때 극대화됩니다. 그래서 섣불리 사람 상대로 연습해 볼 수 없었어요. 대사형이나 아니면 사부님께 부탁드릴 생각이었습니다."

과연 그런 이유라면 굳이 지금 부탁한 것도 납득이 갔다.

형운이 고개를 끄덕이자 강연진이 광풍혼을 일으켰다. 형운 역시 그에 맞춰서 광풍혼을 일으키자 나무들이 흔들리면서 솨아아, 하는 소리가 울려 퍼졌다.

'이건 뭐지?'

형운의 눈이 강연진의 체내에서 기묘한 변화를 포착했다.

얼마 전까지만 해도 강연진의 내공은 4심이었다. 그런데 지금은 왠지 또 하나의 기심이 생성되어 있다.

'이거 좀 이상한데. 저 기심은 대체 뭐지? 텅 빈 기심이라니?'

기맥과의 상관관계를 볼 때 기심이 맞는 것 같기는 한데, 기심만 생성되어 있고 그 안은 텅 비어 있다. 기심이 기를 축적하기 위한 기관임을 감안하면 있을 수 없는 일이다.

그리고 강연진이 공격해 왔다. 유성혼을 서너 발 쏜 다음 그 뒤를 따라서 돌진, 형운과 격돌한다.

퍼퍼퍼퍼펑!

울려 퍼지는 폭음 속에서 둘이 격돌했다.

형운이 경악했다.

'주변의 기를 흡수하고 있어?'

형운은 누구보다도 강연진에 대해서 잘 알고 있다고 생각했다. 아마 귀혁보다도 더.

그렇기에 지금은 놀랄 수밖에 없었다.

기심처럼 보이는 공허를 중심으로 강연진이 주변의 기를 빨아들인다.

무인이 주변의 기를 흡수하는 것은, 어느 정도는 당연한 현상이다. 심법 수련은 애당초 외기(外氣)를 체내로 흡수해서 내기(內氣)를 강화하는 과정이니까.

그러나 그것은 지극히 안정된 상황에서 서서히 일어나는 현상이다. 누군가와 싸우는 동안에 외부의 기운을 체내로 받아들이는 것은 일반적으로는 처음부터 자신이 발출한 기운일 때나 가능한 일이다.

물론 극음이나 극양의 기운을 다루는 무공이나 혹은 타인의 정기를 잡아먹는 마공 같은 예외가 있긴 하다. 하지만 강연진이 보이는 특성은 그런 무공들과는 전혀 달랐다. 외부에 존재하는 모든 기운을 받아들여서 자신의 것으로 만든다.

이것은 무인으로서는 압도적인 이점을 제공한다.

본신 진기보다 큰 힘을 다룰 수 있을 뿐 아니라, 외부로 발출되어 흩어지는 기운까지 흡수해서 어느 정도 재활용이 가능하다. 장시간 전투를 벌일 경우 여력 면에서 상대를 압도하는 패를 지니게 되는 것이다.

'맙소사. 이건 내가 했던 짓과 비슷하잖아?'

형운은 그 특성이 낯설지 않다는 점에 놀랐다.

바로 그가 혼살권 유단과 싸울 때 도박수로 던졌던 그 상태였다.

문득 그의 뇌리에 예전의 기억이 떠올랐다. 서하령의 천명단 복용을 도왔을 때 덮쳐왔던 심상이.

자신의 내면에 생성된 공허에 외부의 기운이 급류처럼 쏟아져 들어왔다가 다시 빠져나가던, 마치 세상 모든 것을 자기 마음대로 가져다 쓸 수 있을 것 같았던 그 감각.

돌이켜 보면 그때의 경험은 유단과 싸울 때 던진 승부수를 구축하는 데 도움이 되었다.

'어쩌면 내가 이루고자 했던 것은 일월성신의 폭주가 아니라……'

형운의 뇌리에 뭔가가 번뜩였다. 아직 형태가 분명하지는 않지만 뭔가 굉장히 중요한 것을 붙잡은 기분이 들었다.

하지만 거기에 골몰할 여유는 없었다.

맹공을 퍼붓던 강연진이 숨을 몰아쉬며 물러났기 때문이다.

"역시 대단하시군요. 아직 대사형의 기는 빼앗을 수가 없어요."

"빼앗는다고? 다른 사람이 장악한 기를 빼앗는 것도 가능해?"

"네. 고수라도 외부로 발출한 기운에 대해서는 아무래도 장악력이 떨어져서 운용할수록 누수 현상이 발생하잖아요? 그 틈을 노리면……."

이론적으로는 내공이 얕은 상대라면 체내의 기운까지도 서서히 빼앗는 것이 가능하다고 한다.

"보셨다시피 제가 영향을 미치는 범위는 아직 반경 2장(약 6미터)을 좀 넘는 정도예요. 이 흡수의 범위를 넓히는 것, 그리고 적아를 구분할 수 있도록 흡수할 대상을 명확히 하는 것이 4단계의 과제가 될 것이라고 하더군요."

"놀랍군. 하지만 약점도 명확해."

형운이 자신이 발견한 사실을 말했다.

"무분별하게 외기를 흡수하다 보니 시간이 지나면 지날수록 기맥을 채우는 진기가 불순해져. 결국 진기 운행에 문제가 일어날 수밖에 없지."

"네. 바로 알아보시는군요."

4심 내공을 지닌 강연진이 이 정도 격투만으로도 호흡이 거칠어진 원인이 그것이었다.

심법 수련 때 외기를 받아들여서 정제하는 과정이 서서히 이루어지는 것은 진기의 순도 때문이다. 아무리 진기량이 많아도 불순하다면 효율이 떨어진다.

"하지만 정제 능력을 높일 수 있다면 확실히 대단한 특질이 되겠군. 자기 주변에 대한 기의 장악력이 압도적으로 높아지고, 상대방에게 소모를 강요하면서 자기는 여력을 계속 재충전할 수 있으니."

물론 그것만이 천공지체의 전부는 아닐 것이다. 형운은 강연진의 체내에 생성된 기심 형태의 공허가 신경 쓰였다.

"아직 실전 투입할 단계는 아닌 것 같다. 정제 능력이 지금보다 훨씬 높아지거나, 아니면 흡수할 기운을 고를 수 있게 되기 전까지는 아주 미량만 흡수하는 정도로 쓰는 게 좋겠군. 네 정제 능력을 웃돌지 않도록… 그 정도 조절은 가능해?"

"가능할 것 같아요. 다시 한번 상대해 주시겠어요?"

"그러지."

형운은 강연진이 자신이 얻은 능력을 시험할 수 있도록 여러 가지 활용안을 제안하고 상대가 되어주었다.

그렇게 한차례 수련을 마친 뒤 형운이 물었다.

"3차 후보 중에 이 능력을 획득한 것이 몇 명이나 되지?"

"저를 포함해서 스무 명이 안 돼요."

"4차 후보는 그 인원으로 한정될 가능성이 크겠군."

"그렇겠지요."

"오 소저도 포함되어 있어?"

그 말에 강연진의 대답은 한 박자 늦게 나왔다. 그는 눈살을 찌푸리면서 입술을 삐죽였다.

"…유감스럽게도요."

"그렇군."

형운이 피식 웃었다.

신년 비무회에서 겨룬 후로 두 사람은 서로를 강하게 의식하고 있었다. 오연서가 형운이 없는 동안에도 틈만 나면 척마대에 찾아오는 이유도 강연진 때문이 아닐까? 두 사람은 무인으로서 서로에게 이익을 주는 존재다.

"그럼 들어가 봐."

"사형은요?"

"난 좀 생각할 게 있어. 곧 뒤따라 들어갈게."

강연진을 보낸 형운은 혼자 남아서 생각에 잠겼다.

'천공지체라……'

4

천유하와 합류하기로 한 지점은 백령회의 마을이 아니라 진해성과 하운성의 접경지대 남쪽, 하운국에서 가장 높은 천두산이 있는 곳이었다.

"아무리 자네라도 천두산 심부까지 들어갔다가는 목숨을 보전할 수 없네."

백령회의 영수, 현원이 말했다. 그는 겉보기로 보면 후덕한 인상의 중년의 인간 남자로 보였지만 그 실체는 둔갑술에 능한 너구리 영수였다.

"들어봤습니다. 천두산 안쪽에는 천 년도 넘게 살아온 대요괴들도 있다고. 다만 그들은 오래전에 자신들을 패퇴시킨 존재들과의 협정, 계약, 그리고 봉인 등등의 이유로 천두산에서 나올 수는 없다더군요."

중원삼국의 치세가 안정되어 있다고는 하나 그것은 전체적인 분위기를 봤을 때의 이야기다. 이 세계에는 아직도 인간의 힘으로 해결할 수 없는 문제들이 산적해 있었고 그중에는 역사라기보다는 신화에 가까운 것들이 있었다.

천두산 역시 마찬가지다. 영역이 좁고, 딱히 가치 있는 땅도 아니기 때문에 황실에서는 놔두고 있지만 그 주변에는 문제가 끊이지 않았다.

형운도 이 부근에 대해서는 잘 알고 있었다. 직접 와본 적은 없지만 척마대 창설 후 인근에서 일어난 요괴 사건 해결을 위해서 인원을 파견한 적이 있기 때문이다.

"현재 상황이 어떻게 됩니까?"

백령회에서 나오기 전에 대략적인 정보를 듣기는 했다. 하지만 계속해서 사건을 추적해 온 현원이 아는 것과 차이가 있을 것이다.

"어디까지 들었는가?"

"개요와 추적 상황은 들었습니다."

모든 것은 영목신서(靈木神書)라 불리는 요서(妖書)로부터 시작되었다.

이 책은 정확히는 마공서라고 할 수가 없다.

마공이 기록되어 있기는 하지만 특정한 한 가지 마공을 기록한 것이 아니라 다종다양한 마공을 망라하고 있는 데다 책의 핵심 내용은 무공이 아니라 어디까지나 힘을 얻는 방법이었기 때문이다. 마공이 기록되어 있는 것은 그렇게 얻은 힘을 쓸 수 있는 수단으로서였고, 그렇기에 이 책에 홀린 자들이 연마한 마공들로 꾸준히 내용이 갱신되었다.

알려진 바에 따르면 이 책의 내용은 보고 기억하는 것이 불가능하며, 오로지 최초의 진본을 통해서만 사본을 만들어낼 수 있다. 그리고 사본으로는 사본을 만들어낼 수 없다.

"혼마가 말하기로는 혼원교의 반역자가 혼원교의 신물이었던 흑마경전을 모방해서 만들어낸 책이라고 하더군."

한서우가 이번 일을 맡았던 이유에는 그것도 있었으리라. 직접적인 혼원교의 유산은 아니지만 그 영향하에서 탄생한 요물이니까.

어쨌거나 사건의 경과를 보면 영목신서는 최근까지 엄중하게 봉인되어 있었다. 아마 오래전에 영목신서를 손에 넣었지만 파괴할 방법을 찾지 못한 기환술사가 봉인한 것이리라.

그것이 한 집안의 창고에 처박혀 있다가 떠돌이 영수 진수의 호기심으로 인해서 세상에 풀려났다.

옛날에 봉인된 존재가 풀려나오는 일은 의외로 흔히 벌어지는 일이었다. 시간이 흐르면서 그 위험성을 전할 자들의 맥이 끊어지거나, 혹은 기록이 없어지거나, 그도 아니면 봉인 자체의 힘이 다하거나.

이 경우 봉인을 푼 자를 탓할 수는 없으리라.

진수는 술법을 터득한 자로, 영격을 높이기 위한 수련의 일환으로 인세에서 영적인 힘이 깃든 물건을 찾아다녔다. 지금까지 봉인되어 있던 사특한 물건을 없애 버린 경험도 몇 번 있었다.

그런데 설마 봉인을 풀자마자 손쓸 여유조차 없이 심령을 제압당할 것이라고 상상이나 할 수 있었겠는가?

영목신서에 홀린 진수는 인간을 죽여서 그 정혈을 가공, 영목신서에 제공했다. 그 과정에서 친분이 있던 백령회의 영수를 찾아가서 살해하고 그 아이를, 영수와 인간 사이에서 태어난 소년을 납치해 갔다.

"이곳에 오기 전까지는 살아 있는 것을 확인했네."

진수는 이상하게도 납치한 소년을 죽이지 않았다. 이동하는 동안 인간 아이들 다섯 명을 추가로 납치해서 총 여섯 명을 데리고 이동하고 있었다.

형운이 물었다.

"진수라는 분은 덩치가 큰 영수입니까?"

"원숭이 영수일세. 본신도 별로 덩치가 크진 않지. 인간보다 작아."

"그런데도 지금까지 틈이 없었단 말씀입니까?"

이곳에 와 있는 백령회의 영수는 현원만이 아니다. 전투와 술법에 능한 자들로 다섯 명이 나와 있었다.

그들은 계속 진수의 자취를 추적했고, 중간부터는 그의 모습을 포착하는 데 성공했다. 그런데도 구출을 시도하지 못했단 말인가?

현원이 눈살을 찌푸렸다.

"이동 경로가 문제였네. 진수는 항상 숲으로만 움직였고, 영목신서에는 주변의 나무를 지배해서 눈과 귀로 쓰는 힘이 있는 것 같더군. 일정 거리 이상 접근할 수가 없어서 놈이 아이를 떼어놓고 움직일 때를 기다렸는데, 다른 아이들을 납치하러 갈 때조차도 같이 움직여서 도저히 틈이 없었네."

은밀하게 접근해서 강습하는 게 불가능하다면 남은 방법은 저격뿐이다. 하지만 과연 영목신서에 홀린 진수의 탐지 거리 밖에서 저격을 확실하게 성공시킬 수 있을까? 일격에 무력화시키지 않는다면 긁어 부스럼이 될 수도 있다.

형운이 물었다.

"만약 그가 천두산 안쪽까지 들어가는 경우에는 어떻게 합니까?"

"그 경우는 안타깝지만 추적을 포기할 걸세."

현원이 굳은 표정으로 말했다.

"그렇게 되면 도저히 손쓸 도리가 없으니, 놈이 안쪽에서 힘을 키워서 나오는지 아니면 안쪽의 존재들에게 살해당하는지만 확인하는 게 우리가 할 수 있는 최선일 것이네."

"알겠습니다."

형운은 그를 비난하지 않았다. 천두산 안쪽으로 파고들어 가는 것은 자살행위였으니까.

곧 그들은 방침을 결정하고 움직이기 시작했다.

5

은수는 자신의 삶이 기구하다고 생각했다.

아직 열두 살밖에 안 됐지만 지금까지 살면서 별로 행복했던 기억이 없었다. 고작해야 아주 어릴 적, 이제는 기억도 희미한 시절에 온 가족이 모여 살던 때만이 넉넉하진 못해도 웃을 일이 많았던 때였던 것 같다.

은수의 고향은 아마도 세금을 걷는 관의 눈길을 피해 살던 화전민들의 마을이었던 것 같다. 구체적인 사정은 기억나지 않는다. 가르쳐 주는 사람도 없었고 이제는 존재하지도 않는 곳이니까.

약자들의 행복은 쉽게 파괴된다.

은수가 일곱 살 때, 다른 지방에서 넘어온 요괴와 그를 따르는 산적 일파에 의해 마을이 점령당했다.

저항하던 어른들은 죽고 살아남은 자들은 그들의 노예가 되었다. 은수의 아버지도 그때 숨을 거두었다.

그 후로는 하루하루가 지옥 같았다. 여자들은 노리개가 되었고 어린아이들은 보호받기는커녕 언제 요괴에게 잡아먹힐지 모르는 입장이 되었다.

그 후로 2년이나 살아남았던 것은 은수가 쓸모 있었기 때문이다. 은수는 대장장이나 목수처럼 쓸모 있는 기술을 지닌 사람들에 대한 대접은 비교적 좋은 것을 보고는 그들 곁에 붙어서 잡일을 도와가면서 일을 배우려고 했던 것이다. 어린 마음에 어떻게든 어머니와 동생과 함께 살아남겠다고 필사적으로 쥐어짜낸 지혜였다.

그러나 결국 산적들의 노리개로 취급받던 어머니는 병으로 죽었고, 동생만이 남았다. 은수는 동생을 위해서 악착같이 산적들의 비위를 맞춰가며 살았다.

그런 생활에서 해방된 것은 은수가 아홉 살 때의 일이었다.

도적단이 커지자 흉흉한 소문이 돌기 시작했고, 정파의 협객들이 모여 그들을 토벌했던 것이다.

하지만 그런다고 해서 은수와 동생의 삶이 극적으로 좋아지지는 않았다. 부모도 없는 아이들이 먹고살기 위해 할 수 있는 일이 얼마나 있겠는가?

기술자들에게 배운 것이라고 해봤자 잡일을 거들면서 보조하는 법 정도였다. 해방된 마을 사람들은 마치 악몽을 떨쳐내려는 듯 뿔뿔이 흩어졌고 아무도 은수 형제를 데려가 주지 않았다.

결국 은수 형제는 알아서 살길을 찾아야 했다. 다행히 일손이 부족한 대장간에 조수로 들어가서 숙식을 할 수 있었다.

그 후에도 힘들었다. 대장장이와 그 아들은 기술을 가르쳐 주는 것에 대해서는 엄청나게 인색하게 굴었고, 일거리는 산더미처럼 많이 떠안겼으며, 툭하면 폭력을 휘둘렀다. 숙식을 해결해 준다는 명목으로 급료는 한 푼도 주지 않았다.

그렇게 3년이 지난 어느 날, 은수는 깊은 밤에 눈을 떴다.

갑자기 등골이 서늘해졌기 때문이었다. 왠지 두려운 무언가가 다가오고 있다는 느낌이 들었다.

은수는 그 느낌이 무엇일까 생각하다가 결론을 내고는 벼락을 맞은 듯 굳어졌다.

'요괴다!'

예전에 산적들 밑에서 살아갈 때 두령이 풍기던 존재감과 흡사한 느낌이 다가오고 있었다.

놀란 은수는 조심스럽게 밖으로 나가보았다. 만약 사실이라면 곧바로 동생을 깨워서 도망갈 생각이었다.

그러나 때는 이미 늦어 있었다.

은수는 방에서 나오자마자 그 사실을 알 수 있었다. 술만 먹으면 자기를 상대로 화풀이를 하던 대장장이의 아들이 가슴에 구멍이 뻥 뚫린 채로 죽어 있었고 그 앞에 눈을 붉게 빛내는 원숭이 한 마리와 마치 혼백이 나간 것처럼 멍하니 허공을 쳐다보는 아이들이 있었기 때문이다.

은수는 비명이 나오려는 입을 틀어막았다. 소리를 내면 동생이 깨어나서 나와볼지도 몰랐다.

'은우는 살려야 해.'

순간적으로 수많은 생각이 뇌리를 스치고 지나갔다.

대체 자신이 무슨 죄를 지었다고 이런 일을 당해야 하는가?

자기가 죽으면 어린 동생은 혼자서 살아갈 수 있을까?

무서움보다 서러움이 앞섰다. 왈칵 쏟아질 것 같은 눈물을 참고 있자니 원숭이가 다가왔다.

꼼짝없이 죽었다고 생각했지만, 원숭이는 은수를 죽이지 않았다.

'어디로 데려가는 걸까.'

붉은 눈의 원숭이는 놀라운 재주를 부렸다. 사람처럼 둔갑하기도 하고, 은수를 비롯한 아이들의 심령을 제압해서 멋대로 조종하기도 했다. 아이들은 다들 멍청한 표정으로 원숭이의 명령에 따라 움직였지만 정신만은 자유로웠다.

그래서 더 무서웠다.

원숭이는 아이들에게 피가 철철 흐르는 날고기를 먹이고, 숲에서는 나무처럼 서게 한 다음 이상한 의식을 치르면서 피를 뿌렸다. 그러면 신기하게도 그 피가 옷과 피부에 말라붙는 대신 흔적도 없이 몸 안으로 흡수되었다.

그렇게 며칠이 지났을까?

"잘 진행되고 있는가?"

시체처럼 창백한 얼굴에 땅에 닿을 정도로 긴 검은 머리칼을 가진 남자가 나타났다.

6

붉은 눈의 원숭이, 영목신서에게 지배당한 영수 진수가 깜짝
놀랐다.

"아직 때가 되지 않았다. 나는 약속을 어기지 않고 이곳까지
왔다."

"알고 있다. 널 보호하러 왔을 뿐이다."

스산한 목소리로 말한 것은 하운국 삼대마 중 하나, 백마였
다.

"지켜주러 왔다고?"

"이곳은 다른 요괴들이 많은 영역이다. 내 비호가 없으면 다
른 요괴들에게 습격당할 수도 있다. 얼마나 남았지?"

"앞으로 사흘이면……."

"잊지 마라. 설령 네가 의도한 대로 또 다른 진본이 만들어지
지 않고 그저 사본에 그치지 않을지라도, 너는 내게 자신을 바
쳐야 한다."

"아, 알고 있다."

백마와 영목신서는 한 가지 계약을 맺었다.

백마는 진귀한 존재를 탐낸다. 주로 요괴를 통합하지만 영수
나 마수, 특이한 인간 역시 그 대상이 될 수 있었다.

그런 그에게 영목신서는 최고의 먹잇감이었다.

영목신서는 운 나쁘게도 진수의 몸을 차지하고 얼마 안 있어

서 백마에게 발견되었다. 아직 힘을 전혀 회복하지 못한 상태였기도 하거니와 하루 이틀 힘을 길러서는 도저히 대적할 수 없는 상대였다.

그래서 영목신서는 저항을 포기하고 백마에게 거래를 제안했다.

'지금의 나는 쇠약해질 대로 쇠약해진 상태다. 너도 먹잇감이 건강한 상태인 게 좋을 것이다. 내가 한 가지 일만 할 수 있도록 도와준다면 힘을 회복한 나를 네게 바치겠다.'

영목신서는 백마에게 자신을 제공하는 대신 특별한 사본을 만들게 해달라고 요청했다.

본래 사본은 만들어봤자 진본과 달리 또 다른 사본을 만들 수 없다. 하지만 영수와 인간 사이에서 태어난 아이를 핵심 재료로 삼는다면, 진본의 정수를 나눠 담는다면 또 다른 진본을 만들어내는 일이 가능할 것 같았다.

아이들을 납치한 것은 그 일을 위해서였다. 성인과 달리 아이들의 몸은 기질이 특정 성향으로 굳어지지 않은 경우가 대부분이다. 영목신서는 살육을 통해 얻은 기운을 정제하는 그릇으로 써서 사본을 완성할 생각이었다.

백마가 영목신서를 곧바로 먹어치우지 않고 유예를 준 것에는 이유가 있었다.

그는 수많은 요괴로 이루어진 존재다. 자신에게 통합된 요괴들의 욕망에 영향받아서 정신이 조금씩 변해간다. 영목신서처럼 욕망이 뚜렷하고 강력한 존재를 온전히 통합하려면 그 염원을 풀도록 도와주는 쪽이 좋았다.

그는 영목신서에게 자신의 일부를 제공하여 일을 진행하기 수월하게 하는 한편, 결코 도망칠 수 없도록 단단히 제약을 걸어두었다.

"음?"

문득 백마가 고개를 돌렸다. 그의 얼굴에 의아한 기색이 스쳐갔다.

"…착각이었나?"

7

"백마!"

영목신서를 추적하던 일행이 경악했다.

척마대가 합류한 후, 그들은 술법으로 파악한 흔적을 따라서 빠르게 이동했다. 단번에 결판을 낼 생각이었다.

그러나 형운이 갑자기 그들을 제지했다.

'영목신서와는 비교도 안 되게 거대한 요기가 접근하고 있습니다.'

그 요기의 정체는 백마였다.

천두산 인근은 공식적으로 마경으로 지정된 요괴의 영역이다. 백마는 스스로를 감출 생각도 하지 않았고, 형운은 멀리서부터 그의 요기를 일월성신의 눈으로 포착할 수 있었다.

현원이 신음했다.

"저놈이 어째서……."

"이번 일에 관계가 있는 것 같군요. 하지만 행동이 이상한데……."

백마가 영목신서를 먹잇감으로 삼는다면 이해할 수 있다. 그런데 어째서 진수와 대화를 나누는 것일까?

천유하가 말했다.

"곤란하군. 둘이 무슨 관계인지 모르겠지만 백마가 떠나지 않는다면 아이들을 구하기 힘들 텐데……."

"백마의 무력은 어느 정도지?"

형운이 물었다.

그는 백마에 대해서는 아는 게 많지 않았다. 귀혁에게 들은 것과 별의 수호자 정보부가 수집해 놓은 정보를 읽어본 게 전부였다.

그에 비해 천유하는 백마와 직접 부딪친 경험이 있다.

"전에 싸웠을 때는 의외로 해볼 만하다는 느낌이기는 했는데… 무슨 능력을 갖고 있는지 알 수 없어서 섣불리 판단할 수가 없어."

"그게 문제군."

백마는 자신이 흡수해서 통합한 무수한 요괴들의 능력을 갖고 있는 만큼 능력의 폭이 어느 정도 되는지 알 수 없다는 문제가 있었다.

"일단은 놈이 저기에서 벗어나길 기다려 보자. 그러면 내가 단번에 쳐들어갈 수 있으니까……."

형운이 그렇게 제안했다.

그러나 그때부터 백마는 그 자리를 벗어날 생각을 하지 않았다. 오히려 탐지 능력까지 발휘해가면서 주변을 경계하고 있었다.

일행은 점점 다급해졌다. 아이들은 저곳에서 기괴한 모습으로 사술의 대상이 되고 있었다. 백마의 몸으로부터 분리된 요괴들이 숲 곳곳에서 짐승들을 잡아 와서 그 피를 아이들의 몸에 흡수시키는 광경은 섬뜩하기 그지없었다.

"안 되겠군. 더 놔뒀다가는 애들이 어떻게 될지 알 수 없어."

형운이 신음했다.

술법에 능한 영수들보다도 형운이 아이들의 상태를 더 확실하게 알 수 있었다. 영목신서가 사술을 펼칠 때마다 아이들의 기가 오염되어 가고 있는 것이 보였다. 이대로 가다가는 요괴로 변해 버리거나, 그게 아니더라도 평생 돌이킬 수 없는 장애를 갖게 될 것이다.

"이판사판이야. 해볼 수밖에 없겠어."

"괜찮을까?"

천유하가 우려를 표했다.

영목신서만이라면 형운이 운화나 무극의 권으로 강습해서 단번에 제압할 수 있을 것이다. 하지만 백마가 있으면 그렇게는 안 된다.

그렇다면 둘에게 타격을 주고 정신없는 틈을 타서 아이들을 데리고 이탈하는 방법을 써야 하는데…….

"애들은 저기 못 박혀 있는 것 같은 상태야. 지금 걸려 있는 술법을 풀지 않는 한 움직이지 않겠지."

아이들은 영목신서가 펼친 사술 때문에 마치 나무가 땅에 뿌리박은 것 같은 상태가 되어 있었다. 그것도 서로서로 땅속에서 뿌리가 얽혀 있는 것 같은 상태라 억지로 뽑아내면 무슨 영향이 있을지 모른다.

결국 둘을 한꺼번에 쳐서 이탈시켜야 했다.

"방법이 있어."

형운이 작전을 제안했다.

8

백마는 무인의 능력과 요괴의 능력을 두루 갖고 있다. 즉 그는 요괴이면서도 그 안에 인간인 부분을 남겨두어서 무공을 구사할 수 있는 존재였다.

하지만 인간 무인으로서의 그는 오래전에 정체되었다. 요괴로서의 그는 새로운 요괴를 흡수 통합함으로써 계속해서 변해 가지만 무공은 진보도 퇴보도 하지 않는 정체 상태를 유지한 채로 육체만이 변화했다.

그의 내면에서 이미 인간일 때의 기억은 사라졌다. 모순적이게도 마공의 화신이 되어 인간성을 포기하는 순간부터 더 이상 무공을 연마하는 것으로 마공의 목적을 달성하는 게 불가능해졌다.

그래도 그는 빼어난 무인이었다. 순수하게 무공만 놓고 봐도 그를 능가하는 자는 그리 많지 않을 것이다.

지금 이 기습을 막아낸 것만으로도 그는 그 사실을 증명했다.

쾅!

폭음이 울리며 백마가 뒤로 튕겨 날아갔다.

갑자기 허공에서 한 사람이 홀연히 출현하며 그에게 일권을 날렸다. 아무리 그라도 정통으로 맞았다면 치명상을 입었을지도 모르는 위력이었다.

"그걸 막다니……."

기습을 가해온 청년, 형운이 놀라서 중얼거렸다.

엄밀히 따지자면 완벽한 기습은 아니었다.

영목신서의 탐지 거리에서 벗어나 있어야 했기 때문에 거리가 250장(약 750미터) 넘게 떨어져 있었다. 지형상의 문제도 있었기 때문에 형운도 한 번에 거리를 좁히지 못하고 운화를 두 번 써야 했다.

하지만 첫 번째 운화 후, 잠시 육화했다가 다시 운화하기까지는 그야말로 찰나였는데 반응하다니 놀랍다.

"너는……."

투학!

형운은 백마가 입을 열려는 순간을 포착하고 달려들었다. 백마는 방어했지만 형운의 타격이 너무 무겁다. 막았는데도 공깃돌처럼 튕겨 나갔다.

형운도 놀랐다.

'이놈 대체 뭐지? 뭐 이리 무거워?'

백마는 키도, 덩치도 형운보다 작았다. 그런데 체중은 스무

배는 더 나가는 것 같았다.

'천근추를 쓰는 것도 아닌데?

내공이 높은 무인들은 타격 시에 파괴력을 높이기 위해 경기공으로 몸의 강도를 높이고, 천근추로 체중을 늘리는 방법을 쓴다.

그러나 백마는 그런 수법을 쓰지 않았는데도 말도 안 되게 체중이 무거웠다. 요괴와 통합한 몸이라 비정상적으로 몸의 밀도가 높은 것일까?

파앗!

형운의 눈앞에서 투명한 기파가 터졌다.

격공의 기끼리 부딪친 여파였다. 형운은 가볍게 백마의 공격을 막아내고 반격했다.

한 줄기 섬광이 백마를 관통했다.

콰하아아아!

그 궤적을 따라서 폭발한 냉기가 백마를 덮쳤다. 거대한 얼음 기둥이 백마를 삼켜 버렸다.

그러나 그것은 잠시였다. 육화해서 뒤를 돌아본 형운은 자신을 노려보는 거대한, 인간을 한입에 삼킬 수 있을 정도로 크고 붉은 눈 하나만을 지닌 검은 뱀을 보고는 기겁했다.

'뭐야, 이건……!'

검은 뱀의 눈에서 붉은 광선이 발사되었다.

쫘아아앙!

광선이 얼음기둥을 관통하고 형운을 덮쳤다. 폭발이 숲의 일부를 뒤집어엎으면서 반경 수십 장을 진동시켰다.

"큭⋯⋯!"

엄청난 위력이었다. 그러나 형운은 호신장막을 펼쳐서 막아
내고는 그 너머를 바라보았다.

"너는 뭐지?"

허공에 뜬 채로 머리카락을 수십 장 길이로 늘여서 촉수처럼
펼치고 있는 백마가 의아함을 드러냈다.

"정말 인간인가?"

백마는 형운을 보는 순간 넋을 잃을 뻔했다.

한 번도 본 적 없는 존재였다. 백마의 감각에는 마치 태양의
일부가 떨어져서 지상으로 내려와 있는 것처럼 보였다.

'먹고 싶다.'

저것은 자신이 지금까지 먹어온 요괴들과는 격이 다른 존재
다. 만약 먹는 데 성공한다면 천두산 안쪽의 대요괴들을 먹는
것만큼이나, 어쩌면 그 이상으로 자신의 존재가 격변할 수 있으
리라.

'그러나 강할 것이다. 감당 가능한가?'

동시에 탐욕만큼이나 강렬한 위기감이 고개를 들었다.

백마가 다른 요괴들과 다른 점은 이성이 요괴의 충동을 누를
정도로 강하다는 점이다. 그렇지 않았다면 그는 이존팔객을 보
고도 탐욕에 미쳐서 달려들었을 것이고, 지금까지 살아남지 못
했을 것이다.

형운이 정말 미치도록 매력적인 먹잇감이기는 한데 지금까지
보여준 것만 해도 등골이 서늘해질 정도로 강하다. 백마는 형운
의 정체를 몰랐지만 승률이 높지 않다고 판단했다.

'영목신서만 붙잡아서 달아난다. 시간을 좀 더 소모하게 되겠지만 이놈과 자웅을 결하는 것보다는⋯⋯.'

퍼엉!

그러나 형운은 그가 느긋하게 생각할 틈을 주지 않았다.

유성혼으로 그를 강타하더니 운화로 접근해서 발차기를 날린다. 칼날의 촉수로 화한 머리카락을 휘두를 새도 없이, 백마의 몸이 하늘 높이 튕겨 올라갔다.

파파파파파파!

그리고 지상에서 쏘아 올린 형운의 기공파가, 마치 거꾸로 쏟아지는 소나기처럼 백마를 강타했다.

백마는 당황했다. 그가 머리카락 촉수를 펼친 것은 전투 준비인 동시에 위협이었다. 마치 짐승이 몸을 부풀려서 상대를 위협하듯 상대로 하여금 두려움을 느끼게 하고 공격을 망설이게 하는 의도가 있었다.

그런데 형운은 아무 주저도 없이 공격해 왔다. 오히려 표적이 커져서 좋다는 듯 그의 본체만이 아니라 머리카락 촉수들을 향해서도 광범위한 기공파 공격을 가했다.

지상에서 아이들을 구하기 위해 술법을 해제하는 작업을 진행 중이던 영수들이 경악했다.

"어, 어마어마하군⋯⋯!"

영수들도 믿을 수 없을 정도의 화력이었다. 마치 수백의 무인이 일제사격을 가하는 것 같다.

―얼마나 걸리겠습니까?

그때 그들에게 천유하의 전음이 날아들었다.

9

아무리 형운이라도 백마를 급습하면서 여유를 부릴 수는 없다. 한 방에 끝장을 낼 수 있다면 몰라도 그렇지 않다면 영목신서까지 노렸다가 틈을 보인다면 역습을 당할 수도 있었다.

즉 형운이 백마를 급습하는 것과 동시에 영목신서를 급습할 인원이 필요했다. 형운은 그 인원으로 천유하를 골랐다.

이동 수단은 진조족의 팔찌에 내장된 축지 술법이었다. 운화보다 이동 거리가 길었기 때문에 오히려 약간 떨어진 곳으로 나타난 다음 형운이 급습하는 것과 보조를 맞췄다.

문제는 영목신서에 지배당한 진수였다.

'생각 외로 전투 능력이 높다.'

진수는 원래부터 전투 능력이 높은 영수였다. 게다가 영목신서는 힘을 모으는 과정에서 그를 대폭 강화시켜 놓았다.

하지만 그렇다고 해도 천유하가 마음만 먹었다면 금세 끝냈을 것이다. 문제는…….

'제길. 몇 번이나 정타가 들어갔는데도 의식이 끊어지지 않아. 기맥의 흐름을 단절시키는 것만으로는 안 되는 건가?'

천유하는 진수를 죽이고 싶지 않았다. 그 역시 사악한 존재에게 지배당한 피해자일 뿐이니까.

그러나 싸우면서 몇 번이나 의식을 끊어놓기 위한 공격을 넣었는데도 효과가 없다. 때리는 대신 관절기로 제압하려고도 해봤지만 영목신서가 술법을 펼치는 바람에 실패했다.

"어떻게 합니까?"

질문을 던진 것은 강연진이었다.

그사이 척마대가 주변을 포위했다. 하지만 괴력을 지닌 데다 사술까지 펼치는 진수를 멀쩡히 산 채로 제압하는 것은 압도적인 수적 우위를 갖고도 힘든 일이었다.

'영목신서만 파괴해야 하는데… 도대체 어디에 있는 거지?'

천유하는 영목신서가 진수의 옷 속에 있을 것이라 판단했다. 그러나 아무리 봐도 어디에 있는지 알 수가 없었다. 정말 진수에게 있긴 한 것일까?

그렇게 망설일 때였다.

그워어어어!

먼 곳에서 천지가 진동하는 포효가 울려 퍼졌다.

한순간 모두가 굳었다. 그들은 자신들이 굳은 이유가 공포를 느껴서라는 사실을 한 박자 늦게 깨닫고 깜짝 놀랐다.

"뭐, 뭐야?"

척마대원이 중얼거리는 순간이었다.

쿠르르릉……!

천두산 쪽에서 먹구름이 몰려오면서 천둥소리가 울려 퍼졌다.

그리고 그 먹구름 아래쪽으로 거대한 무언가 꿈틀거리며 날아왔다. 마치 물속을 유영하는 듯 느긋하게 다가오는데 천두산 기슭에서 붉은빛이 번뜩였다.

콰아아아아……!

산기슭에서 발사된 엄청나게 굵직한 섬광이 하늘을 관통

했다.

"대사형!"

그 광경을 본 강연진이 비명처럼 외쳤다.

섬광이 관통한 지점이 바로 형운이 있던 지점이기 때문이었다.

"모두 피해!"

갑자기 천유하가 다급하게 외치며 검을 휘둘렀다.

직후 그들의 머리 위로 붉은 섬광이 쏟아졌다.

콰콰콰쾅!

백마의 머리카락 촉수들이 얽히면서 만들어낸 괴물의 입이 날린 공격이었다.

천두산 쪽의 움직임 덕분에 형운에게서 벗어난 백마가 척마대를 급습하고 곧바로 방향을 틀어서 아이들 쪽을 덮친 것이다.

"이, 이놈!"

거구의 중년 남자 모습이었던 영수가 둔갑을 풀고 본모습을 드러냈다.

"크워어어!"

키가 9척(약 2미터 70센티)에 달하는 갈색 털의 곰이 시퍼런 불길이 피어오른 양손으로 백마를 후려갈긴다.

퍼억!

그러나 당한 것은 곰 영수 쪽이었다.

섬뜩한 소리가 울리며 곰 영수의 왼팔이 박살 났다. 뒤이어 백마의 머리카락 촉수가 춤추면서 곰 영수를 난도질한다.

퍼퍼퍼펑!

현원과 동료 영수가 다급하게 술법과 본신 능력으로 공격을 가했다. 백마는 호신장벽을 펼쳐 그것을 받아냈지만 그 순간 늑대인간의 모습을 한 영수가 뛰어들면서 발차기를 가했다.

쾅!

폭음이 울리며 백마가 뒤로 주르륵 밀려났다.

"이거나 먹어라!"

그 틈에 현원이 술법을 펼쳤다. 순간적으로 백마가 발 딛고 선 땅이 뒤집어지면서 균형이 무너졌다. 그리고 그 틈을 타서 늑대인간 영수가 뛰어들었으나…….

서걱!

백마의 오른팔이 검붉은 칼날로 화하면서 그의 다리를 베어 버렸다.

"크악!"

늑대인간 영수가 비명을 지르며 나가떨어졌다.

뒤이어 백마가 발한 격공의 기가 현원의 방어막 위를 강타하고, 강맹한 기공파가 연달아 쏟아졌다.

콰과과광!

백령회 영수들도 다들 전투에 능한 자들이라 그 공격을 방어하면서 후퇴했다.

"흠."

그들의 전투 능력을 본 백마는 굳이 계속 싸우는 대신 아이들 중 하나를 낚아챘다.

"어?"

현원이 놀랐다. 백마가 낚아챈 아이가 그들의 예상을 벗어났기 때문이다.

'어째서 저 아이를?'

당연히 진수가 처음에 납치한 영수 혈통의 소년을 낚아챌 것이라고 생각했다. 시술의 진행 상황만 봐도 그 아이에게 가장 많고 농밀한 힘이 집중되어 있었으니까.

그러나 백마는 평범한 인간 아이를 낚아채서 이탈해 갔다.

급히 탐지 술법을 펼친 현원은 한 가지 사실을 깨닫고 경악했다.

"이런! 영목신서! 저 아이 안에다 자기를 감춰두었나?"

당연히 진수가 품고 있으리라 생각했는데 아니었다. 영목신서는 평범한 아이에게 자신을 감춘 채로 진수를 조종했던 것이다.

"젠장!"

영수들이 한 박자 늦게 백마를 쫓기 시작했다. 그러나 백마의 속도가 너무 빨라서 순식간에 멀어져 가고 있었다.

쉬이익!

그런 그들의 옆을 한 사람이 앞질러 갔다.

―제가 쫓겠습니다! 뒤를 부탁합니다!

전음을 남기고 달려가는 것은 천유하였다. 그가 전력으로 경공을 펼쳐서 백마의 뒤를 쫓는 한편 격공의 기를 날렸다.

투학!

기습당한 백마가 주춤하며 속도가 줄어들었다.

그 틈을 타서 천유하가 거리를 좁혔지만 여전히 거리가 멀다. 그리고 백마는 금세 자세를 회복하고 가속했다.

"멈춰!"

천유하의 두 눈이 서로 다른 빛을 발하기 시작했다.

일야신공이 일면서 사고가 두 개로 분할된다. 하나의 마음은 전력으로 경공을 펼쳐 백마를 추적하고 또 하나의 마음은 기공으로 백마를 공격해서 그의 질주를 방해하기 시작했다.

"음……!"

백마가 신음했다.

도저히 천유하를 뿌리칠 수가 없다. 그도 머리카락을 요괴로 변화시켜서 공격을 가해봤지만 천유하의 속도를 줄이는 데 실패했다.

'조금만 더 멀어진 후에…….'

흘끔 뒤를 돌아보는 백마의 시선은 천유하가 아니라 상당히 멀어진 천두산 쪽을 향해 있었다.

그곳에서는 하늘을 쩌렁쩌렁 뒤흔드는 무시무시한 전투가 벌어지고 있었다. 백마가 자신의 일부를 대가로 끌어낸 천두산의 대요괴와 형운이 싸우는 중이다.

천유하와 싸운다면 형운이 저쪽에 묶여 있는 동안에 해치워야 한다. 하지만 천유하는 그가 만반의 준비를 갖추길 기다려주지 않았다.

쾅!

폭음이 울리며 백마의 신형이 땅에 처박혔다. 그가 공격해 오는 순간, 천유하가 기공으로 절묘한 반격을 넣었던 것이다.

"아이는 돌려받겠다."

천유하는 백마가 땅에 처박히기 전에 아이를 허공섭물로 빼냈다. 영목신서에 조종당하는 아이가 버둥거렸지만 강력한 허공섭물의 힘이 신체를 구속하고 있었다.

"지난번에 운 좋게 내게 상처를 입히더니 기고만장했군, 성운의 기재."

"형운이 무서워서 꽁지가 빠져라 달아나던 놈이 할 소리인가?"

백마가 분노를 드러내자 천유하가 차갑게 받아쳤다.

두 사람 사이에 날카로운 기파가 흐르기 시작했다. 흐르던 바람이 얼어붙고 곳곳에서 기파끼리의 마찰로 인한 요동침이 인다.

"안전을 최우선으로 챙기는 겁쟁이라고 들었는데, 영목신서는 포기 못 하겠나? 아니면……."

천유하가 서늘한 눈으로 백마를 노려보며 검을 찔렀다.

"나 정도는 형운에게 두들겨 맞은 몸으로도 해치울 수 있을 것 같은가?"

"물론 후자다, 성운의 기재. 내 영원을 위한 양분이 되어라."

천유하와 백마가 격돌했다.

제110장
마음의 검

성운을
먹는자

1

　무인들은 종종 기적 같은 깨달음을 바란다.

　갑작스럽게 찾아온 영감이 자신이 부딪친 벽 너머의 세계를
보여주기를 바라는 것은 그들이 나태해서가 아니다. 오히려 간
절히 바라보며 노력했는데도 길이 보이지 않기에 기적을 갈구
하게 되는 것이다.

　무엇이든 할 수 있는 재능을 가진 것처럼 보이는 사람이라도
그럴 때가 있다.

　천유하의 마음속에는 오랫동안 열등감이 자리하고 있었다.

　사람들은 모두들 그의 뛰어난 점을 이야기한다. 그가 날 때부
터 축복받은 존재로 모든 것을 쉽게 이뤄왔을 것이라는 편견을
지닌다.

　천유하는 그런 편견에 반박하며 살아오지 않았다. 조검문도

로 살아오면서 자기 말고 다른 사람들이 무공을 연마하는 과정에서 겪는 어려움을 보아왔기 때문이다.

하지만 그는 한 번도 자기가 앞서간다고 생각해 본 적이 없었다. 수도 없이 사투를 이겨내며 치열하게 노력했건만 그는 늘 뒤처진 채였다.

"달을……."

척마대의 객원으로 살아갈 당시의 어느 날 밤, 천유하는 그답지 않게 많이 취한 상태로 하늘의 달을 가리키며 말했다.

"벨 수 있다면 얼마나 좋을까."

"그거 베서 뭐하게?"

대작하던 형운이 실소하며 물었다.

천유하는 기둥에 몸을 기댄 채로 밤하늘의 달을 움켜쥐는 시늉을 했다.

"그럼 뭐든지 벨 수 있을 거 아냐. 뭐든지……."

"웬일로 많이 취하셨구마."

"안 취했어, 전혀."

"그런 소리 하는 거 보니 진짜로 취했네."

형운이 혀를 끌끌 찼지만 천유하는 자기는 정신이 말짱하다면서 일어났다. 하지만 반도 일어나기 전부터 비틀거리는 걸 보니 글렀다.

"잘 봐."

천유하가 맨손으로 검을 쥐는 시늉을 했다. 그리고 정원의 연못 수면에 비친 달을 향해 그것을 휘둘렀다.

달이 베어졌다.

형운이 박수를 쳤다. 취해서 비틀거리는 상태라고는 믿을 수 없을 정도로 깨끗한 한 수였다.

"벨 수가 없어……."

하지만 천유하는 자신이 가른 수면의 달을 빤히 바라보며 중얼거리고 있었다.

둘로 갈라졌던 수면의 달이 흔들거리며 원래 모습으로 돌아온다.

"저걸 벨 검을 얻으면, 그러면……."

모든 것을 베어버릴 검을 갖고 싶었다.

검을 들어 하늘의 위의 달을 벨 수 있다면, 그렇다면 이 마음속에 자리 잡은 좌절과 고뇌조차도 베어버릴 수 있지 않을까.

자신을 무겁게 짓누르는 책임감으로부터도, 때때로 일어나는 추한 마음들로부터도 자유로워지지 않을까.

늘 강한 것처럼 보이는 그도 때로는 누군가를 붙잡고 울면서 하소연하고 싶을 때도 있었다. 자신을 향한 편견과 기대감으로부터 도망쳐 버리고 싶을 때도 있었다.

"후후."

비틀거리며 자리로 돌아온 천유하는 빈 잔에 다시 술을 채워서 벌컥벌컥 마셔대다가 스르륵 무너져 내렸다. 그리고 어이없다는 듯 자신을 바라보는 형운 앞에서 잠꼬대처럼 중얼거렸다.

"마음의 검… 갖고 싶다……."

그것은 한순간도 놓아본 적 없는 그의 갈망이었다.

2

형운은 천두산 인근을 질주하면서 격전을 벌이고 있었다.

그오오오오!

하늘 위에서 천지를 진동시키는 포효가 울려 퍼진다. 먹구름으로 이루어진, 10장(약 30미터)을 넘는 거대한 마수가 하늘을 날면서 형운을 노리고 있었다.

마수의 포효에는 맹수의 포효를 수백 배 증폭시킨 것 같은 위압의 힘이 실려 있어서 일반인이라면 가까이서 듣는 것만으로도 숨이 끊어질 것이다.

그러나 형운은 전혀 영향을 받지 않았다. 그 사실에 약이 오른 듯 마수가 섬광의 탄환을 쏴서 지상을 폭격했다.

꽝! 쫘아앙! 쫘광!

형운도 무시할 수 없는 위력의 공격이 연달아 지상을 때렸다. 숲을 통째로 뒤집어엎는 것 같은 융단폭격이다.

'젠장. 도망치는 것만은 허락하지 않겠다 이건가?'

일월성신의 눈이 마수의 실체를 포착한다.

저것은 본신이 아니다. 천두산에 있는 존재들이 술법으로 구현한 분신체 같은 것이다.

아마도 천두산을 지배하는, 그리고 거기에 갇혀서 세상에 나오지 못한다는 대요괴들이리라. 그들은 마수를 구현해서 형운을 공격하는 한편 결계를 펼쳐서 일정 권역에서 벗어나지 못하도록 막고 있었다.

'이 거리에서 이런 짓을 할 수 있다니 명불허전이로군. 천두산 안쪽으로 들어갔다가는⋯⋯.'

형운이 식은땀을 흘렸다. 지금 그가 있는 지점은 천두산과 20리(약 8킬로미터)나 떨어져 있다. 이 정도로 먼 거리를 격하고 구현된 술법의 위력이 이 정도인데 그들의 영역에서 싸우는 경우는 상상도 하기 싫을 정도다.

―촐랑촐랑 잘도 도망 다니는구나! 포기해라, 인간! 네 운명은 결정되었다!

마수로부터 신경질적인 목소리가 울려 퍼졌다.

대요괴들이 힘의 소모가 격한 이 술법을 펼친 것은 백마가 자신의 일부를 미끼로 내주었으며, 일월성신인 형운이 믿을 수 없을 정도로 먹음직스러운 먹잇감이라는 것 때문이었다. 요괴로서는 거의 정점에 올랐다고 평가받는 그들조차도 형운의 영육을 취한다면 영격을 상승시킬 수 있으리라 기대될 정도로.

형운이 짜증을 냈다.

"웃기지 마! 사람을 먹잇감 취급 하는 것들이 감히 내 운명을 논해?"

정신없이 공격을 피하던 형운은 어느 순간 반전하면서 양팔을 펼쳤다.

―감극도 마반극!

머리 위로 떨어지던 섬광이 고스란히 반사되어서 마수를 강타했다.

―크악……!

끊임없이 지상을 폭격하던 마수의 공격이 일순간 끊겼다. 형운은 그 틈을 놓치지 않고 반격했다.

"지금까지 신났지? 천년 동안 거기 처박혀서 왕 놀이 하느라 두들겨 맞을 기회도 없었나 본데, 어디 한번 죽어봐라!"

지상에서 푸른 섬광이 소나기처럼 쏘아져 올라가서 마수를 두들겼다.

—이놈! 감히!

그러나 마수가 포효하자 강력한 요기의 파랑이 퍼져 나가면서 유성혼을 흩어뜨렸다. 그리고 재차 마수가 폭격을 가하려는 순간……

—유설무극검(流雪無極劍)!

창백한 섬광 한 줄기가 마수를 가르고 지나갔다.

—심상경이라! 저급한 것들에게나 통용되던 잡기를…….

마수의 비웃음은 끝까지 이어지지 못했다. 섬광의 궤적을 따라서 무시무시한 냉기가 폭발했기 때문이다.

콰아아아아아!

일순간 마수의 형상이 흐트러지면서 냉기가 휘몰아치기 시작했다.

형운은 한 번으로 그치지 않고 연이어 심검을 펼쳤다. 한 호흡 만에 얼음의 검을 만들고, 다시 한 호흡 만에 심검을 펼친다. 형운이 심상경의 절예를 펼치는 속도는 이전보다 확연히 빨라져 있었다.

후우우우우!

연달아 냉기가 터지면서 광풍이 휘몰아치고 주변의 기온이 급강하했다. 그리고 형운의 주변에서 차가운 빛을 발하는 얼음 결정들이 하나둘씩 나타나면서 냉기가 더더욱 증폭되었다.

형운은 냉기의 광풍혼을 휘감은 채로 마수를 노려보았다.

"내 시간을 빼앗은 대가는 톡톡히 치러야 할 거다. 아주 만만하게 보고 덤볐나 본데, 앞으로 너희들 기준으로 '먹음직스러운 인간'을 덮친다는 게 얼마나 어리석은 일인지 교훈을 새겨주도록 하마."

형운은 지금까지 격전을 벌이면서 수집한 정보를 통해서 상황을 파악했다.

저 마수는 다수의 요괴들, 아마도 천두산을 지배하는 대요괴들이 연합해서 펼친 술법의 결정체다. 20리의 거리를 격하고 이런 힘을 발휘하는 것은 대단한 일이지만 이 술법을 펼치는 자들의 본신의 힘에 비하면 초라한 수준일 것이다.

요기 소모가 극심한 것은 안 봐도 뻔하다. 아무런 장치 없이 이 정도 원거리에 술법을 펼친다면 같은 위력을 구현하기 위해서 최소한 10배 이상의 자원을 투자해야 하지 않을까?

즉 형운이 그들과 치고받으면서 시간을 끄는 것만으로도 막대한 손실을 입힐 수 있다. 아예 술법을 격파하기까지 하면 적어도 몇 년 동안은 천두산 인근이 잠잠해지리라.

그리고 지금의 형운에게는 충분히 그럴 수 있는 힘이 있었다.

'어차피 빠져나갈 수 없으니 뒷일은 유하에게 맡긴다. 이놈들이 다시는 인간을 얕보지 못하게 만들어주지.'

형운은 스스로 일으킨 거센 눈보라 속에서 분노를 불살랐다.

3

천유하와 백마는 팽팽한 격전을 벌이고 있었다.

쉬리리리릭!

백마가 곧바로 머리카락 촉수를 휘둘러서 공격을 가해왔다. 몇 배 길이로 늘어난 칼날 같은 머리카락들이 어지럽게 춤추면서 천유하를 베어온다.

파파파파파!

그러나 천유하는 질풍 같은 검 놀림으로 그것들을 비껴내고는 백마에게 쇄도했다.

"훙!"

백마가 오른손을 검붉은 칼날로 바꾸어 찔러왔다. 그러나 천유하는 칼받이 부분으로 그것을 비껴내면서 밀어차기로 백마의 허벅지를 차서 균형을 무너뜨리고는 격공의 기로 머리통을 후려갈겼다.

쾅!

백마가 휘청거렸다.

바위도 부술 위력을 받았지만 머리에서는 피 한 방울 나지 않았다. 그저 잠깐 머리가 울렸을 뿐이다.

그러나 천유하의 공격은 그것으로 그치지 않았다.

파앗!

백마가 주춤한 틈을 타서 천유하의 검이 가슴을 베고 지나갔다.

팟!

천유하가 손목을 비틀며 넣은 찌르기가 백마의 목에 긴 상흔을 남겼다.

곧바로 이어지는 공격이 저지당한 것은 백마가 펼친 왼손 때문이었다. 그 손바닥에서 붉은 괴물의 눈이 나타나더니 강력한 염파를 발했다.

우우우우우웅!

강력한 저주의 힘이 천유하를 덮쳐서 움직임을 멈췄다. 생명체를 돌로 바꿔 버리는 저주였다.

"큭!"

천유하는 의기상인으로 저주를 차단했지만 공격의 맥이 끊기는 것은 어쩔 수 없었다.

백마는 그 틈을 타서 검이 닿는 거리에서 빠져나갔다. 그는 천유하의 허공섭물에 제압되어 허공에 떠 있는 아이의 뒤편으로 돌아갔다.

"돌려받도록 하… 크윽!"

백마의 말은 끝까지 이어지지 못했다. 천유하가 격공의 기로 그를 타격했기 때문이었다.

"하아!"

기합과 함께 투명한 검기가 어지러운 궤적을 그려냈다. 대각선으로 호를 그린 일격이 백마의 어깨를 강타하고, 측면으로 휘어 들어온 이격이 백마의 머리카락 촉수를 베어낸다.

천유하는 곧바로 뛰어들었지만 백마와 그 사이에는 영목신서에게 지배당하는 아이가 있었다.

짜아앙!

천유하는 전혀 주저 없이 아이의 몸에 일장을 때려 넣었다. 그러자 아이의 몸에는 조금의 충격도 가지 않고 그 너머에 있는 백마의 몸이 날아가 버렸다.

"커어……!"

흉골이 움푹 파인 백마가 신음을 토했다.

고수라면 벽을 때려서 그 너머에 충격을 전달하는 정도는 어렵지 않게 해내고 천유하가 구사한 기술은 그 연장선에 있었다. 하지만 정말 놀라운 것은 위력이었다.

'겨, 격공의 기를 기폭제로 삼아서 이런 공격을……?'

천유하는 격공의 기를 먼저 때려놓고 아이의 몸을 격하는 일장을 때려서 타격점을 겹치는 것으로 충격을 폭발시켰다. 어지간한 고수라도 연습 중에 열 번 시도해서 한 번 성공할까 말까 한 기술인데 실전에서 격투를 벌이는 도중에 성공시키다니 경악할 수밖에 없다.

투콱!

곧바로 뛰어 들어온 천유하의 공격이 백마의 왼팔에 막혔다. 팔을 반쯤 베어내기는 했지만 근육이 검을 단단하게 조여서 움직이지 않는다.

그 틈에 백마가 오른손으로 일장을 때렸지만…….

쩍!

천유하 역시 일장을 펼쳐서 받아치자 오히려 백마가 타격을 입었다. 천유하는 백마의 팔이 완전히 뻗어 나가기 전에 먼저 후려쳤던 것이다.

백마는 일장으로 천유하의 움직임을 묶어놓고 머리카락 촉수로 동시 공격을 가할 생각이었지만 글렀다. 천유하는 허공섭물로 머리카락 촉수의 움직임을 비틀면서 검에 체중을 실었다.

—뇌격세(雷擊勢)!

폭음이 울리며 백마의 왼팔이 끊어졌다. 뿐만 아니라 몸에도 긴 검상이 나면서 피가 튀었다.

"이놈……!"

그러나 백마는 비명을 지르는 대신 발차기를 날려서 천유하를 때렸다.

꽝!

폭음이 울리면서 천유하가 뒤로 물러났다.

"끈질기군."

설마 그 상황에서 받아칠 줄은 몰랐기 때문에 힘을 완전히 흘려내지 못했다.

'무섭도록 강건하다. 여력의 끝을 모르겠군.'

신체 구조 자체가 인간하고는 완전히 다르기 때문일까, 중상을 입었는데도 기력이 쇠하지 않는다.

'이래서 영성께서도 처치하시지 못했던 거군. 하지만 지금이 기회다.'

지금 백마는 이미 형운과 싸우면서 상당한 타격을 받았다. 천두산의 대요괴들을 끌어내기 위해서 자신의 일부를 내주기까지 했기 때문에 힘이 상당히 쇠해 있었다.

게다가 도주하다가 붙잡혔기 때문에 자신의 장점, 막대한 여력과 다종다양한 요괴의 능력을 살리는 방식으로 싸우지 못하고 천유하에게 격투전을 강요받았다. 그리고 천유하는 그가 거리를 벌리고 힘을 전개할 여유를 줄 생각이 없었다.

'작정하고 도주에만 집중한다면 잡을 수 없을 것 같지만, 보아하니 영목신서가 어지간히 탐나는 모양이군.'

둘의 격투는 천유하가 압도했다.

쩍!

백마가 잘린 왼팔을 허공섭물로 줍기 위해 의식을 집중하는 순간, 천유하가 격공의 기로 머리를 갈겼다.

콰학!

비틀거리는 그가 기공파를 쏘아내려는 순간, 한곳에 집중되어 증폭된 진기가 폭발하기 전에 천유하가 그 맥을 끊고 그의 몸을 베었다.

"크아, 악⋯⋯!"

백마는 뭔가를 하려고 할 때마다 천유하에게 두들겨 맞았다. 격투전에서는 천유하가 그를 압도한다는 것이 증명된 이상 거리를 벌려야 하는데⋯⋯.

파앗!

천유하는 그것조차도 허락하지 않았다. 물러나면 끌어당기고, 달려들면 밀어내는 방식으로 완벽하게 거리를 제압하고 있었다.

하지만 백마도 대책 없이 맞고만 있던 것은 아니었다.

화아아악!

정신없이 두들겨 맞던 백마의 머리카락 일부가 커다란 눈동자로 변화, 순백의 파동이 폭발했다.

천유하가 기겁해서 호신장막을 펼치며 물러났다.

푸스스스⋯⋯!

주변의 풀과 나무들이 모조리 바스러지고 있었다.

'맙소사. 끔찍한 저주다.'

사아아아아!

뒤이어 백마의 상처 부위에서 자색의 독무가 퍼져 나갔다.

천유하는 검풍을 일으켜 독무의 접근을 막으면서 이를 악물었다. 형운처럼 만독불침이라면 모를까, 이런 극독 앞에서는 움츠러들 수밖에 없었다.

'집중하려고만 하면 두들겨서 의식의 맥을 끊었는데도 능력을 발휘할 수 있단 말인가?'

천유하처럼 양의심공이라도 익히고 있지 않은 한에야 불가능한 일이다. 그러나 백마가 무수한 요괴를 통합했음을 감안하면 있을 수 없는 일도 아니었다.

"크크크큭! 대단하군, 대단해."

백마가 음산하게 웃었다.

천유하의 실력은 이미 '기재'라고 불릴 수준을 넘어섰다. 조검문은 물론이고 호장성을 다 뒤져도 그와 맞설 무인을 찾을 수 없으리라.

이 순간에도 천유하는 검풍으로 독무의 접근을 막는 한편, 격공의 기를 자잘하게 때려서 백마의 집중을 방해하고 있었다. 그러나 백마는 아랑곳하지 않고 자신의 밑천을 풀어내기 시작했다.

땅을 뚫고 거대한 손이 나타나서 천유하를 후려갈겼다.

콰하핫!

천유하의 검기가 그 손을 두 동강 냈지만 그 순간 뇌광이 그를 관통한다.

쨔르릉!

"으윽……!"

천유하가 신음했다. 뇌기는 방어하기 까다로운 기운이었다. 간발의 차로 조짐을 읽고 방어를 펼쳤는데도 몸이 저릿저릿했다.

"이런……."

백마가 어이없어했다. 뇌광을 쏘아낸 자신의 일부가 깨끗하게 두 동강 났기 때문이다. 그 순간에 방어와 반격을 동시에 해냈단 말인가?

휘리리리리릭……!

독무 속에서 머리카락 촉수들이 춤춘다. 길이가 10장(약 30미터) 넘게 늘어난 머리카락 촉수들이 주변을 난도질함과 동시에 여러 가닥이 한데 뭉쳐 두꺼운 채찍으로 화했다.

꽈앙!

아름드리나무를 일격에 끊어버린 채찍이 천유하를 후려갈겼다.

그러나 천유하는 절묘한 검세로 그것을 흘려 버리고는 백마에게 돌진했다. 머리카락 촉수들이 날아들지만 최소한의 움직임만으로 비껴내고, 서로 엉키게 하면서 공간을 확보한다.

"거기까지다."

천유하가 접근하기 전, 백마가 그를 제지했다.

그 제지가 통한 것은 천유하가 그와 대화를 나누고 싶은 마음이 있어서는 아니었다.

"비열한 놈……!"

천유하가 분노했다.

눈앞의 백마에게 집중하는 동안 예상치 못한 일이 벌어졌다. 백마가 은밀하게 자신의 일부를 나눠서 만들어낸 분신체가 영목신서를 품은 아이를 붙잡았던 것이다. 아무리 천유하라도 20장(약 60미터) 이상 떨어진 상태에서 허공섭물만으로 그 분신체를 막을 수는 없었다.

백마가 말했다.

"나는 영목신서만 있으면 되지만 너는 저 아이의 목숨도 소중하겠지. 그렇지 않나?"

"……."

"물러나라."

백마는 분신체를 우회시켜서 자신의 곁으로 오게 하면서 명령했다.

천유하는 그를 죽일 듯이 노려보면서도 손을 쓸 수 없었다. 연약한 아이의 목 따위는 백마의 분신체가 가볍게 힘을 주기만 해도 부러질 테니까.

4

'방법이 없나?'

천유하는 분신체가 백마에게 다가가는 것을 뻔히 보면서도 움직일 수 없었다.

목이 바짝 타들어가는 기분이다. 이 상황을 타개할 방법이 없을까?

"선불리 행동하지 말도록. 설령 네가 내 예상을 초월하는 수단을 써서 내 분신체를 처리한다고 하더라도 영목신서가 아이의 명줄을 끊을 것이다."

백마는 잘린 왼팔을 주워서 붙이고 상처를 재생하면서 말했다. 천유하가 이를 빠드득 갈았다.

백마는 지금까지 오래 살면서 강한 인간, 협의를 지닌 인간을 많이 상대해 봐서인지 철두철미했다. 강자를 만나면 자존심보다 생존 본능을 우선시해서 도망치기를 주저하지 않고, 그들을 위협할 때 지켜야 할 균형감을 아주 잘 안다.

그가 지금 천유하를 해하려고 하거나, 자해할 것을 요구하지 않는 것만 봐도 그렇다. 인질로 행동을 제어할 수는 있지만 목숨을 요구할 경우 어떻게 나올지 알 수 없기 때문에 적절한 선을 지키고 있는 것이다.

물론 천유하 입장에서는 혐오스러울 뿐이다.

'어떻게 해야 하지?'

이 시점에서 천유하는 백마를 처치하겠다는 마음을 버렸다.

무고한 아이의 목숨이 걸려 있는 상황에서 자기 능력을 과신하면서 무리한 짓을 저질러서는 안 된다. 무조건 아이의 목숨을 구하는 것에만 집중해야 했다.

'생각해. 뭔가 방법이 있을 거야.'

짧은 순간에 천유하는 필사적으로 방법을 궁리했다.

하지만 방법이 떠오르지 않는다. 백마의 분신체만이라면 어떻게든 될 것 같지만 영목신서가 문제다. 지금까지 영목신서가 아이를 해치지 않은 것은 어디까지나 백마가 천유하를 쓰러뜨리고 자신을 탈취하리라 믿었기 때문이지 아이를 해할 수 없어서가 아니다.

'둘을 동시에 공격할 수 있기는 하지만……'

천유하가 터득한 일야신공은 그것을 가능케 한다. 그러나 그
것만으로는 이 난국을 타개할 수 없다. 백마가 지켜보고만 있을
리 없는 데다…….

'영목신서를 어떻게 처리해야 하지?'

영목신서의 위치가 문제였다. 천유하는 아까 전, 아이의 몸을
격하고 백마를 때렸을 때 영목신서의 위치를 알아냈다.

영목신서는 아이의 품이 아니라 몸속에 있었다. 무슨 수를 썼
는지는 모르겠지만 그 큰 책이 목구멍을 타고 넘어가서 몸속에
자리해 있는 것이다.

'격공의 기로도 안 돼. 술법으로 움직임을 막을 수 있다면 모
르겠지만…….'

천유하가 아이의 몸속에 있는 책을 타격하려면 아까처럼 직
접 몸에 접촉해야만 한다. 격공의 기로는 불가능했다.

떠올릴 수 있는 방법은 한 가지뿐이었다.

'할 수 있을까? 이 상황에서?'

문제는 그 방법의 성공 확률이 낮다는 것이다. 그리고 성공한
다 한들 백마라는 문제가…….

'아.'

그때 고민하던 천유하에게 활로가 열렸다. 이제는 천유하가
결단하는 것만 남았다.

'실패하면 끝장이다.'

천유하는 심호흡을 했다.

분노에 지배당하는 상태로는 이 방법을 수행할 수 없다. 마음을 잔잔한 수면처럼 가라앉힌다 해도 성공할 수 있을지 장담할 수 없었다.

주변은 고요하지 않다. 천유하의 뒤쪽, 천두산 방향에서는 형운과 마수의 격전으로 인해 어마어마한 굉음이 울려 퍼지고 있었다.

이런 상황에서 마음을 가라앉히는 것은 불가능해 보인다. 그러나 천유하는 지금 이 환경에 감사했다. 덕분에 조금이나마 성공 가능성이 높아질 것 같으니까.

"움직이지 마라."

백마가 경고했다. 심호흡을 한 천유하가 한 걸음 내디뎠기 때문이었다.

"멈추라고 했다."

뿐만 아니었다. 천유하의 기파가 묘하게 변하고 있었다. 백마 입장에서는 왠지 생경한 것 같기도 하고 아는 것 같기도 한 묘한 느낌이 드는 기파였다.

"백마, 너를 욕한다 한들 아무런 의미도 없겠지. 네놈은 그런 것에 구애받지 않을 테니까."

인간의 도덕적 기준으로 백마를 비난하는 것은 벽에다 대고 화를 내는 것이나 마찬가지다. 백마는 자신을 비난하는 자를 비웃을 뿐 분노나 수치심을 느끼지 않을 테니까.

악당이라서 그런 것이 아니다. 그에게는 선악의 개념 자체가 존재하지 않는 것뿐이다.

그는 위진국의 살무귀가 그랬듯이 오래전에 사람으로서의 존재를 다하고 마공의 화신이 되었다. 지금의 그는 인간으로서의 열망 따위는 없이 오로지 마공이 추구하는 궁극적인 목표를 이루기 위해서만 살아간다.

인간처럼 생각하는 지성, 그리고 어떤 현상을 마주했을 때 느끼는 감정은 어디까지나 그 목표를 위해 작동하는 기능에 지나지 않는다. 그렇기에 그는 자존심을 세우다 선택을 그르치는 일 없이 늘 생존을 우선시할 수 있었다.

"그러니까 나도 너와 대화가 가능하다는 미련은 버리겠다. 여기서 끝장을 내주지."

"샘솟는 협의로 해결할 수 없는 상황을 만나니까 미쳐 버렸나?"

천유하를 비웃던 백마가 한쪽을 노려보며 외쳤다.

"네놈들도 멈춰라. 이 아이의 목숨이 아깝다면 더 이상 접근하지 말도록."

은밀하게 접근해 오던 척마대원들이 백마에게 발각된 것이다. 그러나 백마가 그들을 보며 입을 여는 그 순간, 의식이 잠깐이라도 다른 곳으로 분산되는 순간이야말로 천유하가 기다리던 기회였다.

투학!

천유하가 발한 격공의 기가 백마의 분신체를 때렸다. 분신체의 머리통이 부서지면서 아이를 놓친다.

"어리석은 것!"

백마가 사납게 웃었다.

그가 인질을 잡은 것은 상황의 주도권을 잡기 위해서다. 상대가 경고를 어기고 행동할 경우에는 당연히 인질을 죽인다. 설령 그로 인해 자신이 의도한 목표를 달성하지 못하더라도!

—죽여라!

백마는 영목신서에게 명령하면서 천유하를 공격해 갔다.

"멈춰!"

강연진의 필사적인 외침과 함께 갖가지 색의 섬광들이 쏘아져 왔다.

콰과과과광!

폭음이 울리며 백마가 주춤했다. 하지만 그것도 잠시, 그는 흩어지는 섬광을 뚫고 천유하에게 쇄도했다.

그리고 경악했다.

'아니?!'

천유하가 그를 보며 웃고 있었다. 아무리 봐도 비탄에 찬 웃음은 아니었다.

동시에 한 가지 믿을 수 없는 깨달음이 찾아들었다.

'영목신서가 파괴되었다고?'

백마가 척마대원들의 기공파 때문에 주춤한 짧은 순간 동안에 영목신서의 반응이 소실되었다. 천유하가 도대체 무슨 수를 썼는지 모르겠지만 다가가지도 않고 아이의 체내에 있던 영목신서를 파괴해 버린 것이다.

'설마……'

한 가지 가능성에 생각이 닿은 백마가 경악했다.

파아앙!

동요 때문에 그의 움직임이 둔해졌다. 천유하는 그의 일장을 검으로 받아내면서 말했다.

"백마, 여기가 네 무덤이다."

서걱!

순간 섬뜩한 파육음이 울리며 백마의 발목이 반쯤 잘려 나갔다.

백마가 경악했다.

'기파의 흐름을 읽었는데?'

분명히 천유하의 의식이, 기파가 자신의 머리로 향하는 것을 읽었다. 실제로 격공의 기가 터지는 것을 방어하기도 했다.

그런데 동시에 또 다른 격공의 기가 발목을 가르고 지나가다니?

'동시에 두 개 이상의 격공의 기를 발할 수 있단 말인가?'

그렇다면 천유하는 격공의 기를 다루는 데 있어서 백마보다 월등한 경지에 도달했다는 뜻이다. 놀라는 그의 앞에서 천유하의 모습이 사라졌다.

─호풍세(呼風勢)!

측면에서 광풍이 터져 나오며 백마의 몸을 나무에 처박았다. 그리고 그 위로 날아오른 천유하가 질풍처럼 검격을 날렸다.

파파파파파!

검광이 소나기처럼 쏟아지면서 백마를 난타했다. 너무나도 예리한 검기가 나무도, 바위도, 지반도 가리지 않고 베어버린다.

"크으으윽……!"

백마는 호신장막을 펼치고 요괴의 힘까지 발휘해서 그 공격을 방어했다. 그런 한편 몸 일부를 변화시켜서 요괴의 능력을 발현했다.

화아아악!

강력한 저주의 섬광이 솟구치면서 천유하의 검기들을 밀어내었다.

백마는 그 틈을 타서 옆으로 몸을 날렸다. 주저 없이 도주를 선택한 것이다.

'저놈은 심상경에 올랐다! 온전할 때라도 피해야 할 상대다.'

어디까지나 추측이지만 백마는 확신을 갖고 있었다. 천유하가 격공의 기를 능수능란하게 다룬다고 해도 원거리에 있는 상대의 체내에 있는 영목신서를 없앨 수는 없다.

그것을 가능케 하는 방법은 오로지 심상경의 절예, 심검(心劍)뿐이다.

고위 요괴의 힘을 지닌 백마에게 심검 그 자체는 큰 위협이 되지 않는다. 그러나 심상경의 고수라면 온전한 상태에서 일대일로 싸운다고 하더라도 승산을 장담하기 어렵다.

하물며 지금의 그는 만신창이다. 형운과 싸우는 동안 큰 타격을 입은 데다 천두산의 대요괴들을 끌어내기 위해 자신의 육신을 3분의 1이나 내주었다.

그런 상황에서 천유하와 싸우는 것은 자살행위였다. 영목신서도 파괴된 지금 미련 없이 빠져나가야 했다.

"그럴 줄 알았지."

그러나 그때 천유하의 싸늘한 목소리가 들려왔다.

파학!

땅에 달라붙듯이 낮은 자세로 질주하던 백마의 발목이 잘려 나갔다. 아까 전, 반쯤 잘리는 바람에 아직 완전히 재생되지 않은 발목이었다.

'함정이었나?'

넘어질 뻔한 백마는 팔로 땅을 쳐서 솟구침으로써 자세를 잡았다. 하지만 그런 그의 측면에서 섬광이 날아들었다.

퍼엉!

강연진이 쏘아낸 기공파였다.

"크악!"

그 한 발로 끝나지도 않았다. 사방에서 검기와 기공파가 난사되었다.

퍼퍼퍼퍼펑!

어느새 척마대원들이 주변을 완벽하게 포위하고 있었다. 천유하가 그를 난타하는 동안 배치를 끝낸 것이다.

'혼자서 공격한 것은 이것 때문이었나!'

왜 척마대원들이 공격해 오지 않나 했더니 애당초 이 국면을 계산하고 있었던 것이다.

백마는 자신의 행동이 철저하게 천유하가 의도한 대로 제어당했다는 사실을 깨달았다.

"큭……!"

그는 아득해지는 정신을 붙잡으며 호신장막을 펼쳤다. 그러나 이미 허공에 떠서 공처럼 튕겨 다니는 것은 어쩔 수 없었다.

'이놈은 어디에……?'

백마는 불길함을 느꼈다. 사방팔방에서 공격해 오는 자들 중에 천유하가 없다는 사실이 걸린다. 마치 척마대원들과 교대하듯이 숨을 죽인 것은 대체 무슨 꿍꿍이속에서일까?

불길한 예감은 어김없이 들어맞았다.

……!

한 줄기 검광이 소리도 없이 그를 베고 지나갔다. 호신장막을 종잇장처럼 뚫고 그의 육신까지 벤 것은 분명 심검이었다.

5

백마가 추측한 대로 천유하가 영목신서를 멸한 수단은 심검이었다.

'달을 베는 검을 갖고 싶다.'

천유하에게 있어서 그것은 무인으로서 꿈꾸는 이상이었다.

무엇이든 벨 수 있는 검. 자신을 가로막는 가혹한 현실을 타파하고 스스로의 마음조차 구할 수 있는 검.

그저 몽상의 영역에만 남아 있었다면 괴롭지 않았을 것이다.

세상에는 그것을 현실의 영역으로 끌어온 사람들이 있었다. 자신의 이상이 타인의 현실이 되었다는 사실이, 그리고 그것이 다시 현실의 한계 속에 갇히는 모습이 천유하를 괴롭혔다.

그래도 천유하는 그 검이 미치도록 갖고 싶었다.

한순간도 그 검에 대한 갈망을 놓지 않았던 그는 이현이 최후를 맞이한 대격전에서 얻은 영감을 통해서 심상경에 도달했다.

스스로의 재능만으로 이룬 성과는 아니었다. 형운이 적극적으로 도와줬기에, 천유하가 부탁하면 얼마든지 시범을 보여주기까지 했기에 가능한 일이었다.

'마음만으로는 벨 수 없는 것, 현실에서 검을 휘두르는 것만으로는 벨 수 없는 것……'

그렇게 서로 동떨어져 있던 두 가지 힘이 한 지점에서 만났을 때, 천유하는 비로소 자신이 인식하던 한계를 초월하는 힘을 얻었다.

'이걸로 끝낸다!'

천유하는 심검으로 백마를 베는 동시에 뛰어들었다. 백마가 기화에 저항하느라 주춤하는 틈을 노릴 생각이었다.

투확!

그러나 그 순간 기형적으로 늘어난 백마의 팔이 변칙적인 궤도를 그리면서 천유하를 후려갈겼다.

"크억……!"

가까스로 막아낸 천유하가 경악했다. 방어가 불완전해서 충격이 몸을 관통하고 지나갔다.

'심검이 아예 통하지 않는단 말인가?'

백마가 고위 요괴의 힘을 지녔다고 하더라도 심검을 정통으로 맞으면 틈이 생길 거라고 생각했다. 그런데 접근하자마자 기다렸다는 듯이 반격하다니, 완전히 허를 찔렸다.

"크허허허헝!"

백마의 등 뒤에서 생겨난 호랑이의 머리가 울부짖었다. 그러자 강풍이 휘몰아치면서 주변에 존재하던 기공의 힘이 싹 쓸려나가고 심령이 공격당했다.

'정신파 공격인가!'

천유하는 혼백이 날아가 버릴 것 같은 위압의 힘을 버텨내면서 백마를 노려보았다.

'통하지 않은 게 아니야. 기화에 저항하는 것에 굳이 정신력을 소모하지 않는군. 몸이 병마에 저항하듯 본능적으로 알아서 처리해 버리고 있어. 여러 요괴가 하나로 통합된 존재이기 때문인가?'

그런 천유하에게 노도와 같은 공세가 쏟아졌다. 머리카락 촉수들이 머리 셋 달린 마수의 모습으로 변해서 덮쳐오고, 돌의 뱀이 땅을 뚫고 뛰어오르며 독액을 쏘아낸다.

콰콰콰콰쾅!

어지러울 정도로 빠르게 나타나는 요괴의 형상들이 수십 가지 능력을 쏟아내었다. 주변이 독과 열기와 저주의 힘으로 쓸려나가자 천유하도 뒤로 죽죽 밀려날 수밖에 없었다.

백마가 회심의 미소를 지었다.

'이대로 빠져나간다!'

천유하가 판단을 실수한 덕분에 틈이 생겼다. 그는 자신의 몸 일부를 분리해서 머리 셋 달린 늑대 형상의 요괴를 만들었다.

카르르릉!

늑대가 노리는 곳은 영목신서를 품고 있던 아이가 있는 곳이었다. 척마대원 한 명이 지키고 있기는 했지만 방금 전의 공격에서 독무를 삼켰는지 식은땀을 흘리고 있었다.

천유하는 저것을 막기 위해 뛰어갈 수밖에 없으리라. 백마는 그동안 몸을 네발짐승 형태로 변화시키고 도주할 생각이었다.

쾅!

그러나 그가 막 몸을 날리는 순간, 육중한 타격이 몸을 찍어 눌렀다.

뒤이어 폭음이 울리며 푸른 궤적이 몸을 가르고 지나갔다.

'커어……!'

백마는 경악했다. 설마 천유하는 아이와 동료를 희생시키더라도 그를 붙잡는 쪽을 택했단 말인가?

"크으윽, 협객이라는 가면을 벗어던지기로 했느냐?"

상처 입은 짐승처럼 울부짖는 목소리였다. 그런 그에게 검격이 날아들었다.

파악!

백마가 양팔을 교차해서 그것을 막아냈다. 천유하가 숨결이 닿을 만한 거리에서 그를 노려보고 있었다.

"아니, 그저 네놈이 어리석었을 뿐이다."

충격이 폭발하며 백마의 몸이 허공에 붕 떴다.

'위험하다. 몸을 아낄 때가 아니야. 한계까지 풀어내더라도 이놈의 움직임을 막고 빠져나가야…….'

분신체를 만들거나, 천두산의 요괴들에게 자신의 일부를 떼어 준 것에서 알 수 있듯 백마는 뇌나 심장을 잃는다고 해서 죽지 않는다. 그에게는 그 둘조차도 얼마든지 버리고 재생할 수 있는 부품에 불과할 뿐이다. 그가 죽음에 이르는 것은 특정 부위가 손실되었을 때가 아니라 신세 손상률이 일정 수준을 넘어갔을 때다.

그렇기에 백마는 도주할 때 자신의 일부를 희생시킨다는 수단을 쓸 수 있었다. 귀혁이나 한서우가 그를 놓칠 수밖에 없었던 것도 그런 이유였다.

그러나…….

슈화아아악!

막 몸을 변화시키는 백마를 순백의 파동이 덮쳤다. 몸이 일순간에 얼어붙으면서 변화가 멈춰 버렸다.

백마는 곧바로 그 의미를 깨달았다.

꽈아앙!

산도 부술 주먹이 얼어붙은 몸을 강타했다. 충격이 관통하면서 얼어붙은 몸이 터져 나갔다.

"네, 네놈이 벌써……!"

"사부님께서 이렇게 평하시더군."

형운이 싸늘한 눈으로 그를 노려보았다.

"내가 환경을 장악했을 때의 힘은 대영수와 필적한다고."

형운의 힘은 일반적인 무인의 영역에 그치지 않는다. 빙백설야공을 펼쳐서 유리한 환경을 구축하면 대영수에 필적하는 규모의 힘을 다룰 수 있다.

그것은 즉 대요괴들과도 필적하는 수준이라는 의미다. 천두산의 대요괴들이라 할지라도 원격으로 구현한 마수로는 형운을 어쩔 수 없었다. 그러기는커녕 술법이 파괴당하면서 막대한 타격을 입었다.

"자, 백마. 아직도 그 추악한 본성으로 도망갈 방법을 찾아낼 수 있겠나?"

형운에게 맞고 추락한 백마의 앞을 천유하가 가로막으며 물었다. 백마가 그 말에 반응하기도 전에 뒤쪽에 형운이 내려섰다.

백마는 숨을 삼켰다.

도저히 빠져나갈 길이 보이지 않았다. 이성적으로는 방법을 찾을 수 없기에 그저 본능에 따르는 길만이 남았다.

크르르르……!

궁지에 몰려서 폭주하는 백마를 사이에 두고 천유하와 형운의 눈빛이 교차했다.

그리고 오랜 세월 동안 하운국에 흉명을 떨쳤던 존재가 지르는 단말마의 비명이 울려 퍼졌다.

6

은수는 악몽을 꾸었다.

끝나지 않는 절망이 그를 집어삼키고 있었다. 한 번도 그에게 상냥한 적 없는 세상은 이제 그의 모든 것을 집어삼키기 위해 이빨을 드러냈고, 그는 속수무책으로 유린당해야만 했다.

저항은 허락되지 않았다. 붉은 눈의 원숭이를 만난 그 순간부터, 그는 자신의 파멸을 그저 지켜볼 수밖에 없었다.

'우리 은우, 괜찮을까?'

단 한 가지 위안이 있다면 동생만은 살렸다는 것이다.

하지만 그 사실에 안도하기보다는 걱정이 앞선다. 아직 어린 아이다. 자신이 없어지면 과연 살아갈 수 있을까?

'아빠, 엄마……'

죽은 사람은 아무리 불러도 돌아오지 않는다.

그 사실을 일찌감치 깨달았는데도 절망의 순간에는 자연스럽게 둘을 부르게 된다. 그리고 대답이 없다는 사실이 사무쳐서 눈물을 참느라 애를 써야 했다.

악몽 속에서 허우적거리던 은수는 문득 시야 한구석이 환해지는 것을 느꼈다.

왠지 예전의 기억을 불러일으키는 빛이었다.

'따뜻해……'

아직 자신을 안아줄 사람이 있던 시절, 그 품의 안락함을 사랑했던 시절의……

은수는 그 빛이 자신을 감싸 안는 것을 느끼며 눈을 떴다.

"……"

일순간 눈을 찌르는 빛 때문에 신음이 흘러나왔다. 그리고 그 사실에 놀랐다.

'소리가 나와.'

원숭이에게 붙잡힌 후로는 그 어떤 소리도 자신의 뜻대로 낼 수 없었다. 몸의 움직임은 전부 자신의 의지와는 상관없이 이루어졌다.

그런데 지금은 소리가 나온다. 뿐만 아니라 원숭이에게 붙잡힌 후로는 잃어버렸던 신체의 감각이 생생하게 돌아와 있었다.

"움직인다……"

은수는 손가락이 움직이는 감각이 신기해서 자기도 모르게 중얼거렸다.

"아, 깨어났구나. 어디 아픈 데는 없니?"

은수는 자신을 붙잡고 물어보는 사람을 믿을 수 없다는 듯 바라보았다.

그를 기억하고 있었다. 자신을 구하기 위해서 괴물과 싸웠던 젊은 검객이었다.

"괜찮니?"

넋을 놓고 바라보고 있자니 그가 걱정스러운 듯 물었다.

순간 은수는 울컥 눈물이 쏟아져 나왔다.

"으흐흑……."

"……."

"으허어어엉……!"

왜 갑자기 울음이 터져 나오는지 자기도 알 수가 없었다. 그저 어른이 아이를 걱정해서 묻는 한마디였을 뿐인데, 그것뿐인데도 울음을 참을 수가 없었다.

오랫동안 아무도 은수에게 그렇게 물어봐 주지 않았다. 부모도 없이 하루하루를 살아가는 것만으로도 힘들어하는 아이를 누구도 보듬어 안아주지 않았다.

그 사실이 서러워서, 그리고 자신이 살아났다는 사실에 감격해서 은수는 지칠 때까지 울었다. 그를 구해준 남자는 가만히 그를 안아주면서 울음을 그칠 때까지 기다려 주었다.

7

영목신서 사건은 그렇게 막을 내렸다.

원숭이 영수, 진수는 아이들과 달리 영목신서에게 지배당하는 동안의 일들을 기억하지 못했다. 아이들은 도구로 쓰이기 위해 제압당했지만 그는 완전히 영목신서의 숙주였기 때문이었던 것 같았다.

영수들은 그에게 그동안의 일을 사실대로 말하는 대신 감추는 쪽을 택했다. 지금의 그는 그것을 받아들일 수 있는 상태가 아니었으니까.

아이들은 무사했다. 영목신서가 펼친 사술의 여파는 형운의 진기로 몰아낼 수 있었다. 남은 문제들은 아이들을 백령회의 마을로 데려가서 치료하기로 했다.

그리고 천유하는 생각지도 못한 인연을 얻게 되었다.

"은우라는 아이를 찾았다고 보고가 왔어. 쇠약해져 있기는 하지만 무사하대."

"고맙다."

형운의 말에 천유하가 감사했다.

천유하는 은수를 일야문의 제자로 받기로 했다.

은수는 뛰어난 무골은 아니었다. 벌써 열두 살이나 되었으니 무공에 입문하기에도 늦은 편이다. 일야신공을 익히는 데 도움될 만한 자질을 지닌 것도 아니다.

장점을 찾아보자면 일반인 기준으로는 기감이 발달해 있다는 정도? 어린 시절 오랜 시간 동안 요괴와 접해 있어서 그런지 자기도 모르게 기를 감지하는 능력이 발달해 있었다.

하지만 그것을 감안해도 무인이 제자감으로 탐낼 만한 인재는 아니다.

형운이 물었다.

"어째서 그 아이였어?"

"적합한 조건을 갖추고 있다고 생각했으니까. 아, 물론 무골이냐 아니냐의 이야기는 아니야."

천유하가 은수를 제자로 고른 것에는 동정심은 개입되지 않았다. 동정심이 이유였다면 아이를 맡길 곳을 찾고 경제적으로 지원을 했지 일야문의 후계자로 삼지는 않았을 것이다.

"은수가 한참 울고 나서 처음 한 말은 동생을 살려달라는 거였어."

고작 열두 살짜리 아이가, 방금 전까지 요괴에게 지배당해서 죽을 뻔했던 상황을 겪고 나서도 동생부터 걱정했던 것이다.

"이 아이라면 괜찮겠다는 생각이 들더군."

"혹시 동생도 제자로 받을 생각이야?"

"본인이 바란다면 그렇게 하려고 해. 그 건 때문에 말할 게 있는데……."

"뭔데?"

"척마대를 그만두고 싶어. 내 목적을 이루자마자 쏙 빠져나가는 것 같아서 미안하지만……."

"아니, 괜찮아. 애당초 네 목적을 돕기 위해서 객원 자리를 추천한 거였고, 우리도 충분히 네 덕을 보았으니까."

"덕을 보기는."

천유하가 쓴웃음을 지었다. 그가 뭐라고 하기 전에 형운이 재빨리 화제를 바꿨다.

"그보다 제자들 가르치는 동안에는 어떻게 하려고? 조검문으로 갈 수는 없지 않아?"

"일단은 집으로 돌아갈 생각이야. 둘이 장성할 때쯤 되면 적당한 곳에 자리를 구해서 일야문의 현판도 걸어야 할 테고… 다행히 그럴 만한 돈은 있으니까."

천유하는 원래부터 유복한 집안의 자제였지만 본인이 강호 생활을 하면서 모아둔 돈도 상당했다. 딱히 돈을 받고 누군가에게 고용되어서 일하지 않더라도 이 정도 명성을 떨치면 관의 포상금이나 은혜를 입은 자들의 성의 표시 등으로 재물이 모이는 법이다.

그리고 척마대 객원으로 일하는 동안 받은 돈도 상당한 액수였다. 사실 천유하는 척마대에서 임무를 수행할 때마다 기여도에 따라서 나오는 포상금 액수에 경악했다.

형운이 말했다.

"그래서는 아무래도 조검문 쪽 눈치가 보일 텐데……."

"그야 그렇지만 감수해야 할 일이지. 사부님께 인사도 드려야 하고. 향후에 조검문과 일야문은 서로 형제 문파 같은 관계로 만들어가고 싶어. 진해성이나 미우성 쪽에 자리를 잡아서……."

"진해성 쪽이 좋다고 생각해. 앞으로도 백령회와 친분을 나눠두면 좋지 않을까?"

"음. 그렇기는 하겠지."

"유하, 척마대를 그만두는 것은 받아들이겠지만 당분간은 내 손님으로 총단에 머무르지 않겠어? 눈총받을 것 같아서 싫다면 성해에 따로 거처를 마련해 줄게."

"그렇게까지 신세를 질 수는 없어. 지금까지 내가 도움받은 것만 해도……."

"너한테 신세 지우려고 하는 말 아니야. 전에도 말했잖아? 나도 일야검협의 삶을 조금이라도 보상하고 싶다고. 일야문이 다시 일어나는 데 조금이라도 손을 보탤 수 있게 해줘."

"…고맙다."

이렇게까지 말하는데 도저히 거절할 수가 없었다. 천유하는 결국 형운의 도움을 받아들이기로 했다.

"하지만 정말 네게는 도움만 받아서 면목이 없군."

"무슨 소리야? 이번 건만 해도 네가 아니었으면 결과가 참혹했을 텐데. 네가 있었으니까 백마도 잡고, 아이들도 무사히 구출할 수 있었던 거야. 겸손한 것도 좋지만 자기 공로를 너무 작게 생각하지 마."

"그것도 네가……."

"낯간지러운 말은 그쯤 해두자, 우리."

형운이 천유하의 말을 막았다. 천유하는 그를 잠시 바라보다가 웃어버리고 말았다.

제111장
부고(訃告)

성운을 먹는자

1

결국 천유하는 총단에 형운의 손님으로 머물기로 했다. 성해 시내에 거처를 마련하는 것보다는 그쪽이 형운이 지원하기 용이했고, 또 천유하도 귀혁에게 조언을 들을 기회를 놓치고 싶지 않았기 때문이다.

이 건을 두고 총단에서는 어느 정도 말이 나왔지만 형운은 아랑곳하지 않았다. 정치적으로 공격당할 명분이 된다 해도 기꺼이 감수할 생각이었다.

형운이 물었다.

"어떻게 가르칠지는 생각해 봤어?"

"기초부터 차근차근 지도할 생각이야. 입문이 늦긴 하지만 기초가 부실하면 안 되니까."

그 말에 형운이 뭔가 할 말이 많다는 표정을 지었다. 천유하가 고개를 갸웃했다.

"왜 그래?"

"아니, 이런 말 하기는 그렇지만… 너랑 그 아이들의 '기초부터 차근차근'은 상당히 의미가 다르지 않을까?"

참고로 은수의 동생 은우도 일야문의 제자가 되기로 결정한 상태였다.

천유하가 잠시 형운을 바라보다가 웃음을 터뜨렸다.

"하하. 뭘 걱정하는지는 알겠지만, 괜찮아."

"…정말 이해한 거냐?"

"정말 괜찮아. 그렇게 말하는 걸 보니 왠지 영성님께서 너를 가르칠 때의 상황이 상상되는데……."

그 말에 형운은 괜히 옛 추억이 생각나서 얼굴을 붉혔다. 제자 생활 초기에 귀혁이 형운을 가르치면서 자신과 기준이 다른 부분 때문에 어이없어했던 부분들이 얼마나 많았던지…….

천유하가 말을 이었다.

"나는 사문에서 지내면서 사부님께 배우기만 한 게 아니라 사범 노릇도 했었어. 어린 사제들을 기초부터 지도한 경험이 있지. 그러니까 그 부분은 정말 괜찮아."

"그렇군. 하긴 사부님께서도 나를 지도하실 때 명문의 지도법들을 참고하셨다고 했으니……."

"네가 걱정하는 일은 그때 이미 겪어본 일들이야. 처음에 그일을 맡았을 때는 불만이 가득했지만, 시간이 지난 후에는 내게 그런 경험을 주신 사부님께 감사하게 되었지."

천유하도 과거를 떠올리며 웃었다.

그렇게 일야문의 재건이 시작되었다.

2

형운이 총단으로 복귀하자 귀혁은 참 묘한 것을 다 본다는 표정을 지었다.

"마음을 다잡은 것 같으니 다행이구나. 방황을 끝낸 기념으로 백마를 잡고 오다니, 뭐라고 해야 할지 모르겠군."

지금까지 숱한 고난과 역경을 겪으면서도 흔들리지 않았던 제자가 그의 입장에서는 이해하기 어려운 이유로 방황하기 시작하더니, 얼마 되지도 않아서 마음을 다잡은 김에 전설적인 악명을 떨치던 백마를 때려잡고 왔다. 누구에게 말해도 황당해할 만한 이야기 아닐까?

형운이 멋쩍어했다.

"어쩌다 보니 일이 그렇게 되었습니다."

"백마 그놈은 그렇게 미꾸라지처럼 잘 도망가더니 결국 네게 발목을 잡힐 줄은 몰랐다. 내가 못 한 일을 네가 해냈구나."

"저 혼자였다면 놓쳤겠죠. 유하가 있었으니까 잡은 겁니다."

"이번 일로 최소한 우리 하운국에서는 유성검룡 역시 일존구객의 공백을 메울 만한 경쟁자로 이야기되기 시작하겠지."

천하를 대표하는 협객 열 명의 이름은 이제 더 이상 이존팔객으로 불리지 않는다. 이현의 사망이 공식적으로 발표되면서 일존구객이라 불리지만 두 자리는 여전히 공석으로 남아 있었다.

형운이 팔객으로 인정받기까지 그랬듯이 지금도 두 개의 공석을 차지할 후보로 여러 협객들이 거론되고 있었다. 하지만 형운처럼 누구나 인정할 수밖에 없는 압도적인 공적을 세우지 않는 한, 그 두 자리가 누구나 인정하는 이름으로 확정되기까지는 적어도 몇 년의 시간을 필요로 하리라.

"삼국의 군부에서도 이때다 하면서 자기들의 인재를 밀어붙여 보는 모양인데, 과연 결과가 어떻게 될지 궁금하긴 하구나."

"황실의 인물이 되는 것이야 상관없지만 부디 예전의 백리 장군 같은 사람만 아니었으면 좋겠군요."

"그 점은 나도 백번 동감이다. 어쨌거나 네가 복귀했으니 이 장로님께서 좋아하시겠구나."

"그렇지 않아도 오늘 찾아뵐 생각이었습니다. 연진이한테 들으니 천공지체 연구가 4단계로 들어간다고 하더군요."

"흥미로운 특질이 발현되었지. 연구원들도 1년 만에 이 정도로 가시적인 성과가 나온 것에 고무되어 있더구나."

"제 경우를 생각하면 앞으로 몇 년 안에 완성 사례가 나와도 이상하지 않지요. 개인적으로는 연진이가 되었으면 좋겠습니다."

실제로 강연진은 천공지체 연구에서 가장 높은 평가 점수를 받고 있는 피험자였으며, 그렇게 되기까지 형운의 적극적인 지원이 큰 역할을 했다.

"아, 그러고 보니……."

문득 귀혁이 생각났다는 듯 말했다.

"네가 없는 동안 우전이가 총단을 떠났다."

"음? 아직 총단에 있었나요?"

형운이 놀랐다.

귀혁은 두 달 전에 양우전을 총단으로 불러들였다. 그때 형운은 절묘하게 황실로 향하는 임무에 차출되어서 양우전을 보지 못했고, 그 직후 낙성산에서 결전을 벌였기 때문에 그에 대해서는 까맣게 잊고 있었다.

하지만 그렇다고 해도 총단에 머무르고 있었는데도 행적이 형운에게 알려지지 않았다니 놀랍다. 그만큼 형운에게 행적을 감추기 위해서 노력했단 뜻 아닌가?

귀혁이 고개를 끄덕였다.

"외부에는 철저하게 비밀로 움직였다. 운 장로가 정말 신경을 쓰고 있더군. 원래 호 장로의 연구에 참가하는 것이 명목이었는데… 너도 알다시피 호 장로가 얼마 전에 쓰러졌지."

별의 수호자의 장로들은 전부 고령이다. 아무리 좋은 환경에서 몸에 좋은 것들을 먹고, 의원과 약사, 기공사 등의 전문가들에게 건강관리를 받는다고 해도 언제 건강에 문제가 생길지 알 수 없었다.

이 장로와 운 장로는 고령에도 불구하고 정력적으로 활동하지만 이 둘은 장로들 중에서도 상당히 예외적인 경우다. 둘은 젊은 시절부터 무공까지 연마해 가면서 건강관리를 철저하게 해왔다.

"새삼 실감한 바지만 무공은 무인이 아닌 사람이 익히면 정말 장생에 도움이 되는 기술이다."

귀혁이 쓴웃음을 지었다.

무인들은 아주 먼 미래까지 건강하게 장수할 것을 위해 무공을 익히는 것이 아니다. 더 높은 경지에 오르기 위해서 몸을 혹사하며 기술을 연마하고, 실전을 치르는 동안 부상을 입게 된다. 이렇게 살다 보면 몸이 아무리 강건해도 나이를 먹는 동안 속에는 골병이 들 수밖에 없다.

그러나 무인이 아닌 사람이 무공을 익히면 건강과 장수에 도움이 된다. 기술 연마를 위해 몸을 학대하지도, 실전을 거치면서 몸이 망가지지도 않았으니까. 별의 수호자의 기공사들의 평균수명이 무인들보다 훨씬 높은 것만 봐도 알 수 있었다.

"어쨌든 그런 이유로 우전이가 참가하는 연구의 총괄 권한이 다른 사람에게 넘어갔다. 원세윤을 알고 있느냐?"

"차기 장로 후보 중 한 분으로 알고 있어요."

"이번 일로 확정되었다고 봐도 될 게다. 세 번째 여성 장로가 되겠지. 이게 어떤 의미인지 알겠지?"

"운 장로님의 영향력에는 여전히 흔들림이 없다는 뜻이지요."

원세윤, 아마 앞으로는 원 장로로 불릴 연단술사는 운 장로에게 전폭적인 지원을 받으며 성장해 온 여성이었다.

"원래 운벽성 지부 쪽에서 진행 중인 연구였지만, 원세윤이 장로에 취임한다면 총단으로 옮겨올 가능성이 크다. 아마 그때쯤에는 실체를 드러내게 되겠지."

"하지만 이 시기에 운벽성으로 간다는 건… 내년 신년 비무회는 포기한다는 거군요."

시기는 벌써 11월 중순이었다. 이 시점에서 굳이 운벽성으로 간다면 도저히 시기에 맞춰서 돌아올 수 없다.

"그렇겠지."

"도대체 무슨 연구이기에 그렇게 꽁꽁 감추는지……."

"정보를 모으고는 있지만 보안이 아주 철저하다. 아직까지는 규모가 작은 데다 여러 가지 연구를 운벽성 지부에 모아두고 진행하고 있다 보니 뭐가 진짜인지도 알 수 없구나."

"저한테 안 보이려고 한다는 점이 걸리는군요."

운 장로는 일월성신의 능력에 대해서 다 알지 못한다. 형운은 지금까지 장로회에서 요구하는 대로 여러 연구에 응했지만 그것으로 알아낼 수 있는 것은 형운 자신조차 알 수 없는 학문적인 영역이지 감각적인 특질들이 아니다.

그런데도 그는 귀혁에게만 양우전을 보여주고 형운과 마주치지 못하게 감췄다. 여기에는 어떤 의도가 있는 것일까?

"일월성신의 눈에 대해서 알아서가 아니라면 역시 연구를 통해서 밝혀진 네 특질 중에서 걸리는 게 있는 것이겠지. 일월성신과 유사한 무언가를 재현하려고 하는지도 모르겠구나."

"흠……."

형운은 석연치 않았지만 지금으로서는 의문을 해소할 방법이 없었다.

그래서 다른 중요한 문제를 이야기하기로 했다.

"사부님, 그러고 보니 여쭤볼 것이 있습니다."

"무엇이냐?"

"성운을 먹는 자에 대해서요."

3

형운이 불쑥 꺼낸 화제를 귀혁은 그럴 줄 알았다는 듯 담담한 태도로 받았다.

"오랜만에 그 주제로 질문을 받는구나. 왜 이제까지 미루었나 했다."

낙성산에서 형운과 귀혁은 이현에 의해서 성운단의 실체를 접했다. 형운 입장에서는 당연히 귀혁에게 그에 대해서 물어올 만했는데 이제야 질문을 하는 쪽이 더 의아했다.

"생각이 정리가 안 되었거든요. 제가 머리가 좀 복잡하기도 했고……."

"네가 방황하느라 바빴으니 이해한다."

"으……."

형운이 얼굴을 붉혔다. '방황했다'는 소리를 면전에서 들으니 대단히 부끄러웠다.

"어, 어쨌든 마존께서 그때 단서를 주셨거든요."

"무엇을 말씀해 주셨느냐?"

"낙성산에서 저도, 사부님도 성혼단을 봤죠. 아마 사부님께서는 그 전부터 실체를 접하신 적이 있겠지요?"

그 물음에 귀혁이 고개를 끄덕였다.

"예전에 성혼좌에서 접해본 적이 있다."

"저는 그걸 봤을 때, 이걸 사람의 몸에 품는다는 것이 말이 되는 소리인가 싶었어요."

인간의 육신은 기를 담는 그릇으로는 그리 성능이 좋지 않은 편이다.

일월성신을 완성한 형운조차도 몸 안에 담을 수 있는 기의 총량만 따지면 대영수나 대요괴보다 훨씬 못하다. 다만 기심법을 통해서 그들 이상의 출력과 진기 운용이 가능할 뿐이다.

그런데 과연 성운단을 담는 것이 가능할까? 아무리 봐도 인간보다는 다른, 거대한 그릇을 만들어낼 궁리를 하는 편이 현실적으로 보인다.

"하지만 마존께서 알려주신 바에 따르면, 애당초 성혼단을 담을 그릇은 세계를 이해하고 어떻게 변혁시킬지 상상할 수 있는 지성과 의지가 있어야만 의미가 있더군요."

사실 반드시 인간일 필요는 없다. 영수여도, 마수여도, 요괴여도 될 것이다.

그럼에도 인간을 그릇으로 만들고자 하는 것은 일단 인간 외의 존재들은 기질의 편향이 너무 심하기 때문이다. 그리고 인간의 문명은 어디까지나 인간을 기반으로 한 것이라 영수를 연구해서 결과를 뽑아내는 것 자체가 어렵다는 문제도 있었다.

"그렇다면 '대체 인간이 어떻게 성운단을 담을 수 있는가'를 생각해 보니 애당초 성존께서 추구하는 숙원이라는 것이 그게 아니더라고요? 그분은 성운단을 보관해 놓을 그릇을 바라는 게 아니시죠."

"그래. 성운단을 만들어낸 의미가 증명되기를 바라고 있지. 그러니 성운을 먹는 자란 바로……."

성운단을 자신의 육신에 품어, 그 안에 내포된 삼라만상의 힘으로 세상을 변혁시킬 수 있는 존재다.

"성운을 먹는 자는 완성의 순간만큼은 삼라만상의 운명을 좌우할 수 있는 존재가 될 것이다."

성운을 먹는 자가 성혼단을 품는 순간, 세상은 그를 중심으로 돌아갈 것이다.

태곳적부터 지상을 굽어본 하늘도, 모든 생명이 발 딛고 살아가는 대지도, 끊임없이 불어오는 바람도, 영겁의 세월 동안 담담하게 뜨고 지기를 반복해 온 해와 달도, 하늘의 별들마저도 그의 결단을 구하는 존재가 될 것이다.

"즉 성운을 먹는 자는 성운단을 통째로 집어삼키는 자가 아니다. 성운단의 힘을 세상과 융화시킬 수 있는 통로가 되어, 미래를 결정할 수 있는 자를 말한다."

"그건 어쩌면……."

형운이 머뭇거리며 말했다.

"…진정한 의미에서 신이라고 불러야 할 존재인지도 모르겠군요."

"그렇겠지."

귀혁은 부정하지 않았다.

억조창생의 운명이 한 인간의 손에 쥐어지는 것이다. 그 인간이 바란다면 인류의 존재를 지우는 것도 가능하리라.

"무서운 일이군요. 고작 한 인간이 마음먹기에 따라서 모든 게 결정된다니……."

"슬픈 일이지."

고개를 끄덕인 귀혁이 말을 이었다.

"사실 그런 것은 없는 편이 좋을 것이다. 자기가 알지도 못하고 관여할 수도 없는 곳에서 자신의 운명이 결정된다니, 사람들은 그런 일을 두고 천재지변이나 자연재해라고 할 것이다. 성운을 먹는 자는, 우리가 만들어내려고 하는 것이 바로 그렇다."

"그런데도 포기하시지 않는군요."

"멈출 수 없기 때문이다. 우리가 하지 않으면 다른 누군가가, 하필이면 세상을 한번 멸망시킬 뻔했던 성존이 하겠지. 재해를 막기 위해 또 다른 재해를 만든다는 모순이 있더라도, 우리는 올바른 선택을 할 수 있다는 믿음을 갖고 나아가는 수밖에 없다."

성존이 주는 것으로 부흥한 자들 중 누군가는 그에 대해서 책임을 져야 한다.

성운을 먹는 자 일맥은 그런 사명감을 품고 있었다.

귀혁이 부드럽게 웃었다.

"만약 내 생전에 그 숙원이 이루어진다면 그 결과물은 바로 너겠지. 나는 그때 네가 어떤 선택을 할지 기대하고 있단다. 이참에 한번 물어보마. 네게 새로운 세상의 신이 될 힘이 주어진다면 어떻게 하겠느냐?"

"그런 주제로 질문하시는 것치고는 너무 가볍게 말씀하시는 것 같은데요."

"망상은, 설령 먼 미래에 실현될 가능성이 있다고 해도 이 단계에서는 그저 망상이다. 망상에 진지하게 몰입하다 보면 마교도 같은 광신의 늪에 빠진단다."

"아니, 그렇다고 그걸 망상이라고 잘라 말씀하셔도 좀⋯⋯."

형운의 표정을 본 귀혁이 껄껄 웃고는 말했다.

"나는 예전에 스승님과 그에 대해서 질리도록 토론한 적이 있다. 주제는 지금 네게 던진 질문과 같았고."

"성운을 먹는 자가 완성된다면 어떤 세상을 만들 것인가, 인가요?"

"비슷하단다. 이런 주제로 상상해 보는 것은 중요하다. 평소에 별생각 없다가 막상 그 순간에 닥쳐온다면 자기가 바라는 세상의 형태를 제대로 구현할 수 있을 것 같으냐?"

"음……."

형운은 잠시 고민하다가 대답했다.

"무리겠죠. 무의식에 깔려 있던 정리되지 않은 생각이 마구 튀어나오지 않을까요?"

"그렇겠지. 그리고 그것은 이 세상에 끔찍한 혼돈을 선물할 수도 있다. 그러니 이것은 유희인 동시에 재앙에 대비하는 자세이기도 한 것이다."

"과연."

형운은 고민했다.

세상의 형상을 자신의 뜻대로 바꿀 수 있는 신적인 권능을 손에 넣는다면 어떻게 할 것인가?

이상적인 대답은 쉽게 떠오른다. 모두가 기회를 얻을 수 있는 세상, 올바름이 긍정될 수 있는 세상, 힘없는 자가 억울하게 핍박받지 않는 세상…….

하지만 그것은 구체적이지 않은, 추상적인 요약에 불과하다. 현실과 맞닿은 이상을 구체화하는 것은 어려운 일이다. 역사상 헤아릴 수도 없을 정도로 많은 이들이 자신의 이상을 현실화하기 위해 치열하게 싸운 결과, 세상은 아직도 부조리로 가득 차

있지 않았던가.

설령 신적인 권능을 가진다고 해도 마찬가지일 것이다. 인간의 의지로 그 힘을 휘두른다는 것은 인간이 상상할 수 있는 틀을 벗어날 수 없다는 뜻이니까.

막연히 이렇게 됐으면 좋겠다는 정도로는 안 된다. 어떻게 하면 그런 세상이 될 수 있을지, 세부적인 부분까지 명쾌하게 대답할 수 있어야 할 것이다.

"…정말로 어려운 문제로군요."

그 사실을 실감한 형운이 한숨을 쉬었다.

하긴 충분한 권력을 등에 업고 조직 하나를 꾸리려고 해도 수많은 문제에 부딪친다. 그런데 인간 한 명의 머리로 세상 전부를 재편한다는 것이 과연 가능한 일일까?

귀혁이 말했다.

"그런데 세상에는 그런 대답을 갖고 있는 이들이 있다."

"누구죠?"

"흑영신교와 광세천교다."

"……."

"적어도 놈들은 자신들이 이상적이라고 여기는 세상이 어떤 곳인지, 세부적인 부분까지 아주 꼼꼼하게 상상해서 정립해 두었다. 네가 낙성산에서 본 세상이 그러하지 않더냐?"

형운이 신음했다. 과연 그랬다. 그 세상에 대한 자신의 감상과는 상관없이, 그들이 이루고자 하는 세상을 정교하게 상상해 놓았다는 사실에는 의심의 여지가 없었다.

"그들만이 아니라 종교 집단에서, 주로 사교 집단에서 상상하는 낙원들은 상당히 성향이 극단적이지. 인간이 겪는 불행과 고통을 없애기 위해서 인간성 자체를 부정하는 암흑향(暗黑鄕)을 만들고자 하는 것이다. 인간은 애당초 글러먹은 존재니까 인간이 이루는 모든 것이 가치 없는, 그저 신이 지배하는 세상을 유지하는 부품으로서만 존재하는 세상이 옳다고."

"확실히 그랬죠."

"물론 너는 거기에 공감하지 않겠지. 하지만 너 역시 그들만큼이나 꼼꼼한 답을 준비할 노력은 하는 편이 좋을 것이다."

귀혁의 이 조언은 형운이 잊을 수 없는 주제가 되었다.

4

형운이 복귀하자 척마대 운영은 완전히 정상화되었다.

척마대는 이번 일을 계기로 서류 업무를 보조하는 인원을 증원하고, 부대주를 더 늘리는 방안을 추진했다.

신설한 견습생 제도는 몇 가지 가벼운 사건 사고를 기록하면서 점점 규모를 키워가고 있었다. 현재 규모는 스무 명 정도였다.

형운의 호위단도 여섯 명으로 늘었고, 한 달 정도의 적응 기간을 거치자 별문제 없이 돌아갔다. 형운은 짬을 내어 호위단원들의 훈련을 봐주거나 새로운 무공 열람권을 확보해 주는 등 신경을 썼다.

그러는 동안 천공지체 연구가 4단계로 접어들었고, 강연진과 오연서를 포함한 22명만이 후보로 남았다.

그리고 한 해가 끝나고 또 새로운 한 해가 왔다.

총단 사람들에게는 익숙한 축제, 신년 비무회가 있는 시기였다.

관객석에 나란히 앉은 채 형운이 서하령에게 물었다.

"오 소저를 좀 신경 써줬다면서? 좀 성과가 있었어?"

오연서는 천공지체 연구에 참여하느라 벌써 1년 넘게 총단에 머물렀다. 하지만 화성 하성지가 그녀와 함께 머문 시간은 채 반년도 안 되었는데, 아무래도 위진국 본단을 계속 비워둘 수 없으니 어쩔 수 없는 노릇이었다.

스승에게서 떨어진 그녀가 천공지체 연구를 제외하고 가장 많은 시간을 보낸 곳은 음공원과 척마대였다.

서하령이 말했다.

"강연진도, 양우전도 안 나오니 올해는 무난하게 우승을 차지하지 않을까?"

작년 우승자였던 강연진은 올해는 불참했다.

이 사실을 알게 된 오연서는 분개했다.

'도망치는 건가요? 한번 이겼으니까 됐다 이거예요?'

그녀는 강연진에게 설욕하기 위해 한 해 동안 절치부심 노력해 왔으니 분통이 터질 수밖에 없었다.

강연진의 대답은 실로 교과서적이었다.

'신년 비무회는 최강의 무인을 가리는 장소가 아니야. 기회를 얻을 수 있는 장소지. 난 영성의 제자라는 배경도 있고, 작년에 우승함으로써 충분히 그 기회를 얻었어. 내가 또다시 나가서 너와 우승을 다툰다 한들 가진 놈이 없는 사람의 기회를 빼앗는 짓일 뿐.'

오연서의 말문을 막아버리기에 충분한 한마디였다. 그녀가 여기에 대고 반박하자니 정말 나쁜 사람이 될 것 같아서, 그러면서도 너무 분해서 씩씩거리자 강연진은 한숨을 쉬며 덧붙였다.

'그렇게 나와 결판을 내고 싶다면, 우승하고 온다면 얼마든지 상대해 줄게.'

참고로 형운은 이 대련, 아니, 비무가 성사될 경우 참관인 역할을 맡아주기로 했다.
형운이 말했다.
"상당히 높이 평가하네?"
"그만한 실력을 키웠다고 봐. 대진 운이 문제이긴 하지만 이번에 참가한 네 사제들은 상대가 못 될걸."
"걔들도 꽤 실력이 좋아졌어."
"나도 알아. 훈련을 도와준 적도 있는걸. 하지만 그래도 강연진 빼고는 안 돼. 실력 차이가 꽤 벌어졌어."
서하령은 단언했다. 그러고는 피식 웃었다.
"하지만 세상 앞날은 역시 알 수 없네."
강연진의 현재 입지는 사람들의 예상을 크게 벗어났다. 자질만은 인정받았다지만 배경도 볼품없고 출발도 남들보다 훨씬 늦었던 강연진이 채 10년도 안 되어서 제자단 최강으로 불리게 될 줄은 누구도 몰랐다.

"그래도 너만큼은 아니지만."

물론 형운에 비할 바는 아니다. 강연진의 성장은 나이를 고려하면 놀라울 정도로 뛰어나지만 아직까지는 형운이나 성운의 기재들처럼 상식을 초월하는 영역에 이르지는 못했다.

그녀가 말을 이었다.

"그래서 궁금해. 과연 천공지체가 완성되면 어떻게 될지. 네가 일월성신을 완성했을 때처럼 비정상적인 속도로 성장할지, 아니면 예상 가능한 뛰어남에 머무를지."

"흠……."

"왜?"

서하령이 의아해했다. 형운은 참 묘한 표정을 짓고 있었던 것이다.

"아니, 아무것도 아니야."

"뭔가 짐작 가는 게 있는가 보네."

"딱히……."

"말하기 어려운 내용이면 묻어둬."

서하령은 그렇게 말하고는 더 흥미를 보이지 않았다.

형운은 쓴웃음을 지으며 생각했다.

'내가 생각하는 답이 맞는지, 확인은 해봐야겠지.'

천공지체는 연구가 4단계에 접어든 지금까지도 아직 아무도 완성품을 구체화하지 못하고 있었다. 이제야 천공지체의 특질이 발현되면서 조금씩 윤곽을 잡아가는 단계다.

하지만 형운은 자신은 완성품이 무엇인지, 그 답을 알고 있다고 확신했다.

5

서하령의 예상대로 신년 비무회 청년부에서는 오연서가 우승했다. 결승전에서는 작년에 강연진에게 패배했던 성운검대의 양미준이 분전했지만 누가 봐도 명확한 형태로 결판이 나버렸다.

그리고 며칠 후, 형운은 이 장로를 만나기 위해 성도의 탑에 방문했다.

"천공단을 접해보고 싶다고?"

이 장로가 놀라서 묻자 형운이 고개를 끄덕였다.

"네."

"괜찮겠나? 언젠가는 거쳐야 할 문제이긴 하지만……."

지금 천공지체 연구의 중심이 되는 천공단은 기존의 천공단이 아니라 성존이 개량한 것이다. 이것은 귀력과 이 장로가 황실을 끌어들여 가면서 연구했던 것보다 훨씬 규모가 작고 안정되어 있지만 기운의 순수함이나 밀도 면에서는 더 향상되었다.

즉 인간이 취하고자 시도하다가 오히려 천공단에 잡아먹힐 위험성이 증가했다는 뜻이다.

"말씀하신 대로 언젠가는 거쳐야 할 일이죠. 저도 큰 위험을 감수하고 싶지는 않습니다. 일단은 접촉이라도 해봐야 어떻게 할지 실마리를 잡지 않겠습니까?"

형운은 천공지체 연구에 막대한 공헌을 하고 있다. 연구원 모두가 그가 협력하지 않았다면 천공지체 연구의 진도가 지금보다 훨씬 늦었을 거라고 인정할 정도였다.

연구에는 특수한 시설과 술법, 그리고 기공사들이 필요했다. 시설로 천공단의 기운을 안정화시켜서 추출한 후, 기물과 기환진을 통해서 잡아둔 기운을 기공사들이 제어해서 후보자들에게 주입하고 반응을 보는 식이다.

형운은 이 과정을 그 누구보다도 최적화해서 해낼 수 있었다. 그가 시간을 내서 실험에 협력할 때마다 2주 치 진도를 한 번에 뺄 수 있을 정도였다.

게다가 지난 세월 동안 형운의 협력으로 일월성신에 대해 연구해 온 성과가 천공지체 연구의 기반이 되어주기도 했으니, 사실상 형운 없이는 이 연구가 성립할 수도 없었다고 해야 하리라.

하지만 그런 형운도 지금까지 천공단과 직접 접촉한 일은 없다. 위험성이 크다고 보았기 때문에 연구가 좀 더 결정적인 국면으로 접어들 때까지 보류하고 있었다.

형운이 말했다.

"4차 후보들의 능력을 보니 걸리는 점이 있어서요."

"걸리는 점이라면?"

"막연한 느낌에 불과해서 뭐라고 말씀드리기가 어렵군요. 하지만 제가 확인해 둘 필요가 있는 문제라고 봅니다."

"흠. 알겠네. 준비시키지. 며칠 안으로 일정을 잡아서 연락

주겠네."

이 장로는 형운의 요청을 받아들였다.

굳이 일정을 며칠 후로 잡은 것은 형운이 천공단을 접하는 것으로 끝나는 문제가 아니었기 때문이다. 만약을 대비해서 기공사와 기환술사 인력 수십 명을 대기시킬 필요가 있었고, 그만한 인원을 한자리에 모으려면 시간이 필요했다.

그러나 그 일정이 잡히기 전에 뜻밖의 사건이 터졌다. 총단의 모든 연구 활동이 잠시 정지될 정도로 파문이 큰 사건이었다.

"호 장로님이 돌아가셨다고?"

건강이 악화된 호 장로가 사망한 것이다.

6

호 장로의 장례식은 성대하게 치러졌다.

친족들은 물론이고 그의 제자들이나 그의 영향하에 있는 인물들, 심지어 정치적으로는 적대 관계에 있는 자들까지 방문해서 장례식장이 인산인해를 이루었다.

형운 역시 흑의를 입고 장례식장에 방문해서 예를 표했다. 생전에는 호의를 품지도 않았고, 서로 반목하는 입장이었지만 이곳에서는 그런 감정을 지웠다. 아니, 굳이 지우려 노력하지 않아도 신기할 정도로 그런 마음이 들지 않았다.

"억지로 왔다는 얼굴은 아니군."

고인에게 예를 표하고 나오는데 잘 아는 목소리가 들려왔다.

운 장로였다. 곁에 일행을 여럿 대동하고 있었는데 풍성과 정무격, 오량, 그리고 지성 위지혁 같은 거물들도 있었다.

형운이 못마땅한 기색을 드러내며 물었다.

"무슨 말씀을 하고 싶으신 건지 모르겠군요."

"그저 의외였을 뿐이라네."

담담하게 대답하는 운 장로의 눈에는 아련한 기색이 어려 있었다.

하긴 호 장로는 오랫동안 그와 함께해 온 학문적, 정치적 동반자였다. 연배도 비슷했으니만큼 그가 느끼는 감정은 젊은 형운은 상상하기 어려운 것이리라.

"당연히 어쩔 수 없이 오긴 왔는데 참 싫다는 기색일 줄 알았지. 하지만 생각해 보니 자네는 어린 시절부터 속을 알 수 없었으니 이런 말이 의미가 없겠군."

"글쎄요. 저는……."

형운은 잠시 생각했다.

운 장로는 대충 형운의 표정을 보고 아무렇게나 한마디 던진 것이리라. 그러나 그의 말이 맞았다. 형운은 굳이 고인에 대한 예의를 차리려는 게 아니라 이 자리에 오는 것이 싫거나 짜증스럽지 않았다.

그래서일까. 형운은 상대가 운 장로라도 솔직한 심정을 이야기하고 싶었다.

"제게 있어서 장로님들은 그 자리에 계신 게 당연한 존재였습니다."

별의 수호자의 모든 직위가 그러하듯 장로들도 시간이 지나면 자리에서 물러나고 새로운 인물이 그 자리를 채운다. 그러나 형운이 별의 수호자에 들어온 후로 장로가 바뀐 일은 한 번도 없었다.

오성과는 경우가 달랐다. 형운이 어릴 때부터 지성이 몇 번이나 바뀐 일이 있었기 때문이다.

당연한 듯 바뀌어가는 수많은 것들 중에서, 오랫동안 변하지 않고 그대로였던 것들이 바뀌었다. 그 사실이 형운에게 묘한 감흥을 느끼게 했다.

형운이 그런 심정을 토로하자 운 장로가 자기도 모르게 웃었다.

"허허, 젊군. 역시… 젊어."

나이를 먹어간다는 것은 형운이 지금 느끼고 있는 감상을 몇 번이나 경험해 가면서, 점차 그것을 당연시하게 된다는 것이리라.

"그렇게 말할 수 있는 자네가 조금은 부럽군."

운 장로는 그렇게 말하고는 몸을 돌렸다.

그의 일행들도 그 뒤를 따랐지만, 한 사람만은 그 자리에 남아서 형운과 마주했다.

"새삼스러운 질문이겠지만……."

키가 형운보다도 손가락 하나 정도 큰 장신의 중년 사내, 지성 위지혁이었다.

"자네는 운 장로님이 싫은가?"

"정말 새삼스러운 질문이군요. 잘 아시면서 굳이 물으시는 저의를 잘 모르겠습니다."

"흠. 잠시 걷지 않겠나?"

형운은 그의 심중을 알 수 없어서 의아했지만 곧 고개를 끄덕였다. 자신을 보는 위지혁의 시선에는 호의가 담겨 있었기 때문이다.

두 사람은 장례식장을 벗어나서 걸었다. 한참 동안 말없이 걷기만 하던 위지혁은 인적이 없는 산책로에 들어서자 입을 열었다.

"질문을 바꾸지. 자네는 왜 운 장로님을 싫어하나? 서로 반대 파벌이라는 이유 말고 개인적으로 말이지."

"개인적인 이유라면, 별로 말씀드릴 이유가 없는 것 같습니다만."

"하긴 그렇군. 실례했네. 우리가 친밀하게 이야기를 주고받을 사이가 아닌데도 그런 질문을 했으니. 하지만 솔직히 말하건대 난 입장을 떠나서 자네가 싫지 않다네. 굳이 지난번 일이 아니더라도 말일세."

"저 역시 그렇습니다. 하지만 우리의 관계는 그런 것을 떠난 문제지요."

"그렇지. 내가 자네에게 새삼스러운 질문을 던진 것은 그래서였다네."

위지혁이 잠시 생각하다가 말을 이었다.

"잘 알려졌다시피 나는 비참한 실패자였고, 그분 덕분에 기회를 얻어서 재기할 수 있었지. 하지만 그분께 호의를 가진 것은 그저 은혜를 입어서만은 아닐세. 그분이 품은 뜻에 공감하기 때문이지."

"인재육성계획이 옳다고 생각하십니까?"

담담하던 형운의 목소리에 냉기가 깃들었다.

위지혁이 형운을 바라보았다.

"자네가 속한 파벌이 인재육성계획을 부정하고 반대한다는 것을 잘 알고 있네. 하지만 그저 이상만으로는 조직이 굴러가지 않지. 국가에 가까울 정도로 거대한 별의 수호자라는 조직을, 온갖 사업체를 관리하고 지켜내기 위해서는 합리적인 체계가 필요해. 끊임없이 인재를 육성하고, 그들에게 기회를 제공할 수 있는 체계가 없다면 그 조직은 결국 파탄날 수밖에 없지 않겠는가?"

위지혁 역시 그 체계 덕분에 비참하게 조락한 후에도 재기할 수 있었다.

"운 장로님께서는 거기에 대해서 명쾌한 의지를 갖고 있으시지. 이번에 호 장로님의 뒤를 이을 원 연단사만 봐도 그렇네. 운 장로님이 확립한 인재육성계획과 그 후의 육성 과정, 평점 제도가 있었기에 그 자리에 오를 수 있었지. 부모도 없고, 그럴싸한 배경도 없고, 여성이라는 이유로 차별받은 적도 있었지만 인재육성계획의 객관적인 평가 제도 덕분에 기회를 얻고 성공할 수 있었단 말일세. 흑검대는 또 어떤가? 오히려 장로님이야말로 실패자들에게도 기회를 주기 위해 노력하시는 분이지."

그가 말하는 것들은 분명 사실이었다. 적어도 젊은이들에게 기회를 제공한다는 점에 대해서는 운 장로는 이 장로보다도 훨씬 많은 성과를 거두었다. 이 장로가 자신의 연구에 집중하며 눈에 띄는 이들을 지원하는 정도인 데 비해 운 장로는 꾸준히 인재육성계획에 속한 이들에게 능력을 발휘할 기회를 제공했으니까.

그러나 형운은 냉소했다.

"그건 어디까지나 운 장로님의 사상에 찬동하는 이들에 해당하는 이야기겠죠. 그렇지 않은 사람은 아무리 능력이 좋아도 내칠 거고요. 안 그렇습니까?"

"흠……."

"당신들의 입맛에 맞는 말을 하고, 흡족한 행동을 하는 사람들만을 남기겠죠."

"하지만 그건 어디나 그렇지 않은가? 자네는 사상적으로, 성격적으로 자네와 맞지 않는 사람을 곁에 두는가?"

"척마대 부대주 중에 누가 있는지 잊으셨습니까?"

"……."

형운은 운 장로가 천거한 호용아와 흑검대원들을 척마대에 받아들였다.

"인재육성계획의 수혜를 받는 이들은, 처음부터 혈연과 인맥이라는 채에 걸러진 사람들입니다. 애당초 거기에 선택받지 못한 사람들은 자신의 재능이 무엇인지조차 모르고 살아가야 하지요. 능력을 발휘할 기회는커녕 적성을 발견할 기회조차 쉽게 얻을 수 없습니다."

분명 인재육성계획은 합리적인 체계일지도 모른다. 이 시대는 사람을 쓰는 것에 인맥과 평판을 가장 중시했고, 인재육성계획은 그 틀 안에서 개개인의 능력을 평가하여 기회를 부여하는 합리성을 만들어냈으니까.

"그 체계가 완전하지 못한 이상, 누군가는 체계 밖에서 투쟁해야 합니다. 체계의 불합리성 때문에 내쳐진 사람들에게 기회를 주기 위해서."

형운은 누구보다도 그 사실을 잘 아는 사람이다. 어린 시절, 눈부시게 빛나는 재능 옆에 묻힌 불행을 누구도 봐주지 않았다.

단 한 사람, 귀혁만이 재능의 유무 따위와는 관계없이 형운의 손을 잡아주었다. 그렇기에 지금 형운은 이곳에 있다.

위지혁은 잠시 동안 말없이 형운을 바라보다가 고개를 끄덕였다.

"…그것이 자네의 뜻이로군."

그는 몸을 돌려 그 자리를 떠나며 말했다.

"이야기해 줘서 고마웠네."

대화는 그것으로 끝이었다. 형운은 멀어져 가는 그를 바라보다가 작게 한숨을 쉬고는 그 자리를 떠났다.

7

호 장로의 장례식이 끝났어도 조문객들의 발길은 한동안 계속되었다. 총단 말고도 그의 영향을 받은 이들이 각지에 있었기 때문이다.

각지에서 모여든 조문객 중에는 형운이 잘 아는 사람도 있었다. 바로 양우전이었다.

그는 귀혁에게 소환되어서 대면한 것을 제외하면 지금까지 철저하게 행보를 비밀로 지켜왔지만 이번에는 그럴 수가 없었다. 호 장로는 공식적으로 어린 시절부터 그를 후원해 왔는데, 어디 멀리 임무를 떠난 것도 아니면서 조문조차 오지 않는다면 인간쓰레기 취급을 받을 것이다.

1월 말에 접어들어서야 총단에 도착한 양우전은 복잡한 심경이 드러나는 표정으로 호 장로의 묘에 예를 표했다.

사실 그는 호 장로와 인간적인 교류가 있었던 것도, 그를 존경했던 것도 아니다. 심지어 호 장로가 죽었다고 해서 후원을 걱정해야 할 처지도 아니다.

그럼에도 그는 호 장로의 부고를 들었을 때 충격을 받았다. 그 역시 형운이 느낀 것처럼 자신의 인생에서 죽 변치 않았던, 당연히 그곳에 있어야 할 것이 무너지는 감각을 경험한 것이다.

호 장로의 묘에서 물러나던 그는 앞에서 기다리고 있던 한 사람을 보고는 눈을 부라렸다.

"볼일이라도 있으십니까?"

"오랜만에 얼굴이나 봐둘까 했을 뿐이다. 어쨌든 내 사제인데 슬슬 얼굴을 까먹을 것 같아서."

어깨를 으쓱한 것은 형운이었다.

양우전이 눈을 치켜떴다.

"이제 만족하셨습니까?"

"응. 너도 나랑 화기애애한 시간을 보내고 싶은 생각은 눈곱만큼도 없잖아?"

"……."

"건강한 것 같으니 다행이다. 무슨 일을 하고 있는지는 모르겠지만 성과가 있길 바라지."

형운은 그렇게 말하고는 몸을 돌렸다. 그 뒤에 대고 양우전이 언성을 높였다.

"대사형은 여전히 그런 식이시군요."

"뭐가?"

"언제까지 저를 무시하실 수는 없을 겁니다."

"야."

형운이 기가 막히다는 듯 헛웃음을 지었다.

"너야말로 날 대사형으로 존중한다면 그런 태도는 아니지 않냐? 오랜만에 네 얼굴이나 볼까 하고 찾아온 사형한테 던진 첫마디가 뭐였는지부터 되새겨 봐라."

"......"

그렇게 지적하면 할 말이 없긴 했다.

형운이 시큰둥하게 말했다.

"내가 널 무시하고 있다고 느낀다면, 그래서 뭔가 대단한 사람 보듯이 봐주길 바란다면 네가 그따위 태도를 고치든가 아니면 현실적인 성과를 들고 오든가 둘 중 하나를 해야지."

"놀라게 해드리죠. 반드시."

"기대하지."

형운은 더 상대할 생각 없다는 듯 그 자리를 떠났다. 양우전은 몰랐지만 형운은 이미 목적을 달성한 후였다.

'저런 걸 준비하고 있었군. 그래서 나한테 안 보여주려고 하셨다 이거지?'

형운은 차갑게 웃었다.

양우전을 만나서 그를 일월성신의 눈으로 살피는 것만으로도 충분했다. 운 장로가 왜 그를 자신에게 보여주지 않으려고 했는지.

일월성신의 눈에 대해서 알았기 때문이 아니었다.

'운화에 대한 연구 자료를 기반으로 삼았군. 설마 운화 그 자체가 목표일 것 같지는 않고……'

형운의 운화를 바탕으로 한 연구 계획이기에, 형운과 접촉하면 그 실체를 파악당할 가능성이 있다고 여겨서였던 것이 분명했다.

자신이 얻은 정보를 분석해 본 형운은 한 가지 가설을 얻었다.

'백운지신(白雲之身)인가?'

일월성신, 천공지체와 더불어 이론상으로만 존재했던 전설 속의 신체.

이제 일월성신이 그 반열에서 빠져나와 현실의 일부가 되었고, 천공지체 역시 차근차근 윤곽이 잡혀가는 중이다. 그러니 다른 전설의 신체에 대한 연구가 진행된다 한들 놀랄 일은 아니리라.

그리고 백운지신 연구라면 천공지체 연구에서 나름 성과를 거두고 있던 양우전을 빼낸 것도 납득할 만하다. 양우전 역시 자신의 미래를 걸어볼 만하다고 여겼으리라.

'하지만 설마 운화가 저런 연구의 실마리가 될 줄이야. 역시 운 장로님은 얕볼 수 없어.'

형운은 혀를 찼다.

이것이 운 장로의 무서움이다. 다른 장로들에 비해 월등히 많은 인재들에게 각각의 주제로 연구할 기회를 준다. 그러다 보면 운 장로는 직접 연구에 참여하지 않는데도 이런 대단한 연구 성과가 그를 위한 것이 되고 만다.

'이건 바로 사부님께 말씀드려야겠군.'

양우전이 싸우는 모습을 보지 못했으니 백운지신이 완성도가 어느 정도인지는 모르겠다. 그저 양우전의 몸 안에 운화와 비슷한 특질이 존재한다는 것을 알아냈을 뿐.

이것만으로는 양우전을 통해 구현하려는 백운지신이 어떤 것인지 명확히 알 수가 없다. 형운처럼 운화할 수 있는지, 혹은 다른 방식으로 그 특질을 활용하는지는 훗날 알 기회가 있으리라.

'하지만 어쩌다 이렇게 됐는지 모르겠네.'

형운은 문득 지금 상황이 정말로 흥미롭다고 느꼈다.

일월성신, 천공지체, 그리고 백운지신까지 전설이라고만 여겨졌던 신체들이 당대에 구현되거나, 구현되려고 하고 있다. 그리고 그 대상자로 선택받은 자는 전원 귀혁의 제자였다.

이쯤 되면 귀혁이 제자단을 받아들이면서 형운에게 농담처럼 말했던 목표, 오성 전원을 그의 제자로만 채운다는 계획도 허무맹랑하게 보이지 않을 정도다.

'어쨌거나 우전이 네가 백운지신이 되겠다고 발버둥 치는 걸 막을 수는 없겠지만, 연진이보다 잘되게 놔두긴 싫구나.'

형운은 양우전을 응원할 마음이 없었다. 사형제지간이라는 관계로 묶여 있지만 그에게 호감을 느껴본 적은 단 한 번도 없었으니까.

'생각해 보면 어린 시절에는 다른 오성의 사형제지간을 보면서 어떻게 저렇게 차가울 수 있을까 싶었는데 이제는 나도 똑같군.'

문득 형운은 자신의 현실에 쓸쓸함을 느꼈다.

예전이나 지금이나 그는 살가운 사형제 관계를 동경했다. 어린 시절에 가족을 잃은 그에게 있어서 그것은 가족의 또 다른 형태로 보였기 때문이다.

하지만 현실은 호락호락하지 않았다. 그나마 양우전을 제외한 다른 사제들은 시간이 지나면서 관계가 좋아지긴 했지만 여전히 마음을 터놓고 대할 수 있는 것은 강연진뿐이다.

'나도 참 속 좁은 인간이지. 하지만 어쩌겠어. 마음에 안 드는걸.'

영성의 제자단은 어려서부터 좋은 집안에서 좋은 배경을 두고 자랐고, 인재육성계획 속에서 선택받은 존재라며 칭송받고 자란 소년들이었다. 예외는 강연진 하나뿐이다.

아마도 그래서일 것이다. 그들은 늘 우월감에 젖어 있었다. 자신들이 모든 면에서 다른 사람보다 우월한, 별격의 존재임을 믿어 의심치 않았고 형운은 그런 그들을 도저히 좋아할 수 없었다.

'어쨌거나……'

한숨을 쉰 형운은 총단의 중심에 있는 성도의 탑을 바라보았다.

양우전이 백운지신을 완성했을 때 그를 견제할 방법은 무엇일까?

답은 간단했다.

'연진이를 너보다 빠르게 천공지체로 만들어주지. 어디 천공지체와 백운지신, 어느 쪽이 더 뛰어난지 보자고.'

제112장
천공지체(天空之體) II

성운을 먹는자

1

 2월이 되자 청해용왕 진본해가 별의 수호자 총단을 떠났다. 원래는 좀 더 일찍 떠날 계획이었지만 호 장로의 죽음 때문에 협상이 지연되어서 지금까지 머물렀던 것이다.

 "은퇴하게 되면 한번 놀러 오게. 언제든지 환영할 테니."

 총단에 머무르는 동안 무인으로서 더없이 충실한 시간을 보냈기에 진본해는 이별을 아쉬워했다.

 귀혁이 웃었다.

 "꼭 그러도록 하지."

 떠나는 진본해는 혼자가 아니었다. 지성 위지혁이 이끄는 50여 명의 일행이 함께하고 있었다.

 이곳에 머무르는 동안 진본해는 연락을 책임지는 날짐승 영수들을 통해서 청해용왕대에 연락을 취해놓았다. 거래로 제공하기로 한 물품들을 지닌 일행들이 국경 지대에서 만나서 서로의 물품을 교환하기로 되어 있었다.

"그럼 무운을 빌겠네."

진본해는 그렇게 떠나갔다.

2

형운이 천공단과 접촉하는 일정이 잡힌 것은 2월 말이 다 되어서였다.

척마대주인 형운 입장에서 짧아도 하루, 길면 며칠을 비워야 할지도 모르는 일정을 잡기는 정말 쉽지 않은 일이다. 그리고 이 장로가 필요한 준비를 마치는 데도 시간이 걸렸기에 서로 일정을 조율하다 보니 그렇게 되었다.

"준비되었는가?"

이 장로가 긴장한 표정으로 물었다.

이 장로는 기공사들과 기환술사 100명을 대기시켰다. 형운과의 접촉으로 천공단이 폭주할 경우를 대비해서였다.

너무 요란을 떠는 게 아닌가 싶을 수도 있지만 이 장로만큼 천공단을 잘 아는 인물은 없다. 예전에 구형 천공단 복용 실험을 위해 얼마나 많은 인원이 필요했는지를 생각해 보면 이 대비는 결코 과하지 않았다.

"네, 시작하겠습니다."

형운은 모두가 지켜보는 가운데 천공단이 보관된 시설 안으로 들어갔다.

직경이 20장(약 60미터)에 달하는 반구형 공간이었다. 바닥에 기물들이 요소요소에 배치된 기환진이 신비로운 빛의 문양들을 그려내고 있었고, 그 한가운데 직경이 1장에 달하는 거대한 구체가 있었다.

'이게 천공단이군. 확실히 천명단보다는 일월성단에 가까워.'

천명단은 단약의 형상을 하고 있었다.

하지만 천공단은 일월성단처럼 특정한 성향의 기운 덩어리였다.

그것은 언뜻 보기에는 투명해 보였다. 그러나 잘 보면 뒤쪽이 비치지 않는다는 것을 알 수 있었다.

'거대한 공간을 농축해 놓은 것 같군.'

저것에 접촉하는 순간, 저 안에 존재하는 텅 빈 공간으로 끌려들어 갈 것만 같은 느낌이 들었다.

형운은 심호흡을 하고는 천공단에 다가갔다.

우우우웅……!

가까이 다가가는 것만으로 천공단에 변화가 발생했다. 강렬한 기파가 쏟아져 나온다.

형운은 움찔 놀랐지만 그대로 거리를 좁혀서 표면에다 손을 가져다 대었다.

그리고…….

그를 둘러싸고 있던 세계가 무한한 공간으로 화했다.

'이거군.'

형운은 자신을 둘러싼 세계에 기시감을 느꼈다.

이곳은 무한한 공허다. 하늘도 땅도, 심지어 항상 몸을 구속하던 중력조차도 존재하지 않는다.

빛도 소리도 없기에 형운은 그저 그 한가운데 내던져져 있을 뿐이었다. 발 디딜 곳이 없지만 위아래의 개념이 없으니 추락하는 일도 없다.

그러나 형운은 공허 속에서 빛을 보고 있었다.

'아무것도 없지만 동시에 엄청난 기운으로 이루어졌다.'

일월성신의 눈이 이 공허를 이룬 기운을 본다.

완전한 해방감 속에서 자신이 텅 비는 감각이 엄습해 왔다. 텅 빈 체내에 이 공간을 이루는 기운이 급류처럼 쏟아져 들어왔다가 다시 빠져나가기를 반복한다.

마치 자신이 물을 받아서 저축했다가 내보내는 거대한 수조가 된 기분이다.

자신의 기운이 모두 빠져나갔다가 채워지기를 반복하는 감각은 기묘하고 무서우면서도 황홀했다.

마치 세상 전부를 자기 마음대로 할 수 있을 것 같은 전능감이다.

언제까지고 이 기분 속에 젖어 있고 싶을 정도지만 형운은 애써 냉정함을 찾았다.

'역시 그랬군.'

강연진이 보여준 천공지체의 특질을 보면서 얻은 영감이 이 순간 하나의 심상으로 완성되었다.

'그랬던 거였어……'

그리고 그 심상이 형운을 새로운 영역으로 이끌기 시작했다.

성도의 탑과 그 위에 있는 성혼좌는 별의 수호자 총단은 물론
이고 성해 어디서나 보인다.

그렇기에 거기서 눈에 띄는 변화가 일어난다면 성해의 모든
시민이 보게 된다.

이날, 성해 시민들의 눈길이 성도의 탑에 못 박혔다.

성도의 탑이 빛을 발했다.

그 자체는 신기한 일이 아니다. 성도의 탑은 시설이 가동할
때마다 은은한 빛을 발하고는 했으니까.

하지만 이번에는 규모와 기세가 달랐다. 성도의 탑 상층부에
서 일어난 순백의 빛이 주변을 감싸듯 소용돌이치면서 하늘로
올라가기 시작했다.

당연하지만 그 빛이 도달하는 곳은 성혼좌였다.

우우우우우……!

성해 전체에 공기가 떨리는 소리가 전해졌다.

그리고 다음 순간 일어난 일에 모두가 경악했다.

"맙소사."

총단 한켠에서 그 광경을 본 운 장로가 경악했다.

하늘이 움직이고 있었다.

성혼좌를 감싸고 있던 구름이, 성도의 탑에서 성혼좌까지 이
어진 빛기둥 속으로 빨려 들어간다.

상공에서 어마어마한 기류가 요동치고 있음을 알아볼 수 있

는 광경이었다.

원래 저 정도 기류라면 지상에도 큰 여파를 끼칠 것이다

그러나 성도의 탑과 총단의 결계가 그 영향을 최소화하고 있었다.

그러나…….

'결계까지 저 안으로 빨려 들어간다!'

이 장로가 그렇듯 운 장로 역시 최고의 연단술 권위자가 되기 위해 기환술을 고등한 경지까지 터득했다.

그렇기에 지금 일어나고 있는 무시무시한 현상을 알아볼 수 있었다.

성도의 탑과 성혼좌를 잇는 빛기둥이 주변의 모든 기운을 빨아들인다.

성도의 탑의 시설들을 유지하는 기운도, 각종 술법들과 기환진도, 총단을 감싼 결계까지도 모두!

거기까지 읽어낸 운 장로의 결단은 빨랐다 그는 곧바로 비상 연락망을 가동했다.

"당장 대피령을 내리도록! 그리고 긴급 대응 태세에 들어가야 하네, 최대한 빨리!"

―알겠습니다.

풍성 초후적과 지성 위지혁, 성운검대주 양준열이 급히 움직이기 시작했다.

최악의 사태였다.

별의 수호자는 천재지변으로 결계가 붕괴하는 경우의 대응책을 마련해 두고 있었지만…….

'과연 막을 수 있을까?

지금 일어나는 사태는 너무나도 이질적이다. 결계가 붕괴하는 것이라면 성도의 탑의 시설이 막아줄 것이다. 그러나 지금은 모든 기운이 한곳으로 빨려 들어가고 있지 않은가? 만약 저만한 기운이 일거에 폭발한다면…….

'상상하기도 힘들 정도로 끔찍한 결과가 나올 것이다.'

식은땀을 흘리던 운 장로는 잠시 후 경악으로 눈을 크게 떴다.

"뭐지?"

갑자기 상황이 반전되었다.

모든 기운을 빨아들이던 빛기둥의 활동이 바뀌었던 것이다.

결계가 붕괴하기 전에 기운을 빨아들이길 멈추고, 지금까지 빨아들였던 기운을 방출하는데 그 기세가 믿을 수 없을 정도로 안정적이었다.

'하지만 기질은 달라졌다. 저기 빨려 들어간 기운이 전부 순도 높은 질의 기운으로 바뀌어서 나오고 있어. 설마 저게……?'

운 장로가 한 가지 가설을 떠올렸을 때, 형운은 성존과 마주하고 있었다.

4

"오, 잘했어. 완벽하게 제어했군."

은발의 청년, 성존이 말했다.

그 앞에는 전신에서 투명한 빛을 발하는 형운이 눈을 감고 있었다. 느릿느릿하게 호흡하던 형운이 서서히 눈을 떴다.

"…감사합니다."

"감사는 내가 해야지. 기대 이상의 성과다."

성존이 희열을 드러냈다.

둘은 하늘에서 서로 마주하고 있었다. 항상 성존을 만나던 지점이 아니라 무한히 펼쳐진 하늘이다. 어딜 봐도 푸른 하늘만이 보이는 기이한 공간이었다.

형운은 이곳이 자신이 아는 현실과 성혼좌의 경계임을 알아보았다.

고개를 돌리면 한쪽에는 현실이, 성존이 있는 쪽으로는 성혼좌가 펼쳐져 있었다.

'위험했어.'

형운은 식은땀을 흘렸다.

방금 전에는 큰일 날 뻔했다.

천공단과 접촉해서 그 실체를 파악하기만 할 생각이었는데 너무 깊게 공명해 버렸다.

천공단에 담긴 힘은 일월성단에 비할 바가 아니었다.

그저 초고밀도로 응축하는 정도로는 도저히 담을 수 없을 정도로 거대한 힘이 그 안에 담겨 있었고, 형운은 그 실체가 여러 공간에 걸쳐 있는 방식으로 이루어졌음을 알고 경악했다. 눈에 보이는 것은 작지만 실제로는 수백 배의 공간을 채우고 있는 것이다.

그런 천공단이 물이 녹아들어 가듯이 형운 안으로 들어왔고,

여러 공간에 걸쳐 있는 방식으로 한 지점에서 압축되어 있던 거대한 힘이 일거에 풀려나면서 형운이 완성한 심상이 현실화되어 버렸다.

그것은 강연진이 발현했던 천공지체의 특질이었다.

해방된 천공단의 힘이 큰 만큼, 천공지체의 특질이 전개되는 규모도 컸다. 자칫하다가는 성해 전체를 집어삼켰을지도 모른다.

형운은 갑자기 자기 안으로 들어온 천공단의 힘에 삼켜지지 않느라 필사적이었기 때문에 외부의 변화를 알아차리지 못했다.

성존이 적절한 때에 개입하지 않았다면 대재앙이 벌어질 수도 있었다.

성존이 물었다.

"일월성신에 이어 천공지체까지 이룬 소감은 어떠냐?"

"…제 예상이 맞았군요."

형운이 한숨을 쉬었다.

성존의 말대로 지금의 그는 일월성신인 동시에 천공지체를 완성했다.

그러나 신체의 운동 능력만 보면 크게 달라진 구석은 없다. 그저……

'이걸 10심을 이뤘다고 해야 하나 아니라고 해야 하나?'

체내에 강연진의 것과 비슷한 기심 형태의 공허가 생겼고, 그로 인해서 천공지체의 특질을 획득했을 뿐이다.

다만 그 특질은 강연진이 보여준 것에 국한되지 않았다.

더 많은 능력이 자신의 몸에 잠재되어 있음을 알 수 있었다.

그 실체를 알아내기 위해서는 앞으로 많은 연구와 훈련이 필요할 것이다.

성존이 고개를 갸웃했다.

"무엇을 예상했지?"

"진정한 천공지체를 완성할 수 있는 것은 일월성신뿐이라고 생각했습니다."

"호오. 왜지?"

"천공지체의 특질을 봤으니까요."

강연진이 발현한 천공지체의 특질이 지닌 문제는 확연했다.

공허의 기심을 통해서 외기를 체내로 받아들일 경우 진기가 불순해지는 것을 피할 수 없다는 점이다.

그러나 일월성신인 형운이라면 이 문제를 해결할 수 있다. 외기가 유입되는 순간 자신의 진기와 동등한 질로 정제할 수 있으니까.

"처음부터 이것을 의도하신 겁니까?"

성존이 천공지체 연구를 명하기 전, 그는 형운에게 말했다.

'진 일월성단도 실패작으로 끝났겠다, 다른 것을 준비하고 있었지. 하지만 지금의 너를 보니 별로 쓸모없을 것 같군. 생각이 바뀌었어.'

그래서 형운은 천공지체 연구가 완성될 경우 그것이 자신을 변화시킬 실마리가 되리라 예상하고 있었다.

하지만 자신이 천공지체가 될 것을 요구한다고는 생각지 못했다.

만약 그랬다면 자신이 천공단을 취하는 것을 전제로 연구를 명했어야 할 것 아닌가?

성존이 고개를 저었다.

"아니, 설마 이렇게 될 줄은 나도 몰랐지. 난 어디까지나 가능성을 보고 연구를 진행시켰을 뿐이고, 지금 네가 이룬 것은 내 기대를 훨씬 뛰어넘은 성과다."

"그랬군요."

하긴 그편이 성존답기는 했다. 그는 어디까지나 별의 수호자가 자신의 연구 성과물을 통해서 자신이 모르는 가능성을 찾아내길 바라왔으니까.

그리고 만약 천공지체 연구를 명했을 당시에 형운이 천공단을 접했다면 이런 결과는 나오지 않았을 것이다. 서하령의 천명단 복용을 도우면서 접한 심상, 혼살권 유단과의 싸움에서 도박수로 발현했던 일월성신의 폭주, 그리고 강연진이 발현한 천공지체의 특질을 보고 나서 죽 생각한 끝에 얻어낸 답이 있었기에 이룬 성과였다.

문득 성존이 물었다.

"어떠냐? 지금의 너라면 성운을 먹는 자가 될 수 있을 것 같아?"

"글쎄요."

그 말에 형운은 눈을 감고 스스로를 관조하며 생각에 잠겼다.

한참 후, 다시 눈을 뜬 형운이 고개를 저었다.

"아직은 모르겠습니다. 사부님과 상담해 봐야 알겠는데요?"

잔뜩 기대감 어린 얼굴로 대답을 기다리던 성존이 웃음을 터뜨렸다.

"그래. 1300년도 넘게 기다렸는데 이제 와서 서두를 이유가 없겠지. 어쨌거나 지금으로서는 네가 여전히 최고의 후보다."

"그 말씀은… 혹시 저 말고 다른 후보도 있다는 뜻입니까?"

"글쎄?"

성존은 빙긋 웃을 뿐 대답하지 않았다.

형운은 꺼림칙함을 느꼈지만 더 캐묻지 않았다.

그가 감추고자 하는 것을 말하게 하는 것은 불가능할 테니까.

대신 형운은 다른 이야기를 했다.

"부탁드리고 싶은 게 있습니다."

"말해봐."

"제가 천공지체를 이뤘다는 것을 비밀로 해주실 수 있겠습니까?"

"어째서?"

"천공지체 연구는 계속 진행시키고 싶거든요. 제가 완성형이라고 밝혀서 연구를 끝내는 것보다는 그쪽이 낫다고 보는데요."

성존만 비밀을 지켜준다면 형운이 천공지체를 완성했다는 사실을 감출 수 있다.

물론 이번 일에 참가한 사람들은 짐작할 수 있을 것이고, 그들을 통해 소문이 돌 수도 있겠지만 형운이 긍정하지 않는 한 누구도 그것을 공식화할 수 없으리라.

형운은 그런 계산으로 성존을 설득했다.

"성존님 입장에서도 좀 더 다양한 표본이 있는 편이 낫지 않습니까?"

"흠. 알겠다. 어차피 내려준 천공단도 여벌이 많으니까."

성존은 천공지체 연구를 명하면서 세 개의 개량형 천공단을 내려주었다. 그리고 필요하다면 더 만드는 것도 충분히 가능했다.

"어쨌거나 즐겁구나. 귀혁과 이정운이 운룡족의 도움까지 구해가면서 백 명과 함께 취했던 것을 혼자서 취하다니. 얼마 지나지도 않았거늘."

"……."

"아, 하긴 네 시간 감각으로는 꽤 오래전의 일이겠구나. 하지만 내 입장에서 보면 네가 나타난 후로 참 짧은 시간 동안에 엄청나게 빠른 변화가 일어났다고 느낀다."

"그건 그렇군요."

그 말은 형운도 납득할 수밖에 없었다.

형운이 일월성신을 완성한 것은 별의 수호자의 연단학에 커다란 전환점이 되었고, 그 후로 엄청난 기세로 연구들이 쏟아지고 있었으니까.

성존이 말했다.

"뭔가 상을 주고 싶군. 이번에는 백운지신이나 혼몽신이라도 연구시켜 볼까?"

"…그건 별로 저한테 상이 되지 않는 것 같습니다만."

형운은 마음을 단단히 먹고 협상을 시도했다. 지금까지의 만남을 통해서 성존이 꽤나 헐렁하고 관대한 인물임을 확신했기에, 그리고 그가 자신을 숙원을 이룰 후보로서 귀하게 여긴다는 것을 알기에 할 수 있는 말이었다.

성존이 고개를 갸웃했다.

"왜?"

"상이라는 것은 그런 것보다는 좀 더 직접적으로 의욕을 고취시켜 줄 수 있는 무언가 아니겠습니까?"

"그런가? 뭘 원하는지 말해봐."

"저는……."

형운은 조심스럽게 요구 사항을 늘어놓았다.

5

이 장로가 100명의 기환술사와 기공사들을 대기시켰던 것은 잘한 일이었다.

만약 성존이 개입하는 시기가 늦었을 경우, 그들이 1차적으로 여파를 막아내면서 시간을 벌 수 있었으리라.

하지만 현실적으로 그들이 제대로 개입하기도 전에 사태가 종료되어 버렸다.

'다행이지. 만약 사태가 길어졌다면 나한테도 이 장로님한테도 엄청난 비난이 쏟아졌을 테니.'

워낙 빠르게 수습되었기 때문에 심각한 사고가 아니었다고, 어디까지나 통제 가능한 사태였다고 주장할 수 있었다.

물론 운 장로 일파에서는 말도 안 되는 소리라고 비난했지만……

'별문제 없었다. 내가 천공단의 힘이 해방되는 과정을 관찰하기 위해 형운에게 명해서 그런 현상을 일으킨 것이다.'

성존이 그렇게 말하고 나서니 더 뭐라고 할 수가 없었다.

이것은 형운이 성존에게 부탁한 거짓말이었다. 후폭풍을 예상하고 그의 권위를 빌린 것이다.

"제가 천공단과 접촉하는 시점에서 성존께서 개입해 오셨습니다. 기다리고 계셨다고 하시면서."

형운은 귀혁을 제외하고는 누구에게도 진실을 밝히지 않았다. 이 장로에게도 천연덕스럽게 거짓말을 했다.

"성존께서 도와주신 결과, 일월성신과 공명한 천공단의 힘이 일거에 해방되면서 그런 현상이 벌어졌습니다."

자신은 천공단의 힘을 온전히 취하지는 못했고 성존의 도움을 받아서 그것을 제어했을 뿐이다.

대신 천공단의 본질을 파악했고, 천공지체를 이루기 위한 단서를 얻었다고 주장했다.

이 장로가 물었다.

"그게 무엇인가?"

"아마 4단계에 접어든 시점에서 이미 저와 비슷한 결론에 이르셨을 거라고 생각합니다. 제 말은 어디까지나 가설을 확인시켜 드리는 역할이겠지요. 천공지체 후보들은 진기의 양적 향상보다 질적 향상이 더 중요합니다."

"역시 그렇군. 그 점에 대해서는 후보를 한차례 더 추리는 시점에서 일월성단을 복용시킬 계획을 세워두고 있었다네. 진기의 질적 향상을 이루지 못한다면 천공지체의 특질은 오히려 독이 될 것이기 때문이지."

이 장로 역시 지금까지의 연구 결과를 보고 그 점에 대한 대책을 세우고 있었다.

여기까지는 형운도 생각한 것이었지만, 이 장로의 발상은 형운의 예상을 앞서갔다.

"하지만 그것만으로는 불충분하다는 결론을 내렸네. 자네 수준에 도달할 수 있다면 모를까 한계가 너무 뚜렷하지."

유명후의 폭주 때문에 별의 수호자는 일월성신의 재현을 포기했다.

그러니 형운은 연구 대상은 될 수 있어도 목표는 될 수 없었다.

"그래서 지금 연구하고 있는 대안은 바로 자네의 빙백기심이라네."

"빙백기심이라고요?"

형운이 놀랐다.

별의 수호자에 있어서 빙백기심은 매우 흥미로운 연구 소재였다. 그러나 이 또한 형운이 아니고서는 이룰 수 없는 특수한 사례다. 그런데 과연 이것을 어떻게 이용하겠다는 것일까?

"4단계에 접어들면서 발현된 천공지체의 특질은 바로 기심 형태의 공허지."

이 장로는 그 공허를 천공기심이라 이름 지었다.

"이 기심은 다른 기심들과 연결되어 있지만, 그 성질은 완전히 다르네. 그 점만 놓고 보면 마치 자네의 다른 기심들과 빙백 기심의 관계나 마찬가지."

천공기심의 특성은 외기를 체내로 받아들여서 한데 섞은 다음 다른 기심에 분배한다는 것이다.

그리고 이 기운이 지극히 불순하다는 점이 문제였다. 독기나 저주의 기운을 흡수할 경우 신체가 급속도로 오염될 수도 있다는 의미였으니까.

"우리는 천공기심과 다른 기심 사이에서 정화조 역할을 하는 또 다른 기심을 만들어내려고 하고 있네. 그 기심을 만들어내는 과정은 자네의 빙백기심을 연구한 성과와 영성이 고안한 새로운 심법이 이용될 것일세."

"사부님께서요?"

"내 부탁으로 연혼기공을 개조했지. 과거에 만들어뒀던 것을 보다 목적에 부합하는 형태로 최적화시켜 주더군. '연혼기공 정혼편'이라고 하네. 도가 무공의 특질을 모방해서 진기의 성향이 정화력을 띠도록 하는."

"그런 걸 만드셨었군요⋯⋯."

형운이 혀를 내둘렀다.

귀혁은 별의 수호자 무학자들의 정점이다. 기존의 것을 개량하는 것도, 특정한 의도를 위한 파생형을 만들어내는 것도 늘 해오던 일이었다. 하지만 별의 수호자가 보유한 가장 뛰어난 기초 심법이라고 하는 연혼기공을 용도에 맞게 척척 개조하다니 놀라웠다.

 "하지만 과연 어떤 식으로 그 기심, 우리가 정혼기심이라고 부르는 그 기심을 만들지에 대해서는 아직 연구 단계일세."

 "아마 무인 개인의 힘만으로는 힘들 겁니다."

 형운의 빙백기심은 어디까지나 빙령의 개입이 있었기에 형성될 수 있었던 것이다.

 무인 개인이 심법 수련을 통해서 형운의 상태를 재현할 수 있는 방법 따윈 짐작도 가지 않는다. 이것에 대해서는 귀혁조차도 단서를 잡지 못한 상태였다.

 이 장로가 고개를 끄덕였다.

 "우리도 같은 생각일세. 하지만 방법은 여러 가지가 있지. 예를 들면 흑검대의 인공기심도 있고, 자네 사부가 고안 중인 합동심법도 있다네."

 "합동심법?"

 생전 들어보지 못한 해괴한 개념에 형운이 고개를 갸웃하자 이 장로가 설명했다.

 "같은 심법을 익힌 자들끼리 같이 내공 수련을 하는 경우가 있지 않은가?"

 "그렇죠."

 이 경우는 서로의 몸을 자신의 그릇의 연장선으로 이해하고 운기하는 식으로 효율을 극대화한다. 하지만 한쪽이 다른 한쪽을 도와주는 형태가 아니라 서로의 효율이 상승하는 경우는 강호를 다 뒤져도 극히 희귀했고, 특성이 극단으로 치우친 경우였다.

"그 개념을 응용한 것일세. 같은 심법을 익힌 천공지체 후보들끼리 서로의 몸속에 다른 성질의 기심을 형성시키도록 하는 거지."

"……."

"무인들의 상식으로는 그게 무슨 미친 짓인가 싶은 행동이라는 것은 잘 알고 있네. 하지만 자네 사부는 가능하다고 보고 연구 중이라네."

형운은 할 말을 잃었다. 탁월한 인재들을 연구원으로 모아놓고 막대한 자원을 퍼붓다 보니 별의별 발상이 현실화되고 있었다.

"…구현 방법에 대해서는 제가 드릴 말씀이 있다고 생각한 게 부끄러울 지경이군요."

"그럼에도 해줄 말이 있는 표정이로군."

"네, 천공단의 본질에 대해서입니다."

형운은 천공지체를 완성하는 과정에서 천공단의 본질을 깨달았다.

"천공단은 거대한 공허입니다. 아시다시피 그 공허는 우리가 물리적으로 인식하는 공간적 한계를 초월하지요. 천공지체의 천공기심 역시 완성도가 높아질수록 그렇게 될 겁니다."

아무리 기의 밀도가 높아진다고 하더라도 일정한 면적에 담을 수 있는 기의 양에는 한계가 있다.

하지만 천공단은 그 크기로 짐작할 수 있는 한계를 아득히 뛰어넘은 기운을 담고 있었다.

그런 일이 가능한 이유는 무엇일까?

"우리가 천공단이라고 인식하는 윤곽 안에서 시공의 법칙이 뒤틀려 있기 때문입니다. 마치 이 총단처럼."

환예마존 이현이 구축한 기환진에 의해서 별의 수호자 총단은 외부에서 인식하는 것보다 더 큰 면적을 활용하고 있다. 천공단도 그와 비슷한 상태였다.

"뿐만 아니라 그 안에 무수한 공간이 겹쳐 있습니다. 왜곡된 공간들이 무수히 겹쳐져서 외부에서 관측하면 작아 보이지만 실제로는 터무니없이 거대한 공허를 구성하고 있는 겁니다. 성존께서 이것을 천공단이라고 이름 붙이신 것도 그런 이유였겠지요."

"음······!"

이 장로가 신음했다.

그는 왜 긴 세월 동안 연구했음에도 자신이 천공단의 본질을 파악하지 못했는지 깨달았다.

이 시대의 연단학과 기환술로는 아직 불가능한 일이었기 때문이다.

그것은 환예마존 이현의 축지를 다른 기환술사들이 재현할 수 없었던 것과 마찬가지다.

이현 본인은 시대의 기술적 한계를 초월했지만, 그 개념을 남들도 이해하고 활용할 수 있도록 이론화하는 것에는 성공하지 못했다.

그리고 성존은 시대의 학문 수준보다 앞선 결과물을 내놨다는 점에서는 따라갈 자가 없는 인물이었다.

이 장로가 탄식했다.

"수십 년을 연구했어도 도달하지 못한 답을 이렇게 타인의 입으로 듣게 될 줄이야……."

허탈한 심정이었다.

천공단을 연구해서 천명단이라는 훌륭한 성과를 내놓았고, 이제는 천공지체를 완성할 자신이 있지만 그럼에도 천공단의 본질에는 닿지 못했다.

그런데 뜻하지 않게 자신이 갈구하던 답을, 너무나도 쉽게 얻게 된 것이다.

그의 반응을 본 형운이 아차 했다. 이 장로의 삶을 생각하면 자신이 너무 경솔한 짓을 한 게 아닌가 싶었다.

하지만 이 장로는 곧 허탈함을 떨쳐 버리고 표정을 고쳤다.

"…즉 우리가 천공지체를 완성한다는 것은 또다시 우리의 이해를 넘어선 존재를 만들어낸다는 의미로군. 일월성신인 자네가 그랬듯이."

"그렇게 되겠지요."

"허어. 또 이런 식인가."

만들어내는 것보다 이해가 훨씬 늦게 이루어진다. 현실에서는 종종 벌어지는 일이다.

형운이 바로 그런 사례가 아닌가? 이 시대에 형운이라는 일월성신이 등장하고, 그를 연구함으로써 별의 수호자의 연단학은 비약적인 발전을 이루었다.

"그럼에도 완성하지 않는다면 이해할 기회조차 얻을 수 없겠지. 이해하지 못한다면 재현할 수 없고."

허탈함에 젖었던 이 장로의 눈동자에 다시금 의지가 깃들었다.

"고맙네. 좀 허탈하기도 하지만, 자네 덕분에 내가 평생의 목표로 잡았던 지점을 좀 더 위로 상향 수정해야겠군."

이 장로는 형운의 어깨를 두드려 주며 씩 웃었다.

『성운을 먹는 자』19권에 계속…

이제부터 전자책은

이젠북

www.ezenbook.co.kr

새로운 세계가 열린다!

김재한 『성운을 먹는 자』   철백 『대무사』
니콜로 『마왕의 게임』   가프 『궁극의 쉐프』
이경영 『그라니트:용들의 땅』   문용신 『절대호위』
탁목조 『일곱 번째 달의 무르무르』   천지무천 『변혁 1990』
강성곤 『메이저리거』   SOKIN 『코더 이용호』

이름만 들어도 황홀할 정도의 별들의 향연!
이들의 "유료연재"가 시작됩니다!

검색창에 **이젠북**을 쳐보세요! ▼

초대형 24시 만화방

신간 100%, 샤워실, 흡연실, 수면실(침대석), 커플석, 세탁기 완비

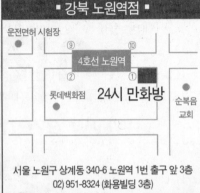

■ 강북 노원역점 ■

운전면허 시험장

④ ⑩

4호선 노원역

② ①

롯데백화점   24시 만화방   순복음 교회

서울 노원구 상계동 340-6 노원역 1번 출구 앞 3층
02) 951-8324 (화용빌딩 3층)

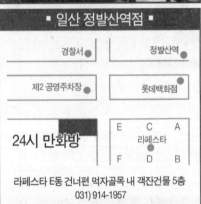

■ 일산 정발산역점 ■

경찰서   정발산역

제2 공영주차장   롯데백화점

24시 만화방

E C A
라페스타
F D B

라페스타 E동 건너편 먹자골목 내 객잔건물 5층
031) 914-1957

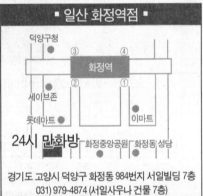

■ 일산 화정역점 ■

덕양구청

③ ④

화정역

② ①

세이브존

롯데마트   이마트

24시 만화방   화정중앙공원   화정동 성당

경기도 고양시 덕양구 화정동 984번지 서일빌딩 7층
031) 979-4874 (서일사우나 건물 7층)

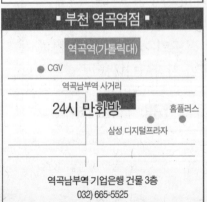

■ 부천 역곡역점 ■

역곡역(가톨릭대)

CGV

역곡남부역 사거리

24시 만화방   홈플러스

삼성 디지털프라자

역곡남부역 기업은행 건물 3층
032) 665-5525

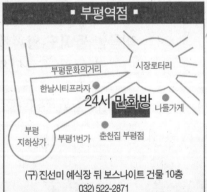

■ 부평역점 ■

시장로터리

부평문화의거리

한남시티프라자   24시 만화방   나들가게

부평
지하상가   부평1번가   춘천집 부평점

(구) 진선미 예식장 뒤 보스나이트 건물 10층
032) 522-2871

이계진입 리로디드

임경배 퓨전 판타지 소설

FUSION FANTASTIC STORY

『권왕전생』 임경배의 2015년 신작!

『이계진입 리로디드』

**왕의 심장이 불타 사라질 때,
현세의 운명을 초월한 존재가 이 땅에 강림하리라!**

폭군으로부터 이세계를 구원한 지구인 소년 성시한.
부와 명예, 아름다운 연인…
해피엔딩으로 이야기는 끝인 줄 알았건만
그 대가는 지구로의 무참한 추방이었다.
그리고 10년 후…….

"내가 돌아왔다! 이 개자식들아!"

한 번 세상을 구한 영웅의 이계 '재'진입 이야기!

Book Publishing CHUNGEORAM

유행이 아닌 자유추구 -
WWW.chungeoram.com

보신제일주의

保身第

FANTASTIC ORIENTAL HEROES

김용진 新무협 판타지 소설

황실 다음가는 권력을 지녔다고 하는
천문단가(千文團家)에서 오대독자가 태어났다.
그리고 그 아이는 튼튼하게 자라났다.
…굉장히 튼튼하게.

『보신제일주의』

"다 큰 어른들도 하기 힘들어하는 수련인데
공자께서는 요령도 피우시지 않는군요. 대단합니다."

"건강하게 오래 살려면 해야 하는 일이니까요."

취미는 삼 뿌리 씹기, 약탕기는 생활필수품!
그리고 추구하는 건 오로지 보신(保身)!
하지만… 무림의 가혹한 은원은 피할 수 없다.

"각오완료(覺悟完了)다. 살아남아 주마!"

Book Publishing CHUNGEORAM

유행이 아닌 자유추구 -
WWW.chungeoram.com

메이저리거

FUSION FANTASTIC STORY
강성곤 장편 소설

꿈꾸는 자에게 불가능은 없다!

『메이저리거』

불의의 사고로 접어야만 했던 야구 선수의 꿈.
모든 걸 포기한 채 평범한 삶을 살던
민우에게 일어난 기적

"갑자기 이게 무슨 일이지?"

그의 눈앞에 나타난 의미 모를 기호와 수치들.
그리고 눈에 띈 한 단어.
'타자(Batter)'

특별한 능력을 얻게 된 민우의
메이저리그 진출기가 시작된다!

Book Publishing CHUNGEORAM

유행이 아닌 자유추구 -
WWW. chungeoram.com

박선우 장편소설
FUSION FANTASTIC STORY

멋진 인생
Wonderful Life

태어나며 손에 쥔 것이라고는 가난뿐.

그러나 내게는 온몸을 불사를 열정과
목숨처럼 소중한 사랑이 있었다.

『멋진 인생』

모두가 우러러보는 최고의 직장이자 가장 치열한 전쟁터,
천하그룹!

승진에 삶을 바친 야수들의 세계에서 우뚝 서게 되는
박강호의 치열하지만 낭만적인 이야기!

강준현 장편소설
FUSION FANTASTIC STORY

인생을 바꿔라

『복수의 길』, 『개척자』 강준현 작가의
2016년 신작!

자신이 무엇인지 알지 못하는 정신체, 염.
세상을 떠돌며 사람의 몸속으로 들어가
에너지를 얻고 나오길 반복하던 어느 날.

사고로 인한 하반신 마비, 애인의 이별 선언,
삶에 지쳐 자살하려는 김철의 몸에 들어가게 되는데……

"뭐, 뭐야! 아직도 못 벗어났단 말이야?"

**새로운 삶을 살리라,
정처 없이 떠돌던 그의 인생 개척이 시작된다!**

"어떤 삶인지 궁금하다고? 그럼 한번 따라와 봐."

Book Publishing CHUNGEORAM

유행이 아닌 자유추구-
WWW.chungeoram.com

궁극의 쉐프

가프 장편소설

FUSION FANTASTIC STORY

태초의 우물에서 찾은 사막의 기적.
사람의 식성과 식욕을 색으로 읽어내는 능력은
요리의 차원을 한 단계 드높인다.

『궁극의 쉐프』

요리란!
접시 위에 자신의 모든 것을 담아내는 것.

쉐프란!
그 요리에 자신의 가치를 증명하는 사람.

"요리 하나로 사람의 운명도 좌우할 수 있습니다."

혀를 위한 요리가 아닌, 마음을 돌보는 요리를 꿈꾸는
궁극의 쉐프 손장태의 여정이 시작된다!